编委会

顾问：

李润田　王才安　孙培新　王文金　张秉义　关爱和　娄源功

编委会主任：

卢克平　宋纯鹏　张锁江

编委会副主任：

谭　贞　张宝明　季　波　许绍康　孙君健　孙功奇　杨朝阳
王学路　冯淑霞　傅声雷　张立新

编委会委员：(按姓氏拼音排序)

蔡　军　程遂营　丁翼虎　冯淑霞　傅声雷　洪　浩　桓占伟
姬志闯　季　波　孔令刚　李永鑫　卢克平　苗长虹　祁琛云
任东景　宋丙涛　宋纯鹏　孙功奇　孙君健　谭　贞　王鹏飞
王思琦　王性玉　王学路　武新军　席卫权　许绍康　杨朝军
杨朝阳　杨光辉　杨国安　于华龙　展　龙　张宝明　张大超
张立新　张锁江

丛书主编：

孙君健

执行主编：

展　龙　杨国安　桓占伟

副主编：

丁翼虎　孔令刚

"夷门传薪学人传"丛书

丛书主编 孙君健
执行主编 展龙 杨国安 桓占伟

夷门传薪学人传

郭人民

李玉洁 著

河南大学出版社
·郑州·

图书在版编目(CIP)数据

郭人民／李玉洁著. --郑州:河南大学出版社,
2022.8
("夷门传薪学人传"丛书／孙君健主编)
ISBN 978-7-5649-5273-0

Ⅰ.①郭… Ⅱ.①李… Ⅲ.①郭人民-传记 Ⅳ.
①K825.46

中国版本图书馆 CIP 数据核字(2022)第 145844 号

夷门传薪学人传　郭人民
YIMEN CHUANXIN XUEREN ZHUAN　GUO RENMIN

责任编辑	陈　炜
责任校对	时　娇
封面设计	翟淼淼
出版发行	河南大学出版社
	地址:郑州市郑东新区商务外环中华大厦 2401 号
	邮编:450046　电话:0371-86059701(营销部)
	网址:hupress.henu.edu.cn
排　版	郑州市今日文教印制有限公司
印　刷	河南瑞之光印刷股份有限公司
版　次	2022 年 8 月第 1 版　　印　次　2022 年 8 月第 1 次印刷
开　本	889 mm×1194 mm 1/32　印　张　9.375
字　数	210 千字　　　　　　　定　价　37.50 元

版权所有·侵权必究
本书如有印装质量问题,请与河南大学出版社营销部联系调换。

述往事思来者根在夷门
（总序）

夷门，是一个比开封还古老的名字。

夷门是战国魏都城的东门，因城门修在夷山之上，故名。

夷门最早的故事与魏公子无忌有关。无忌为战国时期魏国第五任君主魏昭王的小儿子。魏昭王去世后，无忌同父异母的哥哥圉继承王位，是为安釐王。安釐王封无忌于信陵（今宁陵），是为信陵君。信陵君的第一个故事是养士辅政。其时，魏国在与秦国的对抗中，处在不利地位。信陵君仿效齐之孟尝君、赵之平原君、楚之春申君的辅政方法，养士三千，诸侯因此不敢加兵于魏十余年。七十岁的夷门看守人侯嬴与屠夫朱亥，均为信陵君礼贤下士所交好友。信陵君的第二个故事是窃符救赵。公元前257年，秦围赵都城邯郸，赵王的弟弟平原君求救于魏。魏王派晋鄙率兵十万，到达邺地。但迫于秦威，止步不前。信陵君听取侯嬴之计，窃取虎符，与朱亥前往邺地。在晋鄙对虎符有疑时，朱亥椎杀晋鄙。信陵君率兵救了赵国。侯嬴在信陵君到达邺地时，自刎于夷门。

窃符救赵的故事发生一百余年后，司马迁寻访战国争雄的史迹，来到夷门。对千金一诺、侠义热血故事颇有兴趣的司马迁，在《史记·魏公子列传》中做了上述精彩描述，扣人心弦犹如小说家言。信陵君事迹很多,司马迁只记礼士与救赵;信陵君在魏养士三千,详写的只有侯嬴与朱亥。传记的结尾,意犹未尽,作者再次称赞信陵君不耻下交的礼士精神:"吾过大梁之墟,求问其所谓夷门。夷门者,城之东门也。天下诸公子亦有喜士者矣,然信陵君之接岩穴隐者,不耻下交,有以也。名冠诸侯,不虚耳。"仁而谦恭,礼贤下士,成就大业。这是夷门叙事的第一重启示。

公元前99年,司马迁为李陵事获罪,受腐刑,因著书事业而隐忍苟活。受刑的第二年,朋友任安写信询问情况,司马迁写下了传诵千古的《报任安书》,完整描画了一个知识人最高最完美的理想:"近自托于无能之辞,网罗天下放失旧闻,考之行事,稽其成败兴坏之理,……凡百三十篇。亦欲以究天人之际,通古今之变,成一家之言。"据此话推定,《史记》已大致完成。今传《史记》有《太史公自序》,其有感于自己身世,而追述中国历史中圣贤发愤著述的传统:"昔西伯拘羑里,演《周易》;孔子厄陈、蔡,作《春秋》;屈原放逐,著《离骚》;左丘失明,厥有《国语》;孙子膑脚,而论兵法;不韦迁蜀,世传《吕览》;韩非囚秦,《说难》《孤愤》;《诗》三百篇,大抵圣贤发愤之所为作也。此人皆意有所郁结,不得通其道也,故述往事,思来者。"这种圣贤发愤著述的传统,是司马迁完成《史记》的支撑力量,也化为以立言为志的中国士人生生不息的精神资源。"究天人之际,通古今之变,成一家之言"与"述往事,思来者",共同成为读书人立言著述的最高理想。身为记述唐尧以来中国历史的史官司马迁,历史上却没有留下他本人卒年的记载。近代王国维考证,司马迁大约卒于汉武帝末年。勤奋于"述往事,思来者"之业,究天地之际,通古今之变,成一家之言,燃烧自我之身,不计身后之名。这是夷门叙事的第二重启示。

公元960年,北宋政权以开封为都城建立,从而创造了继唐代后又一个统一王朝的辉煌时代。此时距司马迁《史记》成书,已过去千年。夷门不在,夷山依旧。夷山之上,北宋皇祐元年(1049年)建起了开宝寺塔。塔体外立面均为褐色琉璃砖,浑似铁铸,民间俗称"铁塔"。1912年,铁塔南麓,建立了一所大学——河南留学欧美预备学校(今河南大学前身)。河南大学的学生均以"铁塔牌"自称。铁塔成为这所大学毕业生最早的logo(标签)。当年椎杀晋鄙的朱亥,因窃符救赵之功,被授相印,其封地原名聚仙镇,在北宋末,改称朱仙镇。岳飞抗金,取得朱仙镇大捷,也终没有挽救北宋王朝的命运。北宋的成功,在文治而不在武功。20世纪40年代,陈寅恪为邓广铭《宋史职官志考正》作序,有"华夏民族之文化,历数千载之演进,造极于赵宋之世"的称赞。一个以唐史研究见长的史学家,推重赵宋文化,绝非偶然。赵宋时期城与市合一,不需要再像《木兰辞》所言那样"东市买骏马,西市买鞍鞯"。城与市合一的开封,勾栏瓦肆林立,充满着人间烟火气。唐宋以来实行的科举制度,使寒族子弟也可以像世家子弟一样,通过个人的努力,通达社会与文化上层。读书人生气聚集之时,赵宋时期出现了士大夫阶层。士大夫具有超越特定族群、特定利益阶层的历史眼光和宽阔胸怀。祖籍大梁的北宋大儒张载不失时机提出的"为天地立心,为生民立命,为往圣继绝学,为万世开太平"的"横渠四句",成为新兴士大夫群体理想抱负的经典表达。士大夫群体的思想文化创造力活力四射，宋代理学家、史学家、文学家、音乐家、书法家、艺术家层出不穷，群星灿烂，造诣均达极高水平。宋代理学家将儒释道合一，重建儒学体系。新的儒学体系高扬道德的旗帜，以修齐治平调节士人人生期待，以伦理纲常整饬社会秩序。陈寅恪称赞欧阳修晚年所撰《五代史》的功劳在"贬斥势利，尊崇气节，遂一匡五代之浇漓，返之淳正。故天水一朝之文化，竟为我民族遗留之瑰宝。孰谓空文于治道学术无裨益耶?"五四运动过后二十余年，在抗战的炮火中，陈寅恪坚信造极于赵宋之世的华夏文化，本根未死，终必复振。理想、信念、毅力、气节，是读书人的禀赋；立心、立命、继绝学、开太平，为读书人的价值与责任。以治道学术服务国家人民，乃读书的正途与根本。这是夷门叙事的第三重启示。

北宋时期的国子监所在地位于现在的龙亭一带。明代这里辟为周王府。清初，河南贡院一度迁至辉县百泉，清顺治十六年(1659年)河南贡院在周王府旧址修建。因地势低洼积水，雍正九年(1731年)河南贡院迁至夷山南隅。1841年黄河发水，拆河南贡院房舍防洪，第二年重修，新建号舍万余间。1900年的庚子事变，北京用于国家会试的贡院被毁，河南贡院因房舍完好、交通便利，而在1903、1904年成为科举会试所在地。1905年废除科举，河南贡院就成为上千年科举制度的终结地。1912年，河南有识之士在河南贡院的校舍上创办河南留学欧美预备学校，1923年改建为中州大学，1930年易名省立河南大学。因此，从这套丛书的一个人物林伯襄1912年担任河南留学欧美预备学校的校长开始，河南大学叙事便与夷门叙事有了交集，夷门叙事所体现出的精神基因便在河南大学传承延展。与时俱进，百折不挠，在国家、民族站起来、富起来、强起来的百年沧桑中，河南大学以振兴教育、培养人才服务于民族自立、国家复兴和区域发展，成为中原大地高等教育的一棵参天大树。参天地之化，养浩然正气，育万千桃李，以教育报国。此为夷门叙事的第四重启示。

在河南大学迎来110周年校庆之际，学校编写出版"夷门传薪学人传"丛书，嘱我为序。在准备出版的二十多种学人传中，有在河南大学发展的重要节点上做出了重大贡献的主政者，绝大多数是在学校发展的不同时期在学术进步、人才培养方面成绩突出的教授。名人有言："大学者，非谓有大楼之谓也，有大师之谓也。"这些学者教授就是河南大学的大师。河南大学建立110年来，对国家、对民族的贡献，大部分是通过一代又一代心系桑梓、植根教育的千千万万教育工作者实现的，上述学者教授是千千万万教育工作者的代表。在河南大学这所百年名校中，"究天人之际，通古今之变，成一家之言"的学术创新是他们完成的；"为天地立心，为生民立命，为往圣继绝学，为万世开太平"的学术理想是他们实践的；"参天地之化，养浩然正气，育万千桃李，以教育报国"的百年辉煌是他们参与创造的。这是河南大学110年校庆要编辑出版"夷门传薪学人传"丛书的唯一理由。

有形夷门在司马迁生活的时期已经颓毁，而无形的夷门，留在司马迁的《史记》中，留在宋儒的横渠四句中，留在科举旧地与新式教育的交接中，留在河南大学生生不息的生命意志中。

在河南大学建校110年之际,河南大学的注册地移至郑州,但河南大学的办学精神,已经融入河南大学的基因与血脉之中。河南大学从留学欧美预备学校的成立,到今天的"双一流"建设,何尝不是河南有识之士与黄河儿女的"发愤"之作!国家兴亡,匹夫有责,读书人更有责。司马迁"发愤","述往事,思来者"而著"史家之绝唱,无韵之离骚";河南大学"发愤","述往事,思来者"而有发展进步的大手笔、大思路。让我们为之共同奋斗。

放眼寰宇的河南大学,根在夷门。

关爱和

2022年7月

(作者为河南大学教授、博士生导师,中国近代文学学会会长。曾任河南大学校长、党委书记。)

自　　序

郭人民教授是我读大学历史系时的老师，1986年元月1日仙逝，岁月如梭，至今已经36年了。在我们学生看来，郭老师一生最热爱的事情有两件：一是他教学的课堂；二是他对学问孜孜不倦的追求，也就是他的科研。

一、无私奉献开设课堂之外的课堂

郭老师生平最喜欢的地方，就是他魂牵梦萦的课堂。先生文献功底深厚，他给我们七七级学生上课，讲历史文献学、中国古代史，总是大段大段地背诵那些古文献的原文，如《老子》《庄子》《诗经》等，背完之后，再把这段文字写在黑板上，逐字逐句地讲解。曾在央视讲古史的王立群先生说，他读研究生时听郭人民教授的课，郭老师不仅能够背诵大段大段的经文，为了解释这段经文，他连十三经小注都能够背出。

郭老师不仅学问好，他最喜欢的就是教授学生。他认真地对待每一堂课，而且不管是学生、青年教师还是其他愿意学习的人，只要求教于他，先生皆是有求必应，有问必答。先生为人谦和，慈祥和蔼，学问渊博。先生为学生、求教的青年教师，开设不计其数的课堂之外的课堂。在课堂之外的课堂上，先生不再给学生讲授教材，而是讲原版史书；他把史料给学生，让学生自己去分析,引导学生进行科学研究,然后拿出自己的看法。

桃李不言,下自成蹊。同学们认为在先生那里才能学到真正的学问。学生、青年教师经常到先生家里请教。先生每天都接待络绎不绝上门求教的学生、青年教师等。他指导的七七级学生在临近毕业之际,已经写出了10多篇学术论文,在毕业前后相继发表。

先生为了学生、为了教学,牺牲自己大量宝贵的时间。每个学生的心里都有一杆秤。先生的博学、无私奉献、文章道德,是同学们在学术路上的指路明灯,使学生永远钦佩感怀。

在这些年中,我曾攻读硕士、博士,在大学学习、任教,接触过很多学生和教师,也了解一些其他学校的情况;但是我很少见到,也很少听到像郭人民教授那样呕心沥血教授学生的先生。先生教书育人、殚精授业、甘为人梯,他付出的是整个生命!

二、对中国新史学"筚路蓝缕启山林"的开拓之功

先生平生第二个爱好的就是科研。先生辞世之日刚刚62岁。在他62年的生涯中,他的创作可分三个阶段(或三个时期):

先生1949年大学毕业,经过一年的政治学习,1950年毕业留校;1951年进入学术研究期。随着《新史学通讯》的创刊,先生进入他学术研究的第一个高潮。

1951年,新中国成立伊始。当时全国只有河南大学《新史学通讯》、天津的《历史教学》两份史学刊物,且皆是在1951年元月1日创刊。《新史学通讯》宗旨是宣传推广新史学,让全国

各地的史学工作者、研究者、中小学历史教师提出问题,由河南大学的教师进行解答。《新史学通讯》于1957年1月改刊为《史学月刊》,整整创办6年。先生在《新史学通讯》发表30篇文章解答问题;在改刊后的《史学月刊》1957年3月号、5月号各发表一篇,共32篇文章。先生每年平均发表5篇以上文章,其中1953年发表13篇。

先生每一篇文章都引经据典、说理明白、论据充分、观点明确,从大量古文献史料中得出自己独到的、新的学术观点和思想。

先生的研究,现在已经成为史学研究的普遍观点和思想,但在当年这是对史学研究的创新,对全国史学工作者和历史教师具有导向性的思想和观点。

先生对新中国新史学的研究具有"筚路蓝缕,以启山林"的开拓之功。他在古史研究方面走在时代的最前列,为中国新史学的发展做出了突出的贡献。

先生学术研究的第二个阶段是在1957年之后。1957年下半年,先生被错划为右派,到农场去劳动,也不再写文章了。后来我听先生的女儿郭幼民教授说:父亲每个星期天或者节假日从河大农场劳动回来,从来不外出,总是在家看书写东西。之后,我见到先生在他的《战国策校注系年·前言》中说:"一九五六年夏,便萌对此书详读董理之动机……'文化革命'中,恐其散失,粗为条理标识,潜用毛笔抄写,形成初稿,订为二十二本,题名《战国策校注系年》。"①我才知,先生的《战国策校注系年》,"文革"时他已经形成初稿。"文革"中,他的书稿寄放在朋友家中,才免于被毁。在极其困难的条件下,先生不忘学术,表现出他坚忍不拔和对学术孜孜不倦追求的精神。

1978年春风化雨,先生的右派问题得到改正。他心情愉快,辛勤治史,连续发表学术论文。先生的学术研究进入了第三个高潮。他从1978年至1986年元旦仙逝,先生连续发表14篇学术论文,整理出版了那部50多万字、用毛笔写成的旷世之作《战国策校注系年》;主编《中州历史人物辞典》;参与周宝珠教授主编的《简明宋史》,撰写第三、十二、十五章;参与撰写《中国史学家传》的《荀悦》《袁宏》《萧子显》等篇。先生的文章以深厚的学术功力发前人之未发,并在很多地方纠正了历史和时人的错误认识。先生还担任河南省古籍整理小组的副组长,负责河南省的古籍整理工作。

先生62岁驾鹤西去,算不上高寿;而他坐下来静心搞学术研究的时间也不过十几年的光阴,但是先生能够写出高水平、高质量,发前人所未发的学术成果,表现出他深厚的学术功力和对学术研究的挚爱。

三、蜡烛燃尽捧丹心 光热永存人间

先生一生最可贵的是,在他搞学术研究的同时,从来把学生的学习视为第一要务。他曾经说过:"河大历史系有优良的传

---

① 郭人民:《战国策校注系年》,中州古籍出版社,1988,《前言》第3页。

统,决不能从我们这里断线,我们一定要培养出学生来继承历史系的事业。"无论他的工作多么忙,只要有学生或中青年教师来访,他立刻放下手头的工作,耐心地解答来访者的问题。先生杏坛耕耘,高风亮节,从未考虑过名利。先生常说,我们搞学问,整理历史文献,是为后人的学习铺平道路,应为国家的需要着想,决不能只考虑个人得失。

先生以教育为本,恪守"传道、受业、解惑"的理念,以饱满的工作热情和对工作高度负责的精神投入到教学工作中去。他以身作则,顾全大局,勇挑重担,以超人的意志和毅力担负了一般人难以担任的教学任务,数十年如一日地站在教学科研第一线。先生不辞劳苦、不计得失、不计报酬,就在先生辞世的前一天,即1985年12月31日的隆冬之夜,他还为中青年教师上课到晚上10点多钟,当然也是课堂之外的课堂。

先生指导的学生,今天大多数是我国各高校教授,单位的骨干、栋梁。先生捧出一颗丹心,指引青年学子走出懵懂和疑惑,进入光明的学术研究的殿堂。先生对教育事业尽忠尽责,对学术研究呕心沥血;教学和科研,耗尽了他全部的生命。蜡烛成灰,照亮无数学子;春蚕丝尽,温暖永留人间。先生之德,山高水长。

先生辞世之日,河南大学师生震惊,痛哭失声;"太山坏乎!梁柱摧乎!哲人萎乎!"先生在外地求学或工作的学生从四面八方、不远千里回校为先生送行。追悼会礼堂人满,水泄不通。有人说,先生的追悼会,是河南大学十年来所未见过的、引起如此大轰动的事件。

"一代师表"的大型横幅悬挂在先生的灵堂之上，那是先生一生学问道德的概括和总结，恰如其分，实至名归。

作为有幸师从先生学习七年的我，听过先生无数次的课堂之外的课堂，也无数次地向先生请教，聆听先生的悉心讲解和教诲；我的第一篇论文、第二篇论文，以及第一部书稿《楚史稿》等，皆是在先生的指导下完成的。站在先生的灵前，回想起先生的教导，对先生的痛惜和怀念，不禁痛哭失声。

青山垂泪，江河呜咽，长歌当哭。先生安息吧！

山重的师恩，学生一刻也未敢忘记！

谨以此书献给先师郭人民教授，以示学生对先生永远的敬意，及对先生终生的感谢和怀念。学生会继承您的事业，为史学研究而矢志终生。

李玉洁

2022 年 5 月 26 日于河南大学闲云书斋

目　录

绪论　一代师表郭人民教授 …………………………（1）
　　一、殚精授业、甘为人梯，树一代师表 …………（2）
　　二、辛勤治学，文章道德如星辰璀璨 ……………（4）
　　三、鞠躬尽瘁泽被后学，高山景行之仰 …………（7）

第一章　耕读之家走出的才子 ………………………（11）
　　一、豫东平原深厚的文化积淀与耕读之家 ………（11）
　　二、私塾六年与深厚的古文献功底 ………………（13）
　　三、怜贫惜弱、耕读为本 …………………………（16）

第二章　进入新学堂 …………………………………（18）
　　一、转学到新学堂 …………………………………（18）
　　二、在亳州怀恩学校 ………………………………（20）

第三章　求学在河南大学 ……………………………（23）
　　一、考上河南大学 …………………………………（23）
　　二、随河南大学迁往苏州 …………………………（24）
　　三、求学在苏州 ……………………………………（26）
　　四、在苏州的募捐与筹粮 …………………………（29）
　　五、完璧归豫，火车之上改名 ……………………（33）

第四章　执教河南大学 ………………………………（36）
　　一、建国初期的思想教育与革命活动 ……………（36）
　　二、留校初期结下的师生缘 ………………………（38）

三、在河南大学教授中国古代史……………………（41）
　　四、朝气蓬勃的青年时代………………………………（44）
　　五、相濡以沫的师母和家人……………………………（46）
第五章　《新史学通讯》的创刊…………………………（48）
　　一、先生与新中国第一份史学刊物《新史学通讯》
　　　………………………………………………………（49）
　　二、先生为新中国新史学发展所做的贡献…………（50）
　　三、先生在《新史学通讯》发表的文章检索………（52）
第六章　先生对新史学"启山林"的开拓之功…………（58）
　　一、东周经济文化发展与生产方式的改变…………（59）
　　二、春秋时期农民的反压迫斗争……………………（61）
　　三、"商鞅变法"的理解与评价………………………（64）
　　四、黄河流域的铜矿产地……………………………（69）
　　五、汉初七国与吴楚七国的歼灭与中国专制体制的确立
　　　………………………………………………………（73）
　　六、汉武帝"独尊儒术"的原因………………………（78）
　　七、充分肯定张骞出使西域的性质…………………（80）
　　八、东汉外戚、宦官、党锢的斗争是内部矛盾……（84）
　　九、太平道与五斗米道的关系………………………（87）
　　十、三国时期战争的性质……………………………（91）
　　十一、北魏孝文帝与隋文帝为隋朝的统一创造了条件
　　　………………………………………………………（93）
　　十二、"古运河"与"今运河"…………………………（95）
　　十三、对唐太宗对外用兵的评价……………………（98）
　　十四、对后周世宗柴荣的政绩评价…………………（101）
　　十五、先生是建国后研究元朝赋税第一人…………（103）

十六、对元朝历史的研究……………………………（105）
第七章　先生与《新史学通讯》改刊后的《史学月刊》…（111）
　　一、金朝兴亡与农业生产的关系……………………（111）
　　二、关于春秋与战国断代问题的讨论………………（114）
第八章　风雨兼程廿载丹心不变……………………（118）
　　一、风雨兼程廿载……………………………………（118）
　　二、课堂之外的课堂…………………………………（121）
第九章　鞠躬尽瘁树一代师表………………………（127）
　　一、先生授课七七级学生……………………………（127）
　　二、桃李不言，下自成蹊……………………………（131）
　　三、七七级同学第一批学术论文的着手与出台……（134）
　　四、我学术路上的郭人民先生………………………（137）
第十章　先生与改革开放之后的研究生……………（140）
　　一、先生的学问道德赢得同学们的敬佩……………（140）
　　二、先生对研究生论文的指导………………………（143）
　　三、先生与央视"名嘴"王立群教授…………………（145）
第十一章　先生的教材与讲稿………………………（148）
　　一、先生向同学们讲解工具书和目录学……………（149）
　　二、音韵学的讲稿……………………………………（161）
　　三、中国古代书籍制度的演变研究…………………（165）
　　四、《易经》讲稿……………………………………（169）
第十二章　随同先生考察大西北……………………（179）
　　一、长安古城与帝王陵的考察………………………（180）
　　二、周原考察…………………………………………（185）
　　三、大散关与五丈原的考察…………………………（188）
　　四、考察河西四郡……………………………………（189）

3

五、考察阳关……………………………………（198）
第十三章　东风化雨谱新篇………………………（201）
　　一、周人经营江汉是自昭王始…………………（201）
　　二、西周贵族婚俗与庶人婚俗的不同…………（205）
　　三、晋国尊贤尚功是秦汉制度的渊源…………（210）
　　四、使秦王朝灭亡的有两种势力………………（215）
　　五、答疑《光明日报》记者而作《名田解》………（220）
　　六、历史上东西周王朝与《战国策》东西周的区别
　　　………………………………………………（223）
　　七、对荀悦《前汉纪》的评价与褒扬……………（230）
第十四章　呕心沥血之作《战国策校注系年》……（233）
　　一、《战国策校注系年》撰写之缘由……………（233）
　　二、含辛茹苦写成《战国策校注系年》…………（236）
　　三、为《战国策》系年……………………………（240）
　　四、对《战国策》已有系年的校阅与勘误………（248）
　　五、对《战国策》策文的校注与勘误……………（259）
　　六、《战国策校注系年》的价值与意义…………（265）
第十五章　青山垂泪，良师永逝……………………（272）
　　一、殚精授业、诲人不倦的师德与品格………（272）
　　二、沉沉一疴失永良师…………………………（276）

后记………………………………………………………（280）

绪论　一代师表郭人民教授

先师郭人民教授1986年元旦去世,至今离开我们已经36年了。先生追悼会上所挂"一代师表"的大型横幅,是对先生一生教学科研的赞誉和总结。在这些年中,我曾攻读硕士、博士,在大学任教,接触过很多学生和教师,也了解一些其他学校的情况;但是我很少听到,也很少见到像先师那样呕心沥血教授学生的先生。先生教书育人,殚精授业,甘为人梯,他付出的是整个生命!用"一代师表"概括论定先生,恰如其分,实至名归。

先生学问渊博,古文献功力深厚,曾著《战国策校注系年》《安贞史论集》,并发表论文70余篇,名高学界,是我们后辈学生望尘莫及的。先生一生坎坷,1978年春风化雨,先生对教学科研投入了无限蓬勃的热情和精力。他为多少学生、青年教师、求教者设立课堂之外的课堂、教学之外的教学,倾尽思虑指导学生写论文,使学生的文章得以发表。先生的学问道德、浩然正气、高风亮节,使他赢得了学生们永远的敬仰和爱戴。先生殚精授业、鞠躬尽瘁,对工作无限热情,对学生高度负责的动人事迹,及其高尚的师德和师风,使有幸曾是他的学生的我们永远不能忘怀。

一、殚精授业、甘为人梯,树一代师表

先生学问渊博,对学生殚精授业。我们读大学的时候,先生是教授我们历史文献学的老师,他每次给我们上课,那些艰涩拗口难懂的古文献,如《庄子》中的许多篇章,先生都能随口背出,使同学们大惊。据河南大学古代史的研究生们说,郭人民先生讲十三经,不仅能背诵十三经的经文,连经文下的小注都能大段背出,还说先生是问不倒的老师。

先生博学,讲课深入浅出,旁征博引,赢得同学们深深的钦佩。

记得那时先生的课安排在第三、四节,先生每次讲课总是讲到十二点半或者下午一点。有时候,即使下课了,有同学总是围着先生问问题,而先生对同学们提出的每一个问题都会耐心地解答。先生是从来不计时间和精力的,有时候先生家里的人到学校找先生回家吃饭,先生还正在被学生围着解答问题呢。

先生为人谦和,慈祥和蔼,学问渊博,同学们认为在先生那里才能学到真正的知识。学生、青年教师经常到先生家里请教。桃李不言,下自成蹊。先生每天都接待络绎不绝、上门求教的学生、青年教师等人。

为了满足这些学生、青年教师强烈的求知欲望,先生就开设课堂之外的课堂。据我所知,六七十年代,先生在业余时间,就曾为一些向他求教的教师讲课。

先生一般根据求教者的要求讲课。如外语系赵帆声老师想学习《诗经》《资治通鉴》《盐铁论》,还想学习音韵学,先生就给

他通讲这几本古文献,并详细讲了音韵学。历史系有教师要求学习《左传》,先生就通讲《左传》。先生在讲这些课时,谁愿意跟着听,都是可以的。先生讲《左传》时,我就跟着旁听,当时旁听的还有历史系的乔老师、中文系的刘东兵同学等。

我们七七级亦有同学,如黄宛峰、史建群、雷近芳、鲁锦寰等人让先生辅导功课,先生选择讲解古文献《国语》《史记》《汉书》等部分内容。先生根据学生的特点选择授课内容和方式。

毋庸讳言,先生讲这些课是要费很多的精力和时间的。如果按每星期讲两个小时,先生讲一遍《左传》或《诗经》,约用一年时间;讲一遍《资治通鉴》,约用两年时间。在60、70、80年代,先生那里的求教者从来就没有间断。可以想象,先生为讲这些课,付出多少精力和时间。

先生对于喜欢学习的人,有求必应,从来没有推辞,没有抱怨,也从来没有收过任何报酬。但是先生的课对求教者的确是有很大的作用和启发。这些求教者受惠于先生的悉心讲解和教诲,差不多都开始撰写自己的著作。如外语系的赵帆声老师在先生讲《诗经》和音韵学的启发下,写成了《诗经异读》《中国诗学》等学术专著并出版。

请教先生的人,或为大学本科学生,或为攻读学位的研究生,或是历史系、中文系的青年教师,或是其他系热爱古史研究的中青年教师。

记得我在大学读书时,隔壁就是中国古代史教研室。先生经常给一个学生模样的女孩讲课。我曾经问过先生,那个女孩是学生吗?先生说,她是湖南某高校来河南大学进修的教师,但是分配带她的教师没有时间给她讲课,这个进修教师就找到郭老师,希望能给她讲讲课。先生本着对求教者负责的态度,就给她上课了。先生说:要不然,人家来咱们学校进修,什么也没学到,人家学校会对河南大学不满的。

我深深为先生顾大局、识大体的精神所感动。先生认真严谨,对学生关怀负责,爱惜河南大学的声誉,令人赞叹。

先生带我们研究生到大西北考察时,在考古工地、在博物馆、在古老水利工程边,先生随时开设"杏坛",进行教学。先生不辞劳苦地讲这个地方的历史渊源、历史地理的沿革、风俗人情的变迁;讲此地在政治、军事上的地位。是时,先生已届花甲之年,随我们参观考察,每日步行几十里路程,还要随时给我们讲历史知识。先生从来没说过一声累。

先生在他的有生之年,开足马力,淘尽生命的精华,献给他热爱的教育事业。有人问先生:"您这样辛苦,不觉得累吗?"先生说:"河南大学有良好的教学传统,不能从我们这里失传。我希望把河南大学的传统传下去。"先生的话,言犹在耳,如金石铭刻在心。

二、辛勤治学,文章道德如星辰璀璨

先生的学术研究是从《新史学通讯》开始的。先生有深厚的古文献功底,在学术的道路上用刻苦踏实的汗水、辛勤治学的学风、殚精竭虑的心血,写出那一篇篇功力深厚的学术论文和著作,在学术界产生强烈的影响。

先生一生坎坷,1949 年毕业于河南大学历史系。由于正处在新旧中国的交替时期,先生又经过一段马列主义思想培训,1951年毕业留校工作。自1951年至1957年下半年,在这6年半之中,先生与《新史学通讯》结下了不解之缘,凭着深厚的古文献功底,他在学术研究上迈出了坚实的一步。

《新史学通讯》是新中国成立后最早创办的史学刊物,创刊于1951年1月1日。《新史学通讯》至1956年止,创办整6年;1957年1月改刊为《史学月刊》。《新史学通讯》与先生早期的教学研究相辅相成,形成了先生学术研究的第一个高潮。

《新史学通讯》是新中国建立后,用新史学观点研究历史的最早刊物。6年中,先生在《新史学通讯》上发表30篇论文。

先生的文章涉及先秦至明清中国古代历史的方方面面,论点明确,论据有力,结论完整,表现出先生勤奋、踏实的治学态度和学术功力。这些文章研究了春秋时期农民的反压迫斗争、黄河流域的铜矿产地、张骞出使西域的性质、汉武帝"独尊儒术"的原因、太平道与五斗米道的关系、"古运河"与"今运河"、三国时期战争性质、北魏孝文帝与隋文帝为隋朝的统一创造的条件、唐太宗的对外用兵、后周世宗柴荣政绩、洪洞迁民、东汉外戚宦官党锢的斗争等。先生认为,西汉时期歼灭异姓七国与吴楚七国,才使中国封建专制体制得到确立。

先生的研究成果,现在已经成为学术研究的普遍观点和思想,但在当年,这是对史学研究的创新,是对全国史学工作者和历史教师具有导向性的思想和观点。

先生观点明确,文笔犀利,思路清晰,引经据典,说理明白,论证有力,从大量古文献史料中得出自己独到的、新的学术观点和思想。如对元朝赋税问题的研究,他应该是最早的,而且他的观点至今也没有被突破。先生对新中国新史学的研究具有"筚路蓝缕,以启山林"的开拓之功。他在古代史研究方面走在时代的最前列,做出了一定的贡献。

在我所查阅的资料中,河南大学教师在《新史学通讯》发表的文章,以先生为最多。历史文化学院宋采义教授是先生当年的学生。宋教授说:"郭老师在当时的青年教师中讲课功底扎实,同学们认为他讲课最好。有一次系里举办青年教师成果展,郭老师的成果最多。"

1957年1月《新史学通讯》改刊为《史学月刊》后,先生又在《史学月刊》发表《金朝兴亡与农业生产的关系——论"猛安""谋克"在金朝兴亡中的作用》《关于春秋与战国断代问题的讨论》两篇文章。

1957年下半年,先生被错划为右派,到河大农场劳动。这时是先生学术研究的低谷。我曾经听先生的女儿郭幼民教授说:"先生每到星期天从农场回家,从来不出门,而是在家看书。"我当时就想,先生当时已经那样了,还看什么书?后来我见到先生在他撰写的《战国策校注系年》的前言中说:"一九五六年夏,便萌对此书详读董理之动机……'文化革命'中,恐其散失,粗为条理标识,潜用毛笔抄写,形成初稿,订为二十二本,题名《战国策校注系年》。"[1]

笔者才得知,先生即使处在人生的低谷之时,也没有忘记他

---

[1] 郭人民:《战国策校注系年》,中州古籍出版社,1988,《前言》第3页。

热爱的学术研究。他的《战国策校注系年》书稿就是在错划为右派时期和"文革"中写成。这姑且算作先生学术研究的第二创作期。

1977年春风化雨,先生的右派问题得到改正。先生心情愉快,辛勤治史,连续发表学术论文。先生以他深厚的学术功底发前人所未发,并在很多地方纠正了时人和历史上的错误认识。

先生的学术成果颇丰。《文王化行南国与周人经营江汉》《从西周春秋时代的家庭婚姻制度说〈诗经·国风〉言情诗的性质》《秦汉制度渊源初论》《陈涉起义和六国的复国斗争》《名田解》《中国古代书籍制度的演变》《〈前汉纪〉及其编撰者荀悦》《〈战国策〉东西周考辨》等学术文章陆续发表。先生进入学术研究创作的又一个高潮。

中州古籍出版社听说先生有一部《战国策校注系年》的书稿,贾传棠编辑请教先生,是否愿意将书稿交给中州古籍出版社出版。先生欣然同意,遂把用毛笔字写成的五六十万字的书稿送交出版社。先生的毛笔小楷骨骼坚硬,刚劲有力,既有颜体的强韧,又有柳体的挺拔。出版社的编辑们对先生的毛笔字书稿无不赞叹,这真是一个学者的呕心沥血之作。可惜的是,这部书在先生天年之后才出版。呜呼!先生有生之年没有见到这部书!

三、鞠躬尽瘁泽被后学,高山景行之仰

先生一生乐于助人,乐于教学,这是先生终生不渝的信念。先生辛勤工作、教学、写作,直至耗尽自己的生命。

1985年,先生逝世前一个月即11月的27日,先生应南阳地区教育学院的邀请,在三九严寒季节到南阳讲课。先生住在教育学院历史组的教研室里。是时,我国很多地方没有暖气,甚至没有火炉。先生在南阳地区教育学院讲课五六天,连一天也没有休息过。课余,先生耐心地解答着来访者和求教者的各种问题,直至深夜。院方给他送来讲课费,先生说他不是为钱而来的,拒收。校方说,那就把讲课费寄到河南大学去。他生气地说,如果寄去,他就再寄回来。学校只好作罢。

先生一生热爱教学,他对学生从来都怀着"传道、授业、解惑"为己任的职责,具有中国知识分子的高风亮节、君子固穷的高贵品格;他把教学当成自己的义务,当作毕生所从事的事业。

那个时期,先生一方面撰写学术研究的论文,一方面给学生、青年教师讲课,有时还到外地外校讲课。先生不顾多病之身,为他终生热爱的事业忙碌,不知病魔悄悄向他袭来。先生离世前一天的晚上,还为研究生讲《易经》至深夜10点多。1986年元旦清晨6时许,先生永远离开了我们,离开了他终生热爱的教育事业和学术研究。

先生教的七七级本科学生,在读大学本科之时,已经写出10多篇学术论文,毕业前后在公开刊物上陆续发表。还有正在攻读学位的研究生,也是先生教书育人的受益者。七七级刘路生同学说:"郭老师是我们七七级最受尊敬的老师!"后来这些同学大部分成为学者、教授,是各个学校或者研究机构的学术骨干和中坚力量。

先生为了学生、为了教学,牺牲自己大量宝贵的时间。每个学生的心里都有一杆秤,先生的博学、无私奉献、文章道德,是同学们学术路上的指路明灯,使我们永远钦佩感怀。

先生辞世之日,先生的友人、同事、学生不远百里、千里,从四面八方赶来,为先生送行。当时,很多人难抑悲痛而泣不成声,有的放声大哭。他们送上情真意切的挽联,表示对先生逝世的哀悼和对先生的敬意。

先生的学生写道:

"惊悉噩耗仰泪眼问苍天,北望神州一代师表何在?"

"桃李不言,下自成蹊。"

"如可赎兮,人百其身!"

先生单位的领导也送上了挽联:

"鞠躬尽瘁为四化育人,甘当人梯树一代师风。"

先生的友人写道:

"勤治学善诲人孜孜不倦,想国家顾大局勤奋终生。"

"廿载坎坷捧丹心忠爱克笃前贤,一生勤奋育良才光热永垂后世。"

"伤心知己千行泪,身后萧索五车书。"

先生的同乡写道:

"道高品端学渊故里同故知共仰,心平气正志坚遗风与遗容长存。"

据说,先生的追悼会是河南大学多年来未曾有过的大事件。先生教书育人,殚精授业、食寝俱废、一心为公、不计名利的高贵品质和动人事迹,使他赢得学生们永远敬仰。

先生去世后,先生的学生也开始着手给先生撰写纪念文章,编著论文集。先生不是领导,无权无势。上世纪90年代初,我国经济刚刚有所复苏,人们的工资还很低。以郑慧生为首的先生的学生,把先生的论文,以及论文目录进行整理,以《安贞史论集》为书名,在河南大学出版社出版,表达了学生们对先生的一片心意。《安贞史论集》的《编后记》中说:"先师郭人民教授,毕生从事史学教育。书田耕耘,积劳成疾,于1986年元旦去世。遗下著作文稿,散见于各报端杂志。学生等不忘师德,将其汇编成集,付梓问世。这一方面是给先师一生学业予以总结,同时也表示学生对老师的一番敬意。"①

还有一些学生,如雷近芳、笔者本人等,着手为先生撰写纪念文章。笔者所写的《高山仰止 景行行止——回忆郭人民先生》是1987年在先生逝世后三个月写成的,先发表在《先秦史研究》(内刊号),之后,在河南大学90年校庆之际,发表在《河南大学学报》(社会科学版)2002年第4期。2012年又写了《百年校庆忆恩师》(主要是先生的小传),收录在《高等教育研究》(河南大学出版社2019年7月版)。河南大学很多人都受过先生的教益,笔者更是如此。这次为先生写书作传,总算完成笔者的一个心愿。

---

① 郭人民:《安贞史论集》,河南大学出版社,1993,《编后记》第268页。

第一章 耕读之家走出的才子

先生出生在豫东平原的一个普通的耕读之家。先生的远房舅父在村镇开设一个私塾学堂,于是先生就随舅父读私塾。在私塾学堂,先生是最用功、最优秀的一个。那些拗口的先秦古文,很多孩子不想背,甚至连念都不想念,而先生则是兴趣盎然,认真背诵,甚至是过目成诵。私塾先生认为他将来会有大的成就。先生的家以耕读为本,先生在学堂极其用功读书,在家非常热爱劳动;地里的农活耕犁锄耙,先生样样能干,而且还是一把好手。先生怜贫惜弱,富于同情心,深得乡邻的好评。

一、豫东平原深厚的文化积淀与耕读之家

郭人民教授,原名郭安贞,1924年农历五月端午节出生于河南省柘城县慈圣镇张桥村的一个普通的耕读家庭。

柘城县位于豫东平原,有深厚的文化积淀。柘城县是我国有名的人文始祖朱襄氏的发源地。《吕氏春秋·古乐》曰:"昔古朱襄氏之治天下也,多风而阳气畜积,万物散解,果实不成,故士达作为五弦瑟,以采阴气,以定群生。"高诱注:"朱襄氏,古天子,炎帝之别号。"朱襄氏曾经发明五弦瑟,使阴阳调和,以定群生。

朱襄氏还有一个非常了不起的贡献,即造六书。六书,即象

形、指事、谐声、会意、转注、假借六种对中国文字的解读条例，也可以说是创造我国文字的六种原则和依据。在我国文字形成之初，朱襄氏造六书，即提出造字的根据，以定造字之本，对中华文字的形成做出了卓越的贡献和功绩。朱襄氏还是豫东地区继无怀氏之后的古帝王。朱襄氏之地至春秋时期为陈国所占，称为陈国的株野。柘城县是我国朱姓的起源地。

郭先生所在的慈圣镇，据柘城年鉴记载，春秋时期孔子周游列国途经于此，见路旁有一饥妇怀抱幼子奄奄一息，便将所带干粮赠予母子，使其得以活命。孔子这一慈善之举在当地传为佳话，当地尊孔子慈善圣人，乃建慈圣庙以纪念，后来以庙为名沿传至今；1950年设慈圣区，1988年经省政府批准正式定为慈圣镇。

柘城县慈圣镇张桥村，清洌宽阔的惠济河从村东北绕着村庄，向东南流去，汇入淮河，奔向东海。村外的万顷良田，碧野烟树，泛着绿浪，水草丰美，土地肥沃，人杰地灵。先生出生在惠济河边张桥村这个小村庄，灵山秀水陶冶他的灵魂，滋养他的智慧和风骨；家乡深厚的文化底蕴塑造了他善良的品格和胸襟。

先生出生在慈圣镇张桥村的一个诗礼之家，祖父和父亲郭学然皆是乡村里的士绅。先生的母亲刘氏是相邻的伯岗镇有名刘姓家族的女儿。先生的母亲是一个吃苦耐劳、知书达礼的大家闺秀。在这块有深厚文化底蕴的热土上，孕育先生过人的才气和睿智，滋养先生善良正直的品格。在这里我们谈谈先生的名字，如前所述，先生原名郭安贞。据先生说，他的名字是根据《易经》首句"元亨利贞"中的"贞"而来的。"贞"，唐代陆德明

《音义》云:"元亨利贞者,是乾之四德也。《子夏传》云:'元,始也,亨,通也;利,和也;贞,正也。'""贞",是"正"之意,即正直、正派的意思。先生弟兄的名字以"贞"为辈字,表明先生家希求子女皆以"正直"为立身之本的愿望。

先生弟兄五人,他排行第二;由于老大早夭,所以先生就是几个弟弟的长兄。先生弟兄的名字是按"姓+字+辈"起的,辈字放在最后。先生名曰郭安贞,其弟的名字相继为郭宪贞、郭宏贞、郭宴贞。而第二个字皆用带宝盖头的字。名字上的第二个字皆带宝盖头,当有吉祥之意。

二、私塾六年与深厚的古文献功底

先生的家是一个大家庭。在弟兄五人之中,先生是最聪慧、最爱读书的一个。从小先生就在母亲的教育下娴熟地背诵《三字经》《百家姓》等童书。先生的启蒙教育当来自他的祖父。

先生出生在1924年,现代学堂已经兴起,而且民国初年就开始颁布《强迫教育方法》。教育部1913年《强迫教育办法》第四条云:"为儿童当入之年,八岁一律入学,违者重罚其父兄,并处罚学董。"[①]1935年民国政府又颁布了《关于实施义务教育标本兼治办法案》及《实施义务教育暂行办法大纲》《实施义务教育暂行办法大纲施行细则》。《施行细则》明确规定:"凡应入学而不入学者,应对其家长或保护人予以一定期限必须就学之书

---

① 陈鹏、林玲:《中国义务教育法制百年历程之反思》,《陕西师范大学学报》2007年第2期。

面劝告;其不受劝告者,得将其姓名榜示示警;其仍不遵行者,得由县市教育行政机关请有县市政府处以一元以上五元以下之罚,并仍限期责令入学。"1936年国民政府的《中华民国宪法草案》规定:"六岁至十二岁之学龄儿童,一律受基本教育,免纳学费。"①

但即使在这样情况下还有读私塾的儿童,先生就是这样。他的祖父奉行"以耕读为业,忠孝为本"的信条,也就是"耕读不求闻达",耕读乃是学道明理之事。因为当时先生才5岁,如果去新学堂读书,离家远,加上年龄尚小,家里不放心,于是他的祖父就送他到私塾念书。

当时先生的家乡有一个教书先生,是先生的远房舅父,在先生母亲娘家所在的镇上办了一个私塾学堂,有10多个孩子在私塾念书。由于这种关系,幼年的先生也被他的祖父送到柘城县伯岗镇就读私塾。在这里,先生似乎找到了他的乐趣,他一下子对背诵那些苦涩难懂的四书五经有了浓厚的兴趣。

先生的女儿郭幼民教授说,她奶奶告诉她,先生小时候背书非常快,有时候简直是过目成诵,往往使私塾里读书的孩子们瞠目。先生在私塾学习6年,不仅熟读四书五经,并且学习了音韵学。据先生回忆说,私塾先生要求非常严格,不仅要背那些经文,连有些经文后面的小注都要背。先生后来给我们讲《左传》时,不时顺口就背诵《左传》的内容,或者一段经文。先生在私

---

① 陈鹏、林玲:《中国义务教育法制百年历程之反思》,《陕西师范大学学报》2007年第2期。

塾中读了6年，直至11岁，先生的父亲要把先生转到学堂上学，才终止了私塾的学习。

其实我国的古史就源于这些儒家的经典。我国自隋朝就有人提出"六经皆史"之说，宋元明清以来，这种说法更盛。清代袁枚在《随园随笔》中提出"六经自有史耳"；清代章学诚在《文史通义·内篇·易教上》也提出"六经皆史也"。章学诚认为六经乃夏、商、周典章政教的文书诰令，并不是圣人为垂教立言而作，皆可以作为研究历史的典籍和文献，因此他提出"六经皆史""六经皆器"等命题。

先生读的经书就是我国古代的历史，读诗以明志，读史以明理，"胸有诗书气自华"。先生经历6年的私塾教育，为日后从事历史学研究打下了坚实的基础。

凡在私塾读书的人大概都非常注意书法，先生在私塾上学，他的书法也在这个时期练成。先生说，他喜欢书法，而且最喜欢唐代书法家柳公权的柳体字。书法界有句话叫"颜筋柳骨"。颜，是颜真卿；柳，即柳公权。柳公权楷书骨骼挺拔，形态瘦硬，笔画强韧，给人一种挺立之感。当时上私塾皆是用毛笔写字，先生在学校是一个极其用功而又认真的学生，他的字都是用心写出来的。有人说，一个人的字表现出这个人的性格，甚至是人品，郭老师的字确实能表现出他的风骨和品格。

先生的毛笔字在历史系、在河南大学都是非常有名气的。河南大学中文系的于安澜先生是有名的书法家，于先生的字、画都非常出色，对艺术史也很有研究。他当时找到郭老师说："人民，你去艺术系教书法吧，现在艺术系缺少书法教师。"郭老师认为,历史系更适合他自己,他没有去;但这说明郭老师的毛笔字确实是很有功底的。当时只要学校有书法之类的活动,历史系参加者必定有先生。有一次几个爱好书法的日本人来到河南大学进行书法学术交流。河大历史系就是郭先生出马,代表历史系与日本人进行书法交流,赢得日本友人的赞扬。

先生说,他的书法在他成年之后,基本没有怎么练过,读私塾时,他的字已经定型了。由此可见,私塾对先生的学问,特别是对先生的古史研究,确实起到了很大作用。

先生从私塾转到学堂念书时,私塾先生还特意到家中嘱咐先生的家长说,千万不要耽误这个孩子的学习,这个孩子将来肯定会有一番作为,他应该是国家之栋梁。

三、怜贫惜弱、耕读为本

先生的家在当时属于比较富裕的家庭,父母的善良品格也传给了先生。先生自幼怜弱惜贫,富于同情心。如果村里谁家有困难,他听说了,就会领邻人回家去找父母要钱或者物。有乞丐到家里乞讨,当时尚年幼的先生就会给乞丐拿馒头或盛饭,从不让人家空手而走。

先生自幼就在私塾读书,但是先生的家是以耕读为本的家庭,先生真正做到了以耕读为本。先生热爱劳动,干农活在村子里也是有名的。先生家里有一个长工姓皮,先生喊他皮叔。先生下学回来或者放假时,就跟着皮叔干农活,从不间断。所有的农活,先生基本上都是内行,就连最难做的扬场,先生也是操纵自如。若干年之后,先生在农场劳动时,无论是扶犁、扶耧、耙田，都是很好的一把手。秋收之后把收割的麦子在场上晒干，将麦子碾场之后，开始扬场，就是把麦子与麦糠分离，这可是一个技术活。

上个世纪五六十年代，知识分子都是要下乡参加劳动的。当时郭老师在农场劳动，其实大家都是教书先生，干其他活还可以，但基本上没有人会扬场。看着一大堆混在一起的麦粒和麦糠，大家开始作难。先生说："我来试试！"先生驾轻就熟地拿起木锨，铲起混在一起的麦子与麦糠，顺风扬起，麦粒与麦糠分离，在场的老师一片叫好，说："老郭，你真行！"先生一直把那些麦子扬完，这正是先生自幼练出的功夫和本事。先生的幼年从来没有脱离过劳动，也可以说，农耕与念书，皆是先生的童子功。

先生的童年非常美好而且多彩。乡下的孩子娱乐活动不是太多，当时郭先生的家乡有一个用铜钱打鸡腿的游戏。一群孩子分别拿一个铜钱打正在跑着的鸡腿，谁能打中鸡腿，谁胜。那群孩子中只有郭老师的铜钱能准确打中鸡腿。可见先生从小就是一个沉着、机智的少年。

先生在上学时还是篮球队员，经常参加球赛。先生是历史系篮球队主要的投篮队员，郭老师很得意自己的球技，说他自己的准头好，与他小时候的打鸡腿有关，是练出来的。

先生是一个热爱生活、热爱学习的人，又是一个很活泼、很聪慧的人。

第二章 进入新学堂

上世纪二三十年代,在洋学堂念书早已经成为必须。如果不进洋学堂,可能连中学也不能上。但是乡下的孩子还有在读私塾者,先生就是其一。先生必须从私塾转到学堂念书时,私塾里的先生还特意到家中嘱咐先生的家长说,千万不要耽误这个孩子的学习,这个孩子将来肯定会有一番作为,他应该是国家之栋梁。先生读了6年私塾之后,转入商丘的学堂。这个学堂,应该就是一个高小,为读初中做准备。从学堂毕业后,到亳州怀恩中学,从初中一直念到高中。

一、转学到新学堂

在私塾读书整整6年,先生已经十一二岁了。乡下催促非常严厉,希望能够转到新学堂读书。民国推翻清王朝后,反对"忠君""尊孔";陶行知先生就指出:"新教育的目的","就是要养成'自主'、'自立'和'自动'的共和国民"。[①] 先生虽然无所谓"忠君""尊孔",但是读的基本都是儒家经典。民国政府提倡新学,如胡适先生就反对文言文,提倡白话文。

---

① 汪楚雄:《陶行知与中国新教育运动》,《教育研究与实验》2009年第3期。

另外,先生在家乡读了6年私塾,必须转入当时所谓的"洋学堂"。初中、高中所涉及的知识不是私塾所教能代替的。

是时,先生年龄稍长,已经成为一个少年,于是家中长辈就把先生送到商丘的归德府中学堂,作为插班生,读高小。归德府中学堂,虽然名为"中学堂",但是实际上开的是小学的课程。

归德府中学堂于1905年(光绪三十一年)成立于中国四大书院之一的"应天书院"遗址上。

民国时期小学由"初小"和"高小"组成。"初小",指的是小学1—4年级;"高小",指的是小学5—6年级。一般来说,"初小"是强迫教育,也是免费教育。虽然说是免费教育,但还是要交一些学费的,不是太多。"高小",各个省份不一样,有的省份"高小"与"初小"一样,有的省份"高小"收费较多。河南省的"高小"比"初小"的学费稍贵。先生其实没有必要再读"初小"了,于是直接插班高小念书。

记得我读研究生时,先生带队到商丘县去考察。商丘,在先秦时期是宋国的国都,后来称为宋州、应天府、南京、归德府等,后在商丘县的旁边又建一个新兴城市商丘市,是一个地级城市。历史上的宋州、应天府、南京、归德府等,皆是指后来的商丘县。这是一个历史文化十分厚重的地方。当我们走在商丘县,先生大概回忆起他的少年时代,忽然非常激动地说:"这里可是我小时候上学的地方,我每个学期回家一次,来回都是坐马车。那时候,商丘县非常热闹,街上的小铺一个挨一个,卖啥都有。"先生饶有兴趣地向我们讲起他当年在这里求学的情况、商丘县的街市和风俗。我想,那时先生肯定是故地重游,感慨万千。当年先生只有十二三岁,坐着马车从柘城到归德府读书,每到假期回家,还要从事家中的农活。那时候没有现在的柏油马路,基本上都是土路,先生的家柘城距离商丘县 100 多里路程,先生回家一趟是很难的。先生当时说话的音容笑貌尚在眼前,而如今先生已经去世 30 多年了。先生在归德府,即后来的河南省商丘县,读了两年小学;后考上了亳州府怀恩学校读初中。

二、在亳州怀恩学校

1937 年先生 15 岁,在商丘读完了小学,该上初中了。

这年,日本发动了侵略中国的卢沟桥事变,日本所谓的"大大东亚战争"已经打响。中国大地狼烟四起,哀鸿遍地。

先生当时还是一个该上初中的少年,应该是在被庇护之列,先生的家人替他选择了安徽省亳州怀恩学校的初中。亳州怀恩学校虽然属于安徽省管辖,但是亳州地处安徽省的西北,先生的家乡柘城在河南省的东部,豫东与皖西北毗邻,即亳州与柘城是相邻的县城,亳州距离先生家乡柘城县只有百十里地,不算远。

1910 年美国传教士包士丕、包万德兄弟在亳州创办福音学堂。1938 年 9 月,美国基督教牧师邵士德将福音学堂易名为"怀恩学校",并开始创办初中部,招收初中学生。

这个时期正是抗日战争时期。怀恩学校是美国传教士办的学校,是时美国尚未与日本开战,但美国与中国又是盟国关系。怀恩学校如果四周插上美国国旗,日本人就暂时不会进入这所学校施暴。

正因为如此,家人才为先生挑选了亳州的怀恩学校。1938

年先生来到亳州怀恩学校初中读书。先生在亳州怀恩学校学习6年。

怀恩学校有小学和初中,属于外国人创办的私立学校。当时洋人在中国办的教会学校是一种特殊的私立学校。创办之初,为了吸引中国孩子入学,多是免费的。怀恩学校也是如此,当时的学生吃住都在学校,不收费;男女生兼收。

怀恩学校开设初小两个班共80人,高小两个班共60人,初中一个班为23人,共计5个班163人。1939年初中增设为3个班,全校共7个班;教师共有10人,其中3人大学肄业,3人高中毕业,4人高中肄业。除厨工外没有工友,一切杂工均由半工半读的学生完成。

包士丕、包万德兄弟在创办福音学堂时,曾建有白楼、绿楼、红楼,作为学校的教室、办公室和寝室。教室和办公室设于白楼及楼前的一排草房。红楼为女生宿舍,绿楼为美国人住宅。学校设备简陋,有破钢琴一架,课桌椅不全;体育设施有篮球架一副、沙坑一座,理、化、生仪器没有;有小书架一个,有少量旧书。

学校除开设圣经、国文、数学、英语等主科外,还开代数、几何、物理、化学、动物、植物、生理卫生、地理、历史、音乐、体育等课程。所用的课本全系当时国民党批准发行的上海商务印书馆出版的复兴教科书。

学生参加劳动给予生活补助,如打铃、扫地、刻印讲义等工作,还有少数中学生兼教小学课程。学校根据学生的家庭情况和学生的劳动付出分别给予生活上的补助,分为半助生(学校半包伙食费)和全助生(学校全包伙食费),还有自费生,自费生不参加劳动。当时怀恩学校没有职员,没有工友,只有教师和学生。

先生在怀恩学校读书,属于半助生,即先生要在学校做一部分杂活,或者说杂工,怀恩学校半包他的伙食费。学费自然是可以免除的。

第三章　求学在河南大学

先生于1946年考入河南大学文学院,攻读历史专业。当时,河南大学是国立大学,在国内是名牌大学,也是河南省唯一的综合性大学。先生上大学三年级时河南大学南迁到苏州。先生随河南大学南迁。在苏州,河大请了许多国内名家到河大上课,大大开阔了先生的学术视野,对先生有非常大的影响。同时,先生在一个进步同学的介绍下,进入学生自治会,任康乐部的副部长。先生受苏州地下党的影响,顶住了民国教育部多次诱使学生们到台湾去的命令,留在了大陆;最后完璧归豫。在返回河南大学校园所在地开封的火车上,先生把自己原来的名字"郭安贞"改为"郭人民",表示他对人民的崇敬,今后他就是一个普通的"人民",也表明他的人民大众立场。

一、考上河南大学

1945年8月,抗日战争胜利,河南大学也结束了流亡办学,从宝鸡回到开封。刚好这年先生高中毕业,该考大学了。

1946年先生考上河南大学。是时,河南大学刚刚结束了抗日战争时期流亡办学的生涯,才回迁到开封不久。

就在这一年先生经过考试来到河南大学文学院读书。那个时候的大学可能和现在的考博士一样,每个学校都是单独招生,而且考试的时间皆不相同。先生同时被北京辅仁大学、河南大学农学院、河南大学文学院录取。当时以郭老师家的经济情况，上北京辅仁大学有些吃力，也可以说上不起。农学院，虽然农活干得不错，但是郭老师在农学理论上似乎不是太强；于是郭老师决定读河南大学文学院。

文学院有三个系——文史系、教育系、外语系；另外还有资料室、古物陈列室。当时文学院的院长是张邃青；文史系主任嵇文甫、教育系主任陈仲凡、外语系主任罗素瑛（外籍）。整个文学院共有教授31人，副教授8人，讲师助教6人；学生441人。

1947年，文史分系，先生的私塾底子特别好，决定在文学院主攻历史学。历史专业的学生有40多人。

先生以抗战胜利后的第一批学子进入河南大学，心情非常好。在读大学时，他读私塾时所积累的坚实的国学底子表现出来，得到在河南大学任教，同样读过私塾，有深厚国学底子的嵇文甫先生的欣赏和喜爱。嵇文甫先生经常和先生交谈一些问题，并试探先生的国学根底，结果每次都让嵇文甫先生非常满意。

二、随河南大学迁往苏州

河南大学所在地开封市经历了两次解放战役。1948年6月，开封市第一次解放，当时的开封有30多万人，这次战争解放军单方统计歼灭3万敌人。要知道炮弹是不长眼睛的。据说当时的开封也真是尸骨如山、血流成河了。有人作诗曰：

血肉横飞拼死伤，浓烟烈焰映残阳。

衢横栅栏行人绝,路暴堆尸饿犬忙。①

为了保护河南大学3200多名师生的生命安全,民国教育部下命令河南大学整体迁往苏州。人民解放军进城后,也劝说师生离开炮火连天的开封,还用军车运送学生出城。学生为了完成学业,也只有三五成群地结伴陆续南下。1000多名师生先后到达南京。②当时先生正在读大三。为了自己的学业,先生只好随河南大学一起南迁苏州。

苏州在开封东边,郭老师顺便先回老家商丘一趟,目的是回家要钱,再让家里准备棉衣棉鞋。郭老师在家住了一个星期,就与同乡的几个同学一起前往苏州,到达徐州车站。徐州站有河大设立的接待组,把同学们送上开往浦口(属南京)的火车。

到了浦口,离苏州还有一段距离。在浦口已经也滞留有二三百个学生,当时学生们无钱无法乘坐前往苏州的火车;连饭也没有吃上。后经教育次长田培林(曾担任过河南大学校长)的协调和努力,学生们乘坐大汽车被送到下关车站,再分批乘火车到苏州。③

当时也是困难重重,无校舍,3200多名师生怎样安置成为一大难题。是时,河南大学校长姚从吾先生在苏州到处求人,希望解决校舍问题。在当地政府、社会贤达的协助下,河南大学师生的住处及校舍总算有了着落。河大校总部设在苏州怡园。

---

① 杨泽海等编著《国立河南大学》,时代出版社,2014,第174页。

② 河南大学校史修订组:《河南大学校史》,河南大学出版社,2012,第88页。

③ 杨泽海等编著《国立河南大学》,时代出版社,2014,第28页。

文学院安排在沧浪亭。沧浪亭位于苏州城南,是一所始建于北宋庆历年间(1041—1048年)古老的园林,与狮子林、拙政园、留园并称为苏州四大园林。

文学院低年级学生的宿舍、食堂、教室均安排在十梓街。文、史、教育三个系高年级的同学安排在沧浪亭旁边的三贤祠。先生是文学院三年级的学生,也住在三贤祠。

沧浪亭、三贤祠皆已残破,但是残垣断壁之间,仍然是清清湖水、亭台雅致、曲径回廊,巍峨穿空的太湖石、清澈见底的沧浪水,显示着曾经的辉煌,也陶冶了河大学子的情怀。就这样,先生在苏州开始了新的求学生涯。

三、求学在苏州

在苏州,郭老师珍惜这来之不易的学习机会,专心听讲,认真学习,夜以继日地读书。当时学校图书馆进了一批新书,而且学校也与苏州图书馆联系,可以向河大学生开放借阅图书。这些都给先生以读书的便利。

由于河南大学的特殊情况,暑假漫长,同学们的学习中断,于是同学们自发组织学术研习会,每周在苏州中学的大礼堂举行。1948年10月河大终于开课了。文学院开的课程主要有文学、历史、教育学、心理学、英语、哲学等。

河南大学地处开封,虽然是河南省城,但是属于内陆地区,相对封闭。而到了苏州之后,由于离大城市上海较近,风气要比开封开放得多。河大文学院邀请了寓居在苏州的著名学者钱穆、李健吾、冯友兰、顾颉刚、郭绍虞、蒋吟秋等先生任教。

记得郭老师曾经说过,他听过很多名人讲座,如钱穆、顾颉刚、郭绍虞等,当时郭老师没有说是在什么地方听的。今听一些曾到苏州的老先生们说,钱穆等先生曾被南迁的河南大学聘请讲学,大概郭老师就是在苏州听钱先生讲的课。

钱穆先生是国内外有名的国学大师,他的许多观点我是很佩服,也是很赞成的。如钱穆先生提出,周人的祖先最早应该来自山西,《诗经》中说的公刘所迁豳地之"豳",当是"邠",是汾河岸边的一个城邑。

钱穆先生在河南大学讲授"中国文化史导论"。据说钱先生讲课从不带讲稿,但是讲得却是条理清楚,脉络分明。他认为,唐代是中国文化艺术成熟的最高点。中国文化史上有两条主线:汉代人对于社会政治的种种规划;唐代人对于文化艺术的理解和欣赏。

笔者认为,先生有那样深厚的国学功底,他对钱先生的话可能理解得更深。先生经常说,中国历史的各朝各代,基本都是按照汉王朝实行的"罢黜百家,独尊儒术"及"重农抑商"这两大政策立国的。这是历代王朝都实施的政治主线,而唐朝对文化艺术的理解和欣赏成为唐代之后的文化基础。先生最欣赏、佩服钱穆先生的《先秦诸子系年》,认为那是很有学问的一部书。《先秦诸子系年》内容庞杂,涉及先秦史学、文学等多个方面,但每段史料都没有像《左传》那样有明确的年代,能够给史学研究者提供方便。钱穆先生学识渊博,熟读诗书和文献,又用很多的精力和时间为先秦诸子的资料系年。这项工作不是每个人都能做成的。钱穆先生却完成了《先秦诸子系年》,表现出钱先生深厚的学术功力。这本书当是钱先生的代表作,也赢得了学术界的赞誉。先生佩服的是有真才实学的人,钱先生是郭老师佩服的重要学者之一。

在苏州时,给河南大学上课的还有蒋吟秋先生。蒋吟秋先生是苏州图书馆的馆长,擅长书法、目录学。蒋吟秋先生上的是目录学。

郭绍虞先生所讲的音韵学,也是先生必选的课程。中国汉字源远流长,关于声韵学的研究已经有一千多年的历史,如我国古文献注、疏上都有切音。但是汉语现代音韵学却是始于上世纪20年代。当时,西方的一些汉学家和我国早期的留学生,如高本汉(瑞典汉学家)、马伯乐(法国汉学家)、赵元任、李方桂、陆志韦、王力等,介绍西方语言学理论和方法,传入中国,使之与中国古代声韵学相结合,于是出现了汉语现代音韵学。

先生虽然古文基础非常好,也懂得古代的声韵学,但是对汉语现代音韵学不是很熟悉。先生选修郭绍虞先生的课,不仅因为他的课有学问,还因为佩服郭绍虞先生的民族气节。1941年日伪强迫他任教伪北大,郭先生不从,竟被关押。获释后,他在燕京大学讲坛上上"最后一课",朗读了《诗经·黍离》:

  彼黍离离,彼稷之苗。行迈靡靡,中心摇摇。知我者,谓我心忧;不知我者,谓我何求。悠悠苍天,此何人哉?

  ············

郭绍虞先生读完,满座泣下;接着郭绍虞先生就携眷南下,坚决不在伪北大教书,表现出高尚的人格和民族气节。

当时国内外有名国学大家的讲课,使先生大开眼界。先生自幼熟读诗书,但是怎样用这些知识去研究学问,因当时还很年轻,不是太懂。聆听这些名人的讲座,对先生是一个大大的启发,使先生的学问也得到升华。

研究古史,必须懂得音韵学。先生在他以后的教学中,经常把音韵学的知识贯穿其中。郭老师女儿郭幼民教授说,她自幼年时,父亲就让她背"东冬江支微鱼虞齐佳灰"。可惜后来郭幼民教授没有从事声律学,而是读了外语系。郭老师也让我们背过,也可惜的是,那时的我们都不理解郭老师的苦心,没有认真地学习。

四、在苏州的募捐与筹粮

河南大学在苏州的日子并不是太好过,如前所述,在姚从吾校长的多方运筹、努力下,河南大学在1948年8月才解决了住宿、办公、上课等问题。当这些问题解决之后,当年12月姚从吾校长因身体不好而辞职。之后,姚从吾校长去了台湾,担任台北大学历史系主任。这是后话。

姚从吾校长辞职后,学校由郝象吾、马非百、张静吾组成三人小组负责校务。由于三人小组因生活与经济核算问题与学生自治会发生矛盾,1949年3月三人小组集体辞职。经教授会、职员会、工友会与学生自治会共同协商,成立七人"校政维持委员会",简称"校委会"。当时大家推出的校委会主任是法政学院院长方镇中,副主任是工学院院长郭喧。二人皆为无党派人士,推选他们也得到了地下党的支持。另外,校委会还有常务委员若干人:文学院院长杨震华、农学院院长王鸣岐、理学院院长孙润晨、水利系主任严凯之等。

校委会的任务主要有二:一是维持河南大学现有局面,不准拆散。因为那时候河南省教育厅的先生还到苏州去看望河大师生,害怕河大回不了河南。二是保证师生的正常生活。

1949年春天,河南大学的学生会改选学生自治会是学生们的胜利,地下党员杨泽海等人直接参与自治会的领导。①"新改选的学生自治会拟定工作计划,邀请各院代表和教授组成'校政策进小组',协助行政公开政务,提高效率,共同治理学校。""1949年3月16日,学生自治会举行了纪念高尔基诞辰81周年文艺晚会。3月27日,学生自治会河大新闻社主编的《方向》创刊,它向知识分子和青年学生发出'太阳和北极星没有落,能为我们指示方向'的呐喊。"②青年学生还组织时事座谈会、师范教育座谈会、高尔基文艺晚会,组织募捐等活动。

先生当时是大三的学生。学生时代的先生年轻热情,喜爱打篮球,又仗义执言,在同学中有很高的威信,被同学们推举为学生自治会康乐部的副部长。当时学生自治会有两个部:学生部和康乐部。

郭老师主要负责同学们的体育活动:协助体育教研室;组织河南大学篮球代表队参加篮球比赛活动等。但是学生自治会是要为同学们服务的。首先要解决洗澡问题、理发问题,还希望苏州商家对学生照顾一些。郭老师说,除了上课他就是跑这些事。

---

① 杨泽海等编著《国立河南大学》,时代教育出版社,2014,第69页。
② 河南大学校史修订组:《河南大学校史》,河南大学出版社,2012,第115页。

苏州人对河大学生还是很照顾的,凡河大学生洗澡、理发一律六折。

1948年的年底,也就是春节前夕,河南大学在苏州面临着一个更重要的大事,即吃饭问题。是时,教育部继续南迁广州,由于河南大学拒绝南迁,于是教育部不再给河南大学拨经费了,学校没有钱了。俗话说,"兵马未动,粮草先行",苏州的3200多名师生的住宿、学习解决之后,吃饭是一个大问题。

学生会组织同学们到街上义演募捐,然后再购买粮食。当时河南大学成立"黄河剧团",排练曹禺先生的《北京人》,请洛水(《二郎山》歌词的作者)为导演。学校只为这个剧拨10块银洋,必须精打细算,排演到深夜才有一顿夜餐。《北京人》剧目排练好后,《苏州日报》和《中国时报》都以头版头条报道河南大学"黄河剧团"筹粮义演的消息,轰动了苏州剧坛。这也是苏州社会各界对河南大学的支持。1949年4月,《北京人》共演出13场,场场爆满。后因战事紧张而停演。

先生作为学生自治会的康乐部副部长,带领几个同学到上海募捐。先生说,他去上海是找他的同乡,主要是商丘在上海做生意的富商同乡。他在上海住了一个多星期,找到富商同乡王新民、韩循先、牛星垣等,募到了1000多万元法币。法币,就是法定货币。1935年由于国际上白银价格上涨,民国政府实施币制改革,改银为法币。由中央、中国、交通三家银行集中发行钞票,并将其定为"法币"。原来流通的各种银币、银元(如"袁大头")禁止使用,白银不再流通,所有现银必须兑换为法币。中国法币与美元、英镑皆保持固定汇率,法币1元等于0.2975美元,法币1元合英镑1先令2.5便士。先生与他的几个同学募捐的1000多万元法币,可兑换约300万美元,或者50多万英镑,这在当时算一笔不小的款项。

学校奖励郭老师及他带领的几个同学每人108元法币。

另外,河大师生还面临断粮的巨大难关。当时,学校的师生共有3200多人,连同教师的家属子女共约5000人。粮食问题确实是一个燃眉之急,是落在学生代表身上的一大重担。学生们寻找各种人事关系,如亲戚、同乡、熟人购买粮食。

先生是学生自治会康乐部的副部长,在当时学校断粮的情况下,也是要参加筹粮的。我曾见到一篇报道,关于河南大学在苏州筹粮的文章,而且先生也说过在苏州断粮、找粮食的问题,先生也参加过这次筹粮活动。

先生与学生自治会的其他同学一起,在校委会主任方镇中先生的带领下到上海、南京筹粮,无果。

民国时期,南京是国都,江苏省的省会在镇江。江苏省粮食厅厅长何玉书是方镇中先生在留法时期的同学。同学们在方镇中先生的带领下,直奔镇江。由于方镇中先生有这层关系,河南大学才从江苏省粮食厅筹到了粮食。[①]

他们从上海到南京,再到镇江,十几天的奔忙,终于筹到了粮食,解决了河大数千口人的吃饭问题。这次事件后,才知道办一件事是多么不容易。

通过南迁苏州,筹宿、筹粮等事件,可以看出河大师生是在

---

① 杨泽海等编著《国立河南大学》,时代教育出版社,2014,第26页。

何等艰苦的环境中保存了河南大学这支文脉。

五、完璧归豫,火车之上改名

河南大学到苏州时,中国共产党已经取得辽沈、平津、淮海三大战役的胜利。1948年10月,开封解放了。远在苏州的河大师生欢欣鼓舞,时刻关注着家乡的消息。

当时在苏州的河大校舍,地下党活动非常活跃。共产党的地下报纸、传单都贴在沧浪亭的长廊、宿舍的长廊上。油印小报也不少,比如《新生报》《方向》《大学报》《民言报》等,还有历史系同学写的《东汉党锢之狱的前前后后》。这些油印的小报印着一篇篇战斗檄文,宣传民主、自由的思想,新鲜的空气充盈在这古老的学堂里,也唤醒着河南大学年轻的学子。同时,解放军的节节胜利也激励着同学们的满腔热血。同学们满怀信心地盼望着胜利的到来和国家的安定。

就在这时,国民政府教育部下令河南大学继续南迁广州。这个命令遭到河大师生的拒绝,这样河大完全与国民政府脱离了关系。国民政府也不再给河南大学拨款。在苏州解放的前夕,河大师生的民主意识已经觉醒,坚决抵制了教育部要求河大南迁广州,再迁台湾的命令。当然也有个别人南迁。河南大学99.5%的师生留在大陆,保障了河南大学的完整。这应该是中国教育史上浓墨重彩的一笔。

先生当然是留下来了。他曾经说过这样的话:

第一,他在苏州虽然没有参加共产党,但是与地下党有很多的接触。他赞成共产党的主张,相信共产党能够领导中国走向繁荣和昌盛,他觉得共产党是很有前途的。

第二,他当然也认为,国民党仓皇而逃,是没有什么前途的。

第三,他的家里有年老的父母,还有妻女。先生当时已经结婚,而且有了女儿。先生是一个责任心很强的人,他为人子、为人夫、为人父,不能够弃家庭责任于不顾,自己一走了之。

1949年4月27日,苏州解放。4月29日,中国人民解放军军事管制委员会全面接管了河南大学。以方镇中先生为首的校务委员会接受中国人民解放军的军事接管和领导,并协助军管会做好各项工作。

河南大学共有3200多名师生,而在这场天翻地覆、沧海巨变的变革中,参军、参干的有1700多人。河大学生多数跟随中国人民解放军跨过长江,投入到解放战争的洪流中。

是时,开封早已解放,比苏州要早五六个月。1949年6月,河南省政府主席吴芝圃派开封市教育局副局长前往苏州,迎接河南大学返汴。

1949年6月28日,苏州市学联会为欢送河南大学返汴举行茶话会,参会的有学联会、青工会、各校代表、河大代表等。苏州军管会的陈主任讲话,祝贺河大同学返校,希望为人民、为祖国好好学习。河南大学的方镇中教授致辞。最后河南大学代表向军管会、学联会分送"人民之光"和"学生灯塔"的旌旗。

之后,在刘伯承、陈毅、韦国清等人的关怀下,在苏州、南京、徐州等地政府的支持下,调配车辆、渡船,1200多名河大师生(除去参军、参干的)顺利回到开封。河大师生,完璧归豫,河南大学完整地回到河南,河南这支珍贵的文脉被保全。

先生虽然没有参军、参干,但是他带着对美好社会的向往迎接新中国的成立。他认为,一个人民当家做主的时代就要到来了。这是多少年千百万知识分子的梦想。在返汴的火车上,他和同学们心情舒畅,哈哈大笑,欢迎春天的到来,欢呼新时代的降临。郭老师曾经说过:他忽然有一种冲动,他想把自己的名字"郭安贞"改为"郭人民",他想做一个对社会有用的人。当时另外一个同学,也是先生的好朋友李海青,在先生的带动下,也要改名字,他把自己的名字改成"李社达",就是到达社会主义的意思。

由此可以看出,在火车上的河大师生是多么欢欣鼓舞地迎接新中国的诞生。他们对新时代寄托了巨大的热情和期盼。

第四章 执教河南大学

先生自1949年7月从苏州回到开封后,被编入河南大学十四队学习;1950年3月加入了新民主主义青年团(后改名为共产主义青年团),并担任青年团的宣传委员。1950年12月,先生作为新中国毕业的第一届大学生留校任教。先生谦虚谨慎,与老教师的关系非常好,与很多老先生结下师生缘。先生当时教授中国古代史上段,先是给专科班上课,后来给本科班上课。先生功底深厚,认真治学,循循善诱,学风踏实。在课堂上,他传授学生古代文献学和音韵学的知识。先生认为这是一个研究古代史的学者必须掌握的。当时历史系的领导和老师们对郭老师都非常看重,郭老师被任命为古代史教研室的秘书,也就是教研室主任。随着郭老师工作的安定,师母与女儿也来到开封,先生在工作中也少了后顾之忧。

一、建国初期的思想教育与革命活动

郭老师本来应该1949年大学毕业,但是由于南迁苏州,又从苏州返回开封校园,重回学校之后,又经历了从民国到中华人民共和国天翻地覆的变化。这段时间,学校改革了一系列的教学活动,如:进行了一系列的思想教育和思想改造,提出为工农服务、为河南经济和文化建设服务的方针;进行教学改革,废除旧教材,采用新教材;学习毛泽东主席的实践论,要求在教学中采用正确的政治观点;等等。

在这样一场政治改革运动中,先生认真地进行自我思想改造。当时先生还很年轻,善于接受新事物,又加上先生原有很好的古文献基础,在当时的学生中是佼佼者。1950年元月,先生加入了中国新民主主义青年团。1950年3月,先生又到文教学院史地班学习,并担任中国史课代表和班主席。由于郭老师在苏州时就是学生自治会康乐部的副部长,因此河南大学重回开封后,他仍然是学生会的负责人之一。

先生处于这个历史大变革时期,需要政治学习,转换思想,所以本来应该是1949年毕业,结果推到1950年,与1947年入学的同学一起毕业。先生曾经说过,河大的胡思庸老师是1947年入学,与郭老师同年毕业。

是时,新中国刚刚成立,百废待兴,急需人才。1950年12月年郭老师大学毕业,留在河南大学教书;当时那一届学生四五十人,就留下了郭人民、胡思庸两位先生,这也说明先生的优秀。1951年元月结业,郭老师留校做研究生,着手进行教学工作。

在这一时期,先生还在河大参加了好几个共产党创办的先进组织:1949年参加中苏友好协会;1951年参加教育工会和中国新史学学会。

1951年3月,先生参加学校组织的到中牟县袁家乡进行土地改革的工作,这是建国后先生第一次参加的社会工作。郭老师在中牟两个月,完成了划阶级、没收、分配、庆祝胜利等阶段性工作,郭老师说他基本上能够按照领导的安排完成任务。

1952年元月,先生被派到新郑县前时乡进行土改复查工作,并出任前时乡工作组的副组长,也能够很好地完成上级交给的任务。土改复查回来,接着参加开封市的"五反"工作,担任第三大队资料室的副组长,在工作中认真努力地整理材料。

二、留校初期结下的师生缘

1951年1月先生留校,他是按研究生身份留校的。当时研究生每月工资是9.3万元。解放初期的钱币与今天相比,每1万元等于现在的1元。当时钱币的价值还是比较高的,先生每月的9.3万元,解决自己的生活是没有问题的。

先生的导师是刘尧庭先生。刘尧庭先生后来是河南大学历史系的副主任。刘尧庭先生自学成才,当然成才的道路也非常艰辛。1934年2月,顾颉刚、谭其骧创办《禹贡》。刘尧庭先生在《禹贡》上发表了很多文章,在全国学术界引起了关注。河南大学把没有学历的刘尧庭先生聘到河南大学当副教授。先生留校后是助教,刘尧庭先生为其导师。郭老师要帮刘尧庭先生准备讲稿,辅助刘尧庭先生讲课,当然与刘尧庭先生的关系非常好。

当后来先生被划为右派时,在一次批判先生的大会上,刘尧庭先生的发言痛心疾首、声泪俱下:"人民,你可知道我们对你抱有多大的期望吗?你让我们有多大的期望就有多大的失望,你对不起我们这些老一辈教师,对不起党啊!"从刘尧庭先生的发言中可以感受到刘先生作为老一辈学者对年轻的郭老师的痛惜、期望和拳拳之心。当然后来知道先生的右派是被错划的。

第四章 执教河南大学

1951年10月先生留校之后,修完了研究生学业。他尊重老教师,虚心学习,与很多老师结下了师生缘。

先生深厚的古文献基础已经被很多人知晓,尤其是深得嵇文甫先生的重视和喜爱。先生大学毕业后,留在学校。嵇文甫先生说:"让人民去中国古代史吧,去那里对人民最合适。"郭老师也最想去古代史,他对古代文献的了解更能够发挥他的作用,于是先生任教中国古代史上段。

当时河南大学教授中国古代史上段的老师主要有朱芳圃、刘尧庭先生;之后,河南大学与中原大学联合,教授古代史上段的还有孙海波、孙作云、赵鞠青等先生。

嵇文甫先生研究的内容主要是先秦诸子思想和明清近代思想史;而且嵇文甫先生对明清和近代思想的研究基本上扎根于先秦。因此先生与嵇文甫先生也非常熟悉,并结下了深厚的师生缘。

嵇文甫先生长期致力于先秦诸子及明代理学研究,当时给学生开的课主要有:先秦诸子学、晚明思想。先秦诸子的著作涉及面很广,每讲诸子的一个思想,都必须拿出史料根据,因此很多人是难以胜任的。

当时只要嵇文甫先生讲课或者做讲座,先生与胡思庸先生就分坐两边。因为嵇文甫先生的课是需要很多古文献的原句。这些古文献,可能很多学生听不懂,需要把原文写在黑板上,一方面嵇文甫先生好讲课,一方面学生也好理解。由于郭老师的文献功底好,特别是对先秦文献很熟悉,基本能够达到背诵如流的地步。据先生说,嵇文甫先生讲先秦诸子的课,每次都让先生为他板书；讲晚明思想史，让胡思庸先生板书。先生的字写得好，文献又熟。胡思庸先生也曾经给我们上过课，讲近代思想史，胡老师对明清文献较熟。所以当嵇文甫先生讲到先秦诸子的文献，由郭老师写到黑板上；当讲到明清或近代文献时，由胡老师写到黑板上。这种情况大约持续到嵇文甫先生离开河大为止。

嵇文甫先生出版的著作中也有郭人民、胡思庸为其整理校对所引的文献，后来魏千志老师毕业后留校也加入了这个整理工作。在嵇文甫先生的著作中还写着郭人民、胡思庸、魏千志等老师的名字。

据郭老师的女儿郭幼民说，她小时候经常由她的父亲领着到学校玩，每次先生都让她自己和其他孩子在校园里玩。嵇文甫先生当时在小礼堂住，郭老师就到嵇文甫先生那里，和嵇老一说话就是一两个小时。

是时，先生还很年轻，古代史教研室的老先生无论是谁，让郭老师帮忙，郭老师都是乐呵呵地接受。郭老师去世后，我去看望师母，在他家我见到郭老师的一个小小的日记本上大约写的是他替何先生写的元史讲稿，时间是1950年。

本来我还觉得很奇怪，郭老师主要搞先秦，为什么他在1951年10月号的《新史学通讯》所写的第一篇文章是关于元朝赋税制度的，而且一连串地写5篇有关元朝的文章。自从我得知郭老师为何先生写元史讲稿的事，才明白其中的原因。

郭老师还为张邃青先生写了可以讲一个学期的宋史讲稿，我想郭老师对宋史也很熟，大概也是因为给"邃老"（即张邃青先生)写讲稿。

只要系里安排任务,郭老师从来没有推辞过。他自己写材料、写讲稿,写完之后又大力地帮助老先生们写,如朱芳圃先生、张邃青先生,另外还有毛健予先生、张秉仁先生、李长傅先生等。郭老师做工作从来不讲价钱、不讲条件的。

当时,由于教师缺乏,要青年教师试教,先生是第一个敢于试教的青年教师。从1950年至1951年,先生在国文系为本一、本二和专二讲了"中国通史"的课程。

是时,尚处在建国初期,学生们是没有教材的。先生不仅写自己讲课所用的讲稿,而且替很多老先生写讲稿,"克服了学生没有教材的困难"。郭先生在新中国成立的初期,默默地为新中国新史学建立了"筚路蓝缕"的开拓之功。

三、在河南大学教授中国古代史

先生基础好,毕业后很快就开始给学生上课。郭老师给学生讲课深刻,视野和知识面都非常宽,很受学生的欢迎。

郭老师刚开始是给专科生上课,之后又给本科生上课,无论给谁上课,郭老师都认真负责,把上课当成神圣的工作。

如前所述,郭老师自己写讲稿,帮助老先生们写讲稿,其中当然要用很多的史料。其间,只要有学生问,郭老师就把这些史料毫无保留地讲给学生,供给学生,与学生们共同研究材料。一些老先生给郭老师的评价是:"对人诚恳,坦白直爽,群众关系好;教课进步快,备课努力,讲课都有讲稿;学习虚心,能看出问题,进行分析;服从组织领导,敢于接受任务;对理论学习比较重视。"

我们七七级同学读书时，先生对我们就非常好，认真地指导每一个热爱学习的同学。我看到50年代初期先生与他的老师及学生的关系，明白先生教课的认真。热爱教学，这是先生的为人、性格、对工作的态度使然。

先生1950年毕业，新中国刚刚成立，要用新史学观点讲课，哪有什么教材。老师们的教材都是自己编写的。郭老师1952年编写了《中国古代及中世纪史讲义》，1955年这本教材又经过修订，重新排印。

先生上课有他的独到之处。建国初期，我们国家的知识分子还用毛笔写字。编写的教材上当然有很多的古文献，但是讲课中，特别是大学讲课可能涉及范围更宽；而有些文献用毛笔抄下来也是很费功夫的。因此有些人讲课时，要带上一大包的讲义材料，在上课时可以随时查阅。后来，各个学校又兴起了做卡片之风。这些卡片每年可以轮番使用，也确实省去老师们的一些时间和精力。

先生上课，从来只是一本教材，因为先生每逢遇到引用古文献资料时，他随时可以背下来，然后又随手用粉笔写在黑板上。先生的字，无论是毛笔字还是粉笔字，都写得很漂亮。先生的课往往引起学生们的惊叹和赞慕，很多学生说："最佩服郭老师！"

宋采义教授是河南大学历史文化学院的老教师。他1956年考入河南大学历史系，郭人民先生给他们这一届学生讲授中国古代史。宋采义老师说："当时郭老师还是一个青年教师，同学们认为郭老师是当时讲课最好的青年教师。郭老师讲课从容,不紧不慢,条理清晰,内涵深刻。他做学问的底子是非常深厚的。"

宋采义老师还说,郭老师是当时青年教师中研究能力最强的教师。有一次系里举办"青年教师学术成果展",宋采义老师说,当时同学们对老师们的学术成果很感兴趣,于是就对老师们的成果进行排比、查阅,甚至数数,发现历史系所有专业的青年教师,郭人民先生发表的学术成果最多。

先生发表的学术成果多,我也是知道的。在我为先生写传记而查阅先生的学术成果时,首先就是查《新史学通讯》。1953年的《新史学通讯》,先生发表12篇文章。从1951年至1956年,先生共发表30篇文章;1957年《新史学通讯》改名为《史学月刊》,先生又发表2篇;除此以外,先生还写了3本历史系的教学讲义。作为青年教师,先生还为老教师写元史、宋史两本讲义。

宋老师说,可惜的是,郭老师只教他们一年课,因为第二年(1957年),先生就被划为右派,停止了教学,当然也停止了他的学术研究。

我想,就算在今天有电脑可查阅资料的情况下,先生也是一个学术成果丰富,在众多青年教师中脱颖而出的佼佼者。

我读大学历史系本科时,见到开封市教育学院的历史教师王家岭先生,他曾是郭老师50年代初教过的学生。我们谈到河南大学历史系的教师,当提到郭人民老师时,王家岭先生带着一脸的崇拜说:"郭人民老师讲课,真是神了。他虽然带着教材,但是很少看。他对教材非常熟悉,讲课时引用的古文献可以说是倒背如流。真不知他下了多少的功夫!"

先生能够背诵古文献,与他深厚的文献功底有关,而更重要的是他把课堂当成"传道、授业、解惑"的神圣场所。他认真备课,每次上课前总是做好充分的准备,衣着干净、整洁,精神抖擞地走进课堂,把为学生上课当成神圣的事业。这才是郭人民老师讲好每一节课的关键所在,也是他的课深受学生欢迎的原因。

四、朝气蓬勃的青年时代

先生自1949年7月从苏州回到开封,就认定中国共产党是解放人民、为人民谋利益的,所以他拒绝跟随国民党政府到台湾去的指示,毅然地跟随河大主流回到已经解放的开封,并易名"人民"。先生当时还很年轻,思想活跃,澎湃着激情,他认为在这个人民当家做主的时代,自己一定要为新中国做一番事业。

先生经过几十年风雨坎坷之后,平时总是很平稳的,不好激动,特别是在我们这些学生们面前。但是每逢先生提起他年轻时期的这段事,就很激动。记得先生对我们很多学生都说过他入团的事。每说起这事,他总是抑制不住眷恋和激动之情,他大概想起年轻时代的热情和奔放,那时的他满怀豪情壮志,满怀革命理想,怀着一颗赤子之心准备把自己的青春和力量奉献给祖国和人民,献给他最热爱的新中国的教育事业。那段时间是先生最朝气蓬勃的时期。先生在之后的几十年间,总是回忆他这一段辉煌的日子。

1950年12月先生是作为新中国毕业的第一届大学生留校任教的。先生作为一名青年教师,虚心地向老教师学习。经过一段时间的准备,郭老师开始给学生上课;上的是中国古代史上段、音韵学等。这个问题在前面已经谈过,此不赘述。

郭老师的女儿郭幼民教授告诉我,那时候郭老师的时间安排得非常有规律。如果有课,那当然以上课为第一要务,先生最重视的就是上课。除此之外,每天看书、备课、搞研究或写作;下午两节课后,先生肯定是在操场。先生平生最喜欢的事,就是读书写作,再一个就是打篮球。有人说:"找郭人民,非常容易,不是在书房,就是在操场。"可见当时先生是多么嗜学,多么生龙活虎,是一个多么上进的年轻学者!

先生虽然年轻,但是学问好,业务能力强,知识面宽。他谦虚好学,学风踏实,善于举一反三;又是新中国成立后河南大学的第一届毕业生,是一个值得培养的好苗苗。于是两年后,郭老师就被任命为中国古代史教研室的秘书。其实教研室秘书就是后来的教研室主任。

学校以及历史系当时对先生是非常器重的。先生是河大历史系派出搞外调的重要人选。郭老师经常被派出外调,据说有一次到青岛监狱去了解一个与河大有关的情况。河大党组织派出搞外调的人,当然是值得信任的人。郭老师提起那时候的事经常说,我很听话,又不和任何人拉帮结派,我的历史又非常清白,组织上当然很相信我了。

在这一时期,先生的生活被涂上了彩色,年轻的生命充满着活力,他立志要为新中国的教育事业和新史学研究贡献自己的毕生精力。

五、相濡以沫的师母和家人

先生在读大学时，已经结婚成家。师母朱中芳，也是柘城人，是先生的同乡，但不是一个镇。师母是一个大家闺秀，待人温存善良，说话慢声慢语，非常和气。我经常去先生家中，从未见师母发过脾气。

先生在读高中时就结婚了，师母娘家距离先生就读的高中亳州怀恩中学较近，虽不在一个县，但是相邻，而且郭老师在读高中时，就已经有了女儿宁宁。所以当时郭老师及其妻女都住在岳父家。郭老师在读高中时，每个星期天都是在岳父家度过的。

1950年12月郭老师大学毕业留在河南大学任教，也把师母和女儿接到开封，从此郭老师与家人团聚，在开封安家，应该说他们是开封人了。

郭老师的女儿名叫宁宁，学名为郭良箴。到开封后，宁宁已经到了该上学的年龄了。上学报名之前，先生的同学范淳善先生正好在郭老师家中做客。范淳善说："安贞，你改名叫郭人民，你的女儿应该起名为郭幼民。"据师母说，她当时对范淳善的话都没有反应过来，只认为他是随便说一句，没想到郭老师马上说："好，好，就叫这个名了，我觉得很好。"于是郭老师领着女儿去报名上学，就报了"郭幼民"的学名。一直到最后，郭老师都说他很喜欢"郭幼民"的名字。

先生对"幼民"名字的认可和喜爱，也说明他对自己改名字的信念是坚定不移的，他要做与人民大众同呼吸、共患难的人民中的一员,他希望自己唯一的女儿也与他同样是人民中的一员。他认为自己的名字原为"安贞",是根据《易经》中的"元亨利贞"的意义所起名,在当时可能带一些旧时代的痕迹。从先生自己改名及为女儿改名的事可以看出,郭老师希望自己成为一个完全的新时代的人,是抱着脱胎换骨改造自己的决心的,表现了他对新社会、新中国的认可和欢迎的心态。

先生的家中还有老母亲、三个弟弟。他的母亲也随之来到开封,基本上常年住在开封。弟弟们虽然都已结婚成家,但是解放初期的农村是比较苦的,因此弟弟和侄子、家人经常住在开封。

师母是一个贤妻良母式的旧式妇女,她教育女儿,侍奉婆婆、丈夫,从无怨言。在后来郭老师被打成右派的几十年中,师母与郭老师相濡以沫,细声细语地安慰先生,使先生能够在那些岁月里有家庭温暖的支持,在风雨兼程的坎坷之中坚定地走自己无悔的人生之路。

第五章 《新史学通讯》的创刊

《新史学通讯》是新中国成立之后创办的最早的杂志。1949年10月1日中华人民共和国成立,一年稍多,于1951年元月1日就创刊发行《新史学通讯》;可见国家对于新史学推广之要求多么迫切。是时,全国只有两家,即河大《新史学通讯》、天津《历史教学》。这是建国后最早用新史学观点解释历史问题的刊物,对于新中国史学发展有重大的引导作用。1951年元月1日中国新史学会河南分会创办《新史学通讯》。《新史学通讯》由嵇文甫先生提议,黄元起先生为主编。之所以称为"新史学",当然是区别建国前的旧史学。河南大学《新史学通讯》整整创办6年,直到1957年初改刊为《史学月刊》,共出版63期。

《新史学通讯》是面向全国用新史学观点解释旧史学、对全国史学工作者和中小学教师指引导向的刊物。建国初期,国家要求全国史学工作者、中小学教师提出自己不懂的学术问题,把问题寄到河南大学,由河南大学历史系的老师们发文进行解答。

先生与《新史学通讯》有密切的关系。《新史学通讯》创办的6年中,先生在这个刊物上发表30篇文章。在我所查阅的资料中,河南大学中国古代史的教师在《新史学通讯》解答问题、发表的文章,以先生为最多。先生的文章涉及从先秦至明清中国历史的方方面面,每篇文章少则2000字,最多可达5000字。

每篇文章都有鲜明的论点,突出有力的论据;表现出先生的勤奋、踏实的治学态度和学术功力。先生对新中国新史学的宣传普及具有"筚路蓝缕,以启山林"的开拓之功。

一、先生与新中国第一份史学刊物《新史学通讯》

先生与《新史学通讯》有非常深厚的渊源。在《新史学通讯》创刊的6年中,先生在《新史学通讯》发了30篇文章;平均每年四五篇,1953年发表13篇,这是最多的一年。先生为新中国新史学的普及与传播做出了巨大的贡献。

建国初,有些年轻人和中小学教师不懂得、不知道什么是新史学,也不懂得怎样用新史学和历史唯物主义解释历史。《新史学通讯》的办刊宗旨非常明确,使命就是宣传新史学观点,用历史唯物主义的观点去解释历史、研究历史,为中小学历史教师和普通史学工作者服务,解决他们在历史教学和研究中遇到的疑难问题;目的就是宣传马克思主义新史学观点,使新中国的国民形成新的历史观和世界观。其实也是通过中小学的历史教学,用新史学观点培养祖国的年轻一代。

建国初始,百废俱兴,给新史学研究也带来契机。当时全国的史学工作者、中小学教师从四面八方、全国各地寄来史学问题向河南大学的史学家请教。

河南大学的教师就承担了解答的使命,一般是运用历史资料解释,并拿出自己的论点。先生的每篇文章皆用大量的史料,非常准确圆满地论证自己的观点,解答来自全国史学工作者和历史教师提出的问题。

《新史学通讯》坚持正确的办刊宗旨和方向，所以面世之后就受到国内史学界同人、史学爱好者、广大中小学教师的支持和欢迎。刊物发行量由几百、几千份迅速上升至15000份，最高发行量达到30000份以上。① 有效地引导了全国史学工作者和中小学历史教师对新史学的认识，帮助他们树立马列主义史学观。

河南人民出版社将"问题解答"专栏的内容汇编成《史学问题解答》一书，于1957年出版发行；这也说明《新史学通讯》所创办的这些栏目以及所研究的问题的价值之大。②

当时的《新史学通讯》，白手起家，创业艰难。老师们每写一篇文章，稿酬为两盒香烟或几本稿纸。

二、先生为新中国新史学发展所做的贡献

《新史学通讯》创办6年，出版63期，郭老师发表了大量的文章。根据我查到的材料，《新史学通讯》的文章主要是河南大学历史系的老师们完成的，而中国古代史先生写得最多，其次是先生读研究生时的导师刘尧庭先生。由此可见先生在新中国成立伊始，在研究新史学、宣传历史唯物主义方面所做的突出贡献。

由于先生具有独到的文献功底，又加上他勤于思考，善于学习，他写的一般是三五千字的文章，而且有论证、有观点，引经据典地解释某个历史问题。先生发表在《新史学通讯》上的文章，

---

① 朱绍侯：《回忆新史学通讯》，《史学月刊》2015年2期，第12页。
② 张越：《"新史学通讯"与中国马克思主义史学》，《史学月刊》1998年第1期，第4页。

我全部认真读完。先生对于每个问题都要查阅大量资料,引经据典,进行回答,有理有据地提出自己独到的见解。先生文笔锋利,思路清晰,说理明白;说是回答问题,其实他的"回答"皆可以说是一篇完整精彩、发前人所未发的学术论文。

先生基础坚厚,学风踏实,热情认真,不计名利。他为《新史学通讯》撰写的文章,涉及古代史的许多问题,如:石器时代的族内族外的"阶级群婚"、奴隶起义、大禹治水、中国铁器的出现、"铜器时代"黄河流域的铜矿、春秋时期农民的反压迫斗争、春秋时期经济文化的发展、春秋战国的命名与年代的划分、商鞅变法、汉武帝独尊儒术、张骞通西域、西汉时期的"吴楚之乱"、东汉时期的外戚与党锢、东汉甘英出使大秦、太平道与五斗米道、三国时期战争的性质、评价陶渊明、隋朝的统一、"古运河"与"今运河"、唐太宗的对外用兵、周世宗柴荣政绩的分析、北宋契丹民族的社会发展与经济、王小波起义的地点、"天顺政变"的性质、洪洞迁民等等。

先生在《新史学通讯》发表的文章,基本上是解答别人的提问。但是解答别人的问题是需要史学素养和学问的。先生的所有文章皆是用新史学观点去研究历史,更重要的是他的研究有许多是前人没有涉及的问题,如对元朝赋税问题的研究,他应该是最早的,而且他的观点至今也没有被突破。

先生深厚的古文献功底,使他在古史研究方面也常常发前人所未发,有独到的见解。

三、先生在《新史学通讯》发表的文章检索

《新史学通讯》自1951年1月至1956年12月创办6年,出版63期。先生在《新史学通讯》共发表30篇文章。1957年1月《新史学通讯》改刊为《史学月刊》,先生又在1957年3月号《史学月刊》发表《金朝兴亡与农业生产的关系——论"猛安""谋克"在金朝兴亡中的作用》、5月号《史学月刊》发表《春秋战国命名和年代的划分》等两篇。之后,先生被划为右派,基本不再发表文章。

先生发表的文章不仅表现出他深厚的学术功力、知识领域的深广,显现出他勤奋踏实的治学态度,也有力地说明了他对新史学的巨大热忱和支持。

下面是先生在《新史学通讯》和《史学月刊》中发表的文章,以及他为河南大学历史系撰写的教材的检索:

1951年

1.《元朝赋税制度南北的不同》(解答问题:元朝赋税制度为什么南北不同,以哪种制度剥削最重?),《新史学通讯》1951年9月号。

1952年

2.《北宋时期契丹民族的社会发展情况与经济》(解答问题:北宋时期契丹民族的社会发展情况与经济内容如何?),《新史学通讯》1952年7月号。

3.《"八月十五杀鞑子"的史实》(解答问题:"八月十五杀鞑子"是不是史实?今天应如何认识这个问题?),《新史学通

讯》1952年9月号。

4.《元朝商业发展的原因与基础》(解答问题:元朝商业发展的原因是什么?它建筑在什么基础上?),《新史学通讯》1952年9月号。

5.《元朝蒙古族压迫汉族优待色目人之原因》(解答的问题:元朝蒙古统治者怎样压迫汉族,又为什么优待色目人?),《新史学通讯》1952年10月号。

6.《大禹治水年数考》(解答问题:大禹治水有说是八年,有说是九年,有说是十三年,这三种说法,哪个正确?),《新史学通讯》1952年12月号。

1953年

7.《元朝"天顺政变"的过程和性质》(解答问题:元朝"天顺政变"的内容和性质如何?),《新史学通讯》1953年元月号。

8.《陶渊明"不为五斗米折腰"的人生观》(解答问题:我们在讨论革命人生观的时候,说到陶渊明,说他"不为五斗米折腰"的人生观,说他是地主阶级;《中国史话》说他是晋朝的"田园诗人"。究竟陶渊明在中国历史上是一个什么人物?),《新史学通讯》1953年2月号。

9.《商鞅变法的内容及其历史意义》,《新史学通讯》1953年3月号。

10.《释"原始社会的群婚"》(解答问题:吕振羽先生《简明中国通史》第二三章说原始社会的婚姻制度时有"族内阶级群婚"和"族外阶级群婚"的"阶级群婚"一名词,查原始社会既无阶级,该是氏族社会,为啥不说是"氏族群婚",而说是"阶级群婚"?),《新史学通讯》1953年4月号。

11.《洪洞迁民故事的由来》,《新史学通讯》1953年5月号。

12.《唐太宗对外用兵的性质和意义》(解答问题:唐太宗对外用兵明明是侵略,为什么后面的问题上还问在中国历史上有什么意义?其意义是什么呢?),《新史学通讯》1953年5月号。

13.《"古运河"与"今运河"》(解答问题:高小历史第二册插图有"古运河"与"今运河",但图上古运河与今运河位置不同,那么今运河是什么时候开端呢?隋炀帝加重人民负担,开凿运河,而它又成交通的好航路,是否还要表扬他对历史有贡献呢?),《新史学通讯》1953年6月号。

14.《周世宗柴荣政绩的分析》,《新史学通讯》1953年7月号。

15.《王小波起义爆发地》(解答问题:初中历史课本第二册插图指示王小波起义的青城在成都左上方,但根据吕振羽《简明中国通史》,王小波在青神起义,按现在地图青神县在成都左下方。青城和青神是两个地方呢?还是同地异名呢?这两个地方哪个地方对呢?),《新史学通讯》1953年8月号。

16.《黄河流域的铜器时代与铜矿资源》(解答问题:我国"铜器时代"的朝代,都是在黄河流域,但是现有的地理材料,从未提到黄河流域某地有铜矿,或有枯竭之古铜矿,那么古人在何处得到作铜器的原料呢?),《新史学通讯》1953年9月号。

17.《东汉统治阶级内部的矛盾斗争——外戚宦官与"党锢"》,《新史学通讯》1953年10月号。

18.《太平道与五斗米道》(解答问题:太平道与五斗米道哪个在先?张修、张道陵是一个人还是两个人?),《新史学通讯》1953年11月号。

19.《春秋时代农民的反压迫斗争》,《新史学通讯》1953年12月号。

1954年

20.《汉武帝独尊儒术的原因》(解答问题:汉武帝为什么独尊儒术呢?)《新史学通讯》1954年2月号。

21.《杰出的探险家与外交家——张骞》,《新史学通讯》1954年5月号。

22.《三国时期战争的性质》〔解答问题:三国(魏蜀吴)的战争算是什么战争?它对当时社会起了什么影响?这些战争的主要人物如关羽等应当怎样评价?〕,《新史学通讯》1954年7月号。

23.《隋朝统一中国的条件》(解答问题:隋朝统一中国凭借什么条件?)《新史学通讯》1954年11月号。

1955年

24.《甘英出使大秦所到之处》〔解答问题:甘英使大秦,中国史(初中课本)说到了波斯湾,世界史(初中课本)说到了里海边,而范文澜著《中国通史简编》说到达地中海,应以何说为是?〕,《新史学通讯》1955年5月号。

25.《铁器为什么出现在封建社会末期》(解答问题:按照社会发展的规律,铁器在原始社会的末期就应该出现,为什么中国历史上的铁器,在封建社会的初期才出现?),《新史学通讯》

1955 年 6 月号。

26.《奴隶起义失败的原因探索》(解答问题:奴隶社会奴隶起义为什么总是失败？有人作总结否？应掌握哪几个论点？),《新史学通讯》1955 年 8 月号。

1956 年

27.《汉初七国与吴楚七国》(解答问题:汉朝的七国是怎样产生的？吴楚之乱是怎样形成的？经过和结果怎样？),《新史学通讯》1956 年 3 月号。

28.《春秋战国时期生产力发展的原因》(解答问题:我国在春秋战国时期是一个分裂混乱的社会局面,但那时的生产力却空前发展起来,表现在社会制度由奴隶社会进入封建社会,文化艺术也得到了空前的发展,这是什么原因？),《新史学通讯》1956 年 10 月号。

1957 年

29.《金朝兴亡与农业生产的关系——论"猛安""谋克"在金朝兴亡中的作用》,《史学月刊》1957 年 3 月号。

30.《春秋战国命名和年代的划分》,《史学月刊》1957 年 5 月号。①

另外,先生在新中国成立初期编写了很多教材和讲稿:

一、《中国古代史及中世纪史讲义》上册,河南大学历史系

---

① 参见《安贞史论集》附录三《郭人民先生遗著书目》,河南大学出版社 1993 年版。作者注:以上所提及的文章皆是回答国内史学工作者的问题或疑问的,有些文章有标题,有些文章没有标题。在编写过程中除把当年读者提出的问题和疑问如实写出外,为表述方便,又根据文章的内容概括出文章题目来。

教材;

二、《中国古代史及中世纪史讲义》第一册(修改本);

三、《中国农民战争史讲义》下册,河南大学历史系教材;

四、《中国古代史函授教材》,河南大学历史系函授教材;

五、为何先生写元史讲稿;

六、为张邃青先生写的可以讲一个学期的宋史讲稿;

七、不仅自己写讲稿讲义,还大力帮助老先生们写,如朱芳圃先生、张邃青先生、毛健予先生、张秉仁先生、李长傅先生等。

建国初期,先生为新史学的发展做出了一定的贡献。

第六章 先生对新史学"启山林"的开拓之功

先生在《新史学通讯》所发的文章中的许多学术论点,在今天的历史教材中,也许是俯拾皆是,但是先生是最早的,是新史学研究的开拓者。他的一些观点至今尚未被人突破。他在《新史学通讯》中发表的文章,虽然多采用解释回答问题的形式,但是每一篇都是完整的论文,立于新史学的角度,对历史上的问题进行阐发解释,使用翔实的古文献史料和论据去论证自己所提出观点。先生以他深厚的古文献基础,以最快的速度用新史学观点对全国史学研究者、爱好者及中小学教师进行指导,开垦社会主义新中国、新史学的园地,当有"筚路蓝缕,以启山林"的开拓之功,是普及新史学和历史唯物主义观点的先行者。[①] 先生为建国后新史学的普及和研究做出了重要的贡献,对历史教材的编著有很大的借鉴作用。先生是新中国新史学研究的开拓者和奠基者之一,为宣传和普及马列主义新史学理论做出了重要贡献。

---

① 郭沫若:《中国史稿》,人民出版社,1976。

第六章 先生对新史学"启山林"的开拓之功

一、东周经济文化发展与生产方式的改变

先生在 1956 年 10 月号的《新史学通讯》中发表了《春秋战国时期生产力发展的原因》。

这篇文章说,春秋战国是一个分裂混乱的时期,是什么原因使社会生产力、文化、艺术得到空前发展?

先生认为,春秋战国时期的战争是在各国生产力进步,社会经济长足发展与发达的条件下,统治阶级为了满足其对土地和人口掠夺的贪欲而发动的。战争一般是在大国之间进行,而小国多是战争中的附庸。如齐国在齐桓公、管仲变法之后,政治进行改革,经济迅速发展。《国语·齐语》云:"美金以铸剑戟,试诸狗马;恶金以铸锄、夷、斤、斸,试诸壤土。甲兵大足。"齐国开始普遍用铁做农具,"甲兵大足",国家迅速富强。

春秋时期,还有一个富强起来的诸侯国——晋国。《国语·晋语四》云,晋文公时期,"公属百官,赋职任功,弃责薄敛,施舍分寡,救乏振滞,匡困资无,轻关易道,通商宽农,懋穑劝分,省用足财,利器明德,以厚民性;举善援能,官方定物,正名育类……政平民阜,财用不匮"。楚国则"书土田,度山林,鸠薮泽,辨京陵,表淳卤,数疆潦,规偃猪,町原防,牧隰皋,井衍沃,量入修赋,赋车籍马,赋车兵、徒兵、甲楯之数"[①]。

春秋时期的大国争霸战争主要是在齐楚之间、晋楚之间进行。而这些诸侯国为了在争霸战争中取得胜利,都在进行改革

---

① 杨伯峻:《春秋左传注》,中华书局,1981,第 1107 页。

或改制,以满足富国强兵的要求。所以春秋时期虽处在战争的混乱时期,但其生产力、文化艺术也在发展和进步。

先生认为战国时期也是如此。战国初年,魏文侯魏斯首先任用李悝,使魏国最先发展起来。《汉书·食货志》"尽地力之教……治田勤谨,则亩益三斗";又认为"籴甚贵伤民,甚贱伤农。民伤则离散,农伤则国贫。故甚贵与甚贱,其伤一也。善为国者,使民无伤而农益劝"。于是立平籴之法,"虽遇饥馑水旱,籴不贵而民不散;取有余以补不足也。行之魏国,国以富强"。此外,还有西门豹治邺开十二渠等,魏国迅速地发展起来。另外,秦国孝公任用商鞅变法,齐国威王奖励生产、改革政治,秦、齐皆迅速发展成为强国。

先生说:"春秋战国五百多年中间,各国经济文化都有其不同程度的进步和发展,铁制工具的广泛使用,农田水利的兴修,荒芜土地的垦辟,农业生产量的提高,家庭手工业以及官营手工业得到很大的进步。在农业和手工业发达的基础上,又刺激了商业的繁荣。在这一系列社会经济高涨的局面下,引起了春秋战国时期政治上的改革,各个诸侯国土地和赋税制的变更,政治制度的演变,这是劳动人民从积极地进行生产斗争和阶级斗争中取得的……又推动了各国政治上的改革,刷新政治,所以春秋战国时期社会经济和文化空前高涨,是劳动人民长期经营积累缔造得来的。"[1]

先生的这些观点,也许在后来的教科书中皆能够见到,但是

---

[1] 郭人民:《安贞史论集》,河南大学出版社,1993,第255页。

先生是在刚刚建国之后,用新史学观点最早解释中国历史的。

二、春秋时期农民的反压迫斗争

先生在1953年12月号《新史学通讯》上发表《春秋时代农民的反压迫斗争》一文,对这个问题做了较为详细的论述。

20世纪50年代,也就是建国初期,农民起义以及农民的反压迫斗争问题,是我国学术界讨论的热点问题。先生在1953年将这个问题拿出来进行讨论,也是走在了时代前列。

先生在文章的开头说:"在中国封建社会的发展中,作为历史推动力量的是农民(或者农奴)的反抗地主的斗争,中国从西周到鸦片战争二千余年的封建历史就是农民和地主阶级斗争的历史。"①

先生是持西周封建说的学者。他认为,建筑在以农奴劳动为基础上的封建社会初期,剥削虽然也很繁重,但比奴隶制要好一些,因而它是进步的,阶级矛盾相对缓和,因而在西周初年就出现了"成康之治"。可是到东周的春秋时期情况便不同了。当时生产力有所发展,出现了铁质工具,农业、手工业、商业都有了飞速的进步,财富也随之增加。财富的增加刺激了封建领主们对财富的欲望和贪求。封建领主们加重了对农民的剥削,以求榨取更多的财富。另一方面,他们不惜修筑高城深池,以此保护自己的土地和财富。为了掠取更多的财富,发动侵略战争,把平民拖进战争的深渊。

---

① 郭人民:《太平道与五斗米道》,《新史学通讯》1953年12月号。

农民是地主剥削压榨的最直接的对象,地主对农民的剥削量日益增大,从西周时期的十分之一,逐渐增加到十分之二、十分之三,齐国景公以至于"民叁其力,二入于公,而衣食其一"①。齐景公把百姓三分之二的劳动所获收入自己的囊中。《诗经·魏风·伐檀》云:"不稼不穑,胡取禾三百廛兮?不狩不猎,胡瞻尔庭有县貆兮?彼君子兮,不素餐兮。"这句话是说:你不种庄稼,为什么收取三百廛的禾?不狩猎,为什么你的庭前悬挂着狩猎得来的小猪?如果你是君子,就应该"不素餐",即不能白白吃饭!这些记载都表现出作者对"素餐"者的愤恨。

春秋时期的兵役非常严重,百姓被驱赶到战场,是无辜的受害者。他们不知战争何时才能结束。如《诗经·王风·君子于役》云:"君子于役,不知其期。"《唐风·鸨羽》云:"王事靡盬,不能蓺稷黍,父母何怙?悠悠苍天,曷其有所?"战争误了农时,庄稼不能按时播种,土地荒芜,没有了收成,年迈的父母怎么生活?

当然劳役也是百姓无法负担的。先生说:"楚灵王作倾宫,三年未息;又为章华之台,五年不息;干溪之役,达八年之久。"②

先生举出例证:公元前550年陈国的贵族庆氏强迫民众修城,因筑土的夹板倒了,督工便把旁边筑城的民工杀死,激起了所有民工的反抗。

《左传·襄公二十三年》云:"役人相命,各杀其长,遂杀庆虎、庆寅。"民工们团结起来,互相约定,每个团体的民工都杀死

---

① 杨伯峻:《春秋左传注》,中华书局,1981,第1235页。
② 郭人民:《春秋时代农民的反压迫斗争》,《新史学通讯》1953年12月号。

第六章　先生对新史学"启山林"的开拓之功

自己的长官,接着又杀死庆虎、庆寅二弟兄。

先生又举出公元前484年陈国发生的一次历史事件。《左传·哀公十一年》云:"陈辕颇出奔郑。初,辕颇为司徒,赋封田以嫁公女。有余,以为己大器。国人逐之,故出。"这个事件是说,辕颇是陈国的司徒,司徒是管理土地的长官。因为陈国君的女儿要出嫁,辕颇借着为国君女儿做嫁妆的名义,急征并多征土地赋税。嫁过国君的女儿之后,辕颇用剩余的税金,为自己铸成钟鼎大器。国人恨死了辕颇,于是就团结起来,赶走了辕颇。辕颇逃到郑国。国人其实就是当时的平民,也是农民。这个事件也表现出平民与贵族官员之间的矛盾和斗争。

先生说:"农民暴动在当时不仅出现在陈国,事实上在陈国两次农民暴动之前,在其他国家也出现了。《左传·桓公十五年》云:'秋,郑伯因栎人杀檀伯而遂居栎。'杜预注:'檀伯,郑守栎大夫。'"

先生又说:"栎,即今之河南禹县。檀伯,是栎之大夫,栎人的直接统治者,栎人为反抗檀伯的统治,以暴动的形式起来杀掉檀伯,这是春秋时代最早一次人民反抗统治者的记载。"①

先生又举出公元前563年郑国的另一次大暴动,暴动的原因是郑相子驷兼并土地。《左传·襄公十年》云:"初,子驷为田洫,司氏、堵氏、侯氏、子师氏,皆丧田焉。故五族聚群不逞之人,因公子之徒以作乱。于是子驷当国,子国为司马,子耳为司空,

---

① 郭人民:《春秋时代农民的反压迫斗争》,《新史学通讯》1953年12月号。

子孔为司徒。冬十月戊辰,尉止、司臣、侯晋、堵女父、子师仆帅贼以入,晨攻执政于西宫之朝,杀子驷、子国、子耳,劫郑伯以如北宫。子孔知之,故不死。书曰:'盗'言无大夫焉。子西闻盗,不儆而出;尸而追盗,盗入于北宫,乃归授甲。臣妾多逃,器用多丧。"

这些材料也许今天我们认为是很平常的,可这是建国后最早对春秋时期农民反抗斗争进行研究的史学根据和材料。郭沫若先生主编的《中国史稿》第一版于 1976 年至 1987 年由人民出版社陆续出版。《中国史稿》第一册是 1958 年开始着手写作,书中用了郑国农民斗争的材料,如"臣妾多逃,器用多丧"等。但是先生 1953 年就已经在《新史学通讯》上发表文章,举出这些农民斗争的史料。先生是走在学术研究时代前列的学者。

三、"商鞅变法"的理解与评价

1953 年 3 月号《新史学通讯》上,先生发表了《商鞅变法的内容及其历史意义》。商鞅变法是我国历史上有名的一次大的社会改革运动,我国学界多有关注,也有人写了不少文章。但是先生的这篇文章写得较早,其观点也大约是建国后最早的。先生在这篇文章中写他对商鞅变法的看法,笔者认为是很深刻的。

先生首先驳斥了历史上对商鞅变法的不公正的观点,如《汉书·贾谊传》云:"商君遗礼义,弃仁恩,并心于进取,行之二岁,秦俗日败。"《汉书·食货志》云:"(秦)用商鞅之法,改帝王之制,除井田民得卖买。富者田连阡陌,贫者亡立锥之地。"商鞅变法在历史上一直是受到非议和诟难的。

第六章 先生对新史学"启山林"的开拓之功

先生认为,商鞅变法对中国社会的发展起了一定的推动作用。但是先生又提出商鞅变法是在春秋时期变法基础上实行的。商鞅改革,多是春秋时期在诸侯国已经实施过的法策,并不是商鞅开启先例的。先生在建国初年,就以其丰富的古文献功力,举出大量的史实,论证自己的观点。

先生指出商鞅变法主要有四点重要意义:

(一)在经济上,确立了土地买卖制度。《史记·商君列传》云:"名田宅、臣妾、衣服以家次。"所谓"名田宅",就是公开承认土地可以自由买卖,不限多寡;允许土地私有。变法打破了"田里不鬻"的旧制,给新兴的地主阶级扩大兼并土地以法律上的保障,形成了历史上的"名田"制度。另外,就是统一度量衡,这点不用解释,对中国社会的发展肯定是有益的。

商鞅变法奖励生产。《商君列传》云:"僇力本业,耕织致粟帛多者复其身;事末利及怠而贫者,举以为收孥。"

先生说:是时秦国相对三晋是一个非常落后的诸侯国。三晋国民远远多于秦国,秦则属于地广人稀之国,于是商鞅提出把三晋的百姓吸引到秦国。唐杜佑《通典》卷一《食货一·田制》云:"秦孝公任商鞅。鞅以三晋地狭人贫,秦地广人寡,故草不尽垦,地利不尽出。于是诱三晋之人利其田宅,复三代,无知兵事,而务本于内。而使秦人应敌于外,故废井田制阡陌,任其所耕,不限多少。数年之间,国富兵强,天下无敌。"

先生提出,商鞅变法改革"诱三晋之人""务本于内",让秦国用与三晋争夺民众的方法,而且让三晋民众不服兵役,不服徭役,多给他们田宅,让他们只作农耕。秦国的农民可以不耕作,专门从事对外的战争,只要努力英勇杀敌,立下军功,社会地位可以上升到地主,甚至贵族;结果秦国"国富兵强,天下无敌"。这个观点似乎今天学术界没有提出,而先生早在1953年就已经写出了论文。

先生又指出,商鞅变法并不是凭空出现的,而是在春秋时期已经出现改革、社会经济发展的基础上提出的。商鞅变法的内容在春秋时期就已经在经济发展迅速的山东(华山以东)六国出现了。

如"名田宅",也就是田宅买卖的现象,春秋中期就已经出现。《左传·桓公元年》记载:"三月,郑伯以璧假许田。"假,凭借或交换之意。如《荀子·劝学》云:"君子生非异也,善假于物也。"上句话的意思就是,郑伯用璧换许田。这虽然不是买,但是已经具有交易的性质。《左传·襄公四年》云:"戎狄荐居,贵货易土,土可贾焉。"这个记载说明戎狄的土地是可以买卖的。《左传·僖公十五年》云:"晋于是乎作爰田。"《国语·晋语三》晋"作辕田"。吴韦昭注引贾侍中云:"辕,易也,为易田之法;赏众以田。易者,易疆界也。"

田地的疆界可以移动、改变,土地可以交换,也说明田地是可以自由买卖的。商鞅的"名田宅","废井田,开阡陌,得卖买",只是水到渠成之事,这并不是商鞅开启的先例。

(二) 在政治上,商鞅变法也有很多方面能够推动社会的发展。商鞅提出建立县制。《史记·商君列传》云:"集小都乡邑聚为县,置令丞,凡三十一县。"先生认为,县制的建立,废除了世袭贵族的土地爵位的特权,给新兴的地主阶级参与政权的机会。

商鞅的改革变法,信赏必罚,具有"王子犯法,与庶民同罪"的意识。《史记·商君列传》记载:"(商鞅)令既具未布,恐民之不信,已乃立三丈之木于国都市南门,募民有能徙置北门者,予十金。民怪之,莫敢徙;复曰:能徙者,予五十金。有一人徙之,辄予五十金,以明不欺,卒下令。令行于民期年,秦民之国都言初令之不便者,以千数。于是太子犯法。卫鞅曰:'法之不行,自上犯之。'将法太子。太子,嗣君也,不可施刑;刑其傅公子虔,黥其师公孙贾。"

商鞅的这条法令给贵族严重的打击,摧毁了西周以来的"刑不上大夫"的旧礼制和传统。

郡县制度,也是春秋时期提出的。楚国在春秋时期开始有郡县。如《国语·齐语》记载齐国管仲改革时,"三乡为县,县有县帅;十县为属,属有大夫"。《左传·哀公二年》晋国赵简子说:"克敌者,上大夫受县,下大夫受郡。"楚国有申、息之县。这些都表明春秋时期已经有了郡县,只是不太规范。

(三)奖励军功。这条法令基本上各种教科书中都提出过,如《韩非子·定法》记载:"商君之法曰:斩一首者,爵一级,欲为官者,为五十石之官;斩二首者,爵二级,欲为官者,为百石之官。官爵之迁,与斩首之功相称也。"没有军功者,就不能享用富贵荣华和贵族的特权。《商君列传》云:"宗室非有军功论,不得为属籍。明尊卑、爵秩、等级,各以差次名田宅、臣妾、衣服以家次。有功者显荣,无功者虽富无所芬华。"

商鞅提出的任军功,春秋时期晋国已经开始了。春秋时期晋国曾经发生过庶族夺嫡的"曲沃代翼"事件,后又发生了"灭公族""尽灭群公子"的事件,于是就开始了任军功的国策和用人制度。三家分晋之后的魏国首先任用李悝变法,废除世卿世禄、任用军功的制度;吴起在楚国变法,捐不急之官,以抚养战斗之士。这些法令皆是在商鞅之前提出的。

先生认为,李悝改革并没有彻底实行于魏,吴起失败于楚,而商鞅却能力排众议,收效于秦,这不能不说是商鞅的贡献。①

先生认为,一切爵秩地位的授予,都要以有无军功为条件和标准,这就大大地限制了贵族们仅凭出身就无条件地独占爵位的权力,另外也给平民以升迁的机会。

(四)改革旧风俗,建立文明的社会风尚。秦国虽然在春秋时期就吸收中原的先进文化,但是由于地域偏远,并没有脱离那种落后的社会习俗,父子兄弟杂居,风俗混乱。商鞅严令他们分居,禁止男女无别。《史记·商君列传》记载:"始,秦戎翟之教,父子无别,同室而居,今我更制其教,而为其男女之别。""令民父子兄弟同室内息者为禁。""民有二男以上不分异者,倍其赋。"

商鞅提出建立良好的社会风尚。先生说:"商鞅变法的这一点,是没有什么可以非议的地方。"

先生认为,商鞅能适应社会发展的形势和新兴的地主阶级的要求进行变法,并且限制世袭贵族的特权,也或多或少地符合平民的要求,这是商鞅变法能够收效的主要原因。但是商鞅变

---

① 郭人民:《安贞史论集》,河南大学出版社,1993,第5页。

法之后,土地大量兼并,如《汉书·食货志》所云"富者田连阡陌,贫者无立锥之地",这是商鞅不能不负的社会责任。还有,商鞅变法依靠的是严刑峻法,如刘向《新序》云"卫鞅内刻刀锯之刑,外深钺铁之诛,步过六尺者有罚,弃灰于道者被刑",以及他提出的连坐政策,都属于酷刑,表现出地主阶级的残忍。

四、黄河流域的铜矿产地

青铜时代,主要指的是商、西周、春秋、战国时期。有学者指出,青铜文化最辉煌的地方在黄河流域,那么黄河流域的铜矿产地在哪里呢?这个问题也是许多人困惑的问题。

先生在1953年9月号《新史学通讯》上发表了《黄河流域的铜器时代与铜矿资源》一文解释这个问题。先生首先说,青铜器的使用是人类历史上的大事件,使农业得到了飞速的发展,改善了人们的生活,推动了社会文化的发展和进步。青铜器是先秦时期社会生活的物质基础,殷商时期人们已经能够生产出1400多斤的后母戊大方鼎。黄河流域已经出现了辉煌的青铜文明,可是我国最早的地理古文献《禹贡》并没有提到黄河流域诸州铜矿的产地。吕振羽先生的《中国社会史纲》也没有提到制造殷墟青铜器的铁矿石是从哪里来的。

先生说:"黄河流域有许多地方都是产铜的。根据《山海经》的记载,产铜的地方有许多处。当然《山海经》上有许多记载是怪诞不经的,而且是比较神秘的。然而我们用科学的方法去整理它,这部书上的记载还是有很多资料可以参考的。"①

《山海经·西山经》云:"又北二百二十里曰盂山,其阴多铁,其阳多铜……生水出焉,而东流注于河。""又北",是从号(號)山又北220里到盂山。号(號),当为"虢"之别字。盂山,当是根据地名而命的山名,根据《左传》记载,先秦时期有盂国、盂地三处。

1. 盂,《春秋经·僖公二十一年》云:"秋,宋公、楚子、陈侯、蔡侯、郑伯、许男、曹伯,会于盂。"杜预注:"盂,宋地。"春秋时期,宋地有"盂"。当是盂国灭亡之后的迁徙之地。今河南睢县西北有盂亭,当与此有关。这里所说的盂地,是平原,无山;故《山海经·西山经》所说的"盂山"不在睢县。

2. 山西盂县。《左传·昭公二十八年》云:晋国魏舒以"盂丙为盂大夫"。杜预注:"大原,盂县。"②清代江永《春秋地理考实》卷三云:盂,"即今太原府盂县也。今按盂,本仇犹国,晋灭之,以为盂县;战国赵为源仇城"③。晋国初封之时,只在晋南地区;"土不过同",每"同"百里,所以诸侯国皆是如此。虽然遗址向外发展,但是直至春秋中期魏绛"和戎贾土",才扩充到现在的晋中地区,而古盂国在西周初年就被周文王所灭,故太原附近的盂县当是古盂国灭亡后的迁徙之地。

3. 《左传·定公八年》曰:"(二月)辛卯,单子伐简城,刘子伐盂;以定王室。"刘子伐盂,是为了定王室。这个盂,当在周王

---

① 郭人民:《安贞史论集》,河南大学出版社,1993,第232页。
② 《左传·昭公二十八年》,清文渊阁四库全书本,第559页。
③ 江永:《春秋地理考实》卷三,清文渊阁四库全书本,第76页。

第六章 先生对新史学"启山林"的开拓之功

朝境内。清代姚培谦注云:"盂,今河南怀庆府河内县西北有邘台镇为古盂国也。"①清代秦蕙田《五礼通考》亦认为:"盂,杜注'周邑'。今河南怀庆府河内县西北有邘台镇为古盂国。"②盂,春秋时期的古盂国,当在周王朝境内的河内地区,即今河南省沁阳县境内。

综以上论述可知,《左传》中出现三个"盂",只有河南怀庆府河内县西北有邘台镇,即今河南省沁阳县境内之"盂",称为"古盂国";而且"古盂国"西北不远处,就是中条山。中条山有丰富的铜矿资源,自古就是我国的产铜基地。中条山地处晋南豫西北,此地区及其附近考古发现早期炼铜遗址遗物。如侯马曾发现大规模东周铸铜遗址,出土陶范三万多块。③

盂山,当是中条山一支余脉,《山海经·西山经》因为古盂国而称为盂山。郭人民教授当时提出,古代盂国在今河南省沁阳县盂台镇,这里也是多铜之山。此结论今天看来完全正确。

《山海经·北山经》云:"又北百八十里曰白马之山。其阳多石玉,其阴多铁、多赤铜,木马之水出焉。而东北流注于滹沱。"

先生说《北山经》的首山为太行王屋山,水有滹沱、沁水,当在今山西、河南、河北三省交界的太行山区。

---

① 姚培谦:《春秋左传杜注·定公八年》,乾隆十一年陆氏小郁林刻本,第512页。
② 秦蕙田:《五礼通考》卷八十,清文渊阁四库全书本,第4943页。
③ 李延祥:《中条山古铜矿冶遗址初步考察研究》,《文物季刊》1993年第2期。

《山海经·西山经》云:"又西八十里曰符禺之山,其阳多铜,其阴多铁……符禺之水出焉,而北流注于渭……其阴多铜,灌水出焉,而北流注于禺水,其中有流赭,以涂牛马无病。""又西",指的是从"太华之山",即西岳华阴山。今在陕西华阴县西南。符禺之山的首山,就是华山,属于秦岭山系。

《山海经·西山经》云:"又北二百二十里曰盂山,其阴多铁,其阳多铜……生水出焉,而东流注于河。""又北",是从号山又北220里到盂山。号(號),当为"虢"之别字;盂山,古代盂国在今河南省沁阳市盂台镇,这里也是多铜之山。

《山海经·中山经》云:"又东十五里曰渠山,其上多赤铜,其阴多铁。"《中山经》的首山是"甘枣之山",而此山居于黄河北岸。《中山经》又云,甘枣之山"共水出焉,而西流注于河"。《水经注·浊漳水》记载:"河内共北山,淇水、共水出焉。东至魏郡黎阳入河,近所谓降水也。"先生说:"在今山西东南部与河南交界处。"

《管子·地数篇》云:"地之东西二万八千里,南北二万六千里。其出水者八千里,受水者八千里;出铜之山四百六十七山,出铁之山三千六百九山。"

先生说:"《山海经》《管子》皆春秋战国时期的作品,也是中国谈及地理和矿产最早的书籍。《山海经》所记的地方,以洛阳为中心,兼及其他各地。《管子》所托之地是齐国,也不出黄河流域。《山海经》与《管子》的记载,说明我国上古时期,黄河流域是有丰富的铜矿存在的。"①

其实《北山经》之"首山"、《西山经》之"孟山"、《中山经》之"溇山",先生认为,大致在"山西、河南、河北三省交界的太行山区","在今山西东南部与河南交界处",所指当是今山西南部的中条山。近年来考古发现,中条山有一个非常大的铜矿,从夏商直至战国,是我国的产铜基地。先生根据《山海经》记载,研究得出的结论是完全正确的。先生用文献材料说明"黄河流域是有丰富的铜矿存在的"。

五、汉初七国和吴楚七国的歼灭与中国专制体制的确立

新中国成立初期,是一个文化复兴的时期,也引起了人们强烈的求知欲。但是当时有很多人并不懂得我国历史。很多人不知道汉初七国与吴楚七国的区别。

1956年3月号《新史学通讯》广东遂溪梁克智先生提问题请求解答:"汉朝的七国是怎样产生的?吴楚七国之乱是怎样形成的?经过和结果怎样?"郭人民先生发表了《汉初七国与吴楚七国》回答该问题。

先生说:汉初七国是西汉建立之初的七个异姓诸侯国,被刘邦、吕后歼灭。吴楚七国指的是刘邦分封的、文景二帝时强大起来的七个刘姓诸侯国,被汉景帝歼灭。汉初七国与吴楚七国是两个不同的概念。

---

① 郭人民:《安贞史论集》,河南大学出版社,1993,第232页。

先生首先论述了西汉刘邦打天下时的情况。先生说：刘邦在反抗秦王朝起义时，曾经利用一切反秦势力，才取得胜利。其中有很多人是秦王朝统一之前的六国贵族，为了复国而投入到农民起义之中。刘邦还拉拢很多才能之士，如韩信、彭越等人。他们之中有些人对刘邦持观望的态度，他们的愿望是割据自雄。

在这种情况下，他们多不服从刘邦的指挥和命令。如在刘邦准备进行垓下之战的前夕，与韩信、彭越期会于阳夏商讨作战计划，而韩信、彭越不至。

张良向刘邦建议，把淮阳以东的土地割给韩信，封其为齐王；商丘以北的土地割给彭越，封其为梁王。这实际上是恢复西周以来的封建分封制度。

刘邦分封八个异姓诸侯王。班固《汉书·韩彭英卢吴传》赞曰："昔高祖定天下，功臣异姓而王者八国，张耳、吴芮、彭越、黥布、臧荼、卢绾与两韩信，皆徼一时之权变，以诈力成功，咸得裂土，南面称孤，见疑强大，怀不自安，事穷势迫，卒谋叛逆，终于灭亡。张耳以智全，至子亦失国。唯吴芮之起，不失正道，故能传号五世，以无嗣绝，庆流支庶，有以矣夫。"

班固所说的"功臣异姓而王者八国"，但是被刘邦歼灭的是七国。因为长沙王吴芮做事低调，他把领地让给刘氏子孙，削减亲兵，将兵士也转给荆王刘贾，自己则带部分家眷回故里生活，成为其后仅存的异姓王；经历五代之后，无嗣而止。先生所说的"七国"，是被刘邦和吕后歼灭的七个异姓诸侯国。它们的诸侯王主要有：

韩信。战国时期韩国襄王的后裔子孙，被刘邦设坛拜为大将,定三秦、灭赵、灭齐,被封为齐王;灭项羽于垓下,改封楚王,都下邳(今江苏睢宁北)。韩信数立战功,是"汉初三杰"之一。后来,韩信被贬为淮阴侯,继而被杀,诛三族。

彭越。秦末举兵起义,后来归顺刘邦。刘邦将商丘以北的土地分封给彭越,封其为梁王,定都于定陶。西汉王朝建立后,流放至蜀,被吕后诱杀,死在洛阳。

英布。偃姓,英氏,名布;六县(今安徽六安东北)人,因早年犯罪被黥面,又称黥布,封为淮南王,都城在六县。黥布与韩信、彭越并称为汉初三大名将。

张耳。河南开封人。汉初元勋,张耳与韩信统兵数万东出井陉击赵,大败赵军。公元前203年,刘邦封张耳为赵王,定都襄国(今河北邢台)。

臧荼。原为燕国旧将,秦末农民起义之后曾跟随项羽,后被韩信诱降,归顺刘邦,曾占领燕及辽东两地,封为燕王。但是刘邦大肆捕杀项羽旧部,逼反臧荼。刘邦亲征,斩杀臧荼。后刘邦改命卢绾为燕王。

卢绾。刘邦的同乡好友。公元前196年同陈豨叛乱,败逃入匈奴,死于匈奴。

韩王信。战国韩襄王的庶出孙子,项梁拥立楚王的后代熊心,同时立韩国公子横阳君为韩王。刘邦命张良以韩国司徒的身份降伏韩王信。西汉王朝建立后,刘邦以韩王信封地皆为战略要地,改封太原以北地区,抵抗匈奴,建都晋阳。之后,因为刘邦猜疑,韩王信投降匈奴;后被汉朝所杀。

刘邦称帝之后不到六年,就把异姓诸侯王全部歼灭。这就是汉初的七个异姓诸侯王。

先生在论述汉初七个异姓诸侯王的下场之后,接着说:"刘邦出于一己之私,认为秦之亡国是孤立而亡,于是在消灭异姓诸国的过程中又分封了刘氏子弟为九国,使封国制与郡县制并存,以收相互牵制之效。谁都了解封国制是有其离心倾向的,而郡县制则要求集权统一,集权和分治是相反的,极端矛盾的两种制度。刘邦想让他同时在一个局面下并存着,其发展后果是可想而知的。"①

刘邦在歼灭了异姓诸侯王之后,又分封了刘氏诸侯王。在刘邦、吕后在世时,一则是诸侯王的势力尚未巩固,还有刘邦是开国君主,所封诸侯王皆是刘邦的子侄辈,而且其势力和能力皆不能和刘邦相比,因此他们是不敢作乱的。

随着西汉社会经济的稳定、恢复和发展,诸侯王的势力也开始壮大。他们骄横跋扈,而且诸侯国与朝廷虽然皆为刘姓,但是后世血缘渐远,而且皇帝的宝座又是贵族们最眼红的焦点。令刘邦想不到的是,汉文帝时期,济北王、淮南王就开始谋反,西汉帝国的中央政府与地方诸侯国之间的斗争日益紧张。

是时,朝廷虽然采取贾谊提出的"推恩令",分齐国为六(齐、济北、淄川、胶东、胶西、济西),分淮南为三(淮南、衡山、庐江),但是实行得并不彻底。贾谊也被排挤出朝廷。

汉景帝时,中央和地方的矛盾更加尖锐。当朝廷准备采取晁错的建议"削藩",即削减诸侯王的封地时,以吴王刘濞为首

---

① 郭人民:《安贞史论集》,河南大学出版社,1993,第251页。

的七国诸侯王打着"清君侧"的口号,联合发动叛乱,要诛杀晁错。汉景帝在这种情况下,杀了晁错。但是七国谋反是必然的,根本跟晁错无关。杀了晁错之后,吴楚七国根本不退兵,继续向国都长安进攻。这就是吴楚七国之乱。西汉政府派周亚夫率军抵抗,战于齐梁之间,最后才将这场叛乱镇压下去。

吴楚七国的诸侯王指的是:

吴王刘濞。刘邦的侄子,统辖三郡五十三城,是叛乱的发起者,兵败被杀。

楚王刘戊。出生于楚国彭城(今江苏省徐州市),跟随刘濞参加七国叛乱,兵败被杀。

赵王刘遂。汉高祖刘邦之孙,西汉诸侯王,跟随刘濞参加七国叛乱,兵败被杀。

胶西王刘卬。西汉宗室,汉高祖刘邦之孙,齐悼惠王刘肥第十一子,汉惠帝刘盈和汉文帝刘恒之侄,齐哀王刘襄和城阳王刘章的十一弟,跟随刘濞参加七国叛乱,兵败被杀。

济南王刘辟光。汉高祖刘邦之孙,齐悼惠王刘肥第九子,汉惠帝刘盈和汉文帝刘恒之侄,齐哀王刘襄和城阳王刘章的九弟,跟随刘濞参加七国叛乱,兵败被杀。

胶东王刘雄渠。汉高祖刘邦之孙,齐悼惠王刘肥第十三子。汉惠帝刘盈和汉文帝刘恒之侄。齐哀王刘襄和城阳王刘章的十三弟,跟随刘濞参加七国叛乱,兵败被杀。

淄川王刘贤。齐悼惠王子,刘邦孙。参加吴王刘濞发动的七国叛乱,派兵围齐临淄,后兵败被杀。汉徙济北王刘志为淄川王。

先生对汉景帝派周亚夫平定吴楚七国之乱的历史事件评价较高,他认为这是决定中国政治体制走向的大事件。

先生说:"吴楚七国之乱,是汉初集权与分治,皇权与封国矛盾发展中的一次决战。吴楚七国的失败,是汉朝中央集权政治与封国势力消长的一个关键。吴楚七国乱前,封国是半独立性的,可以自置官吏,可以自己征收赋税徭役,有自己的军队,政权、经济权、军权都可以自主。……吴楚七国之乱被平定以后,皇权压倒了封国的势力,集权制战胜了分封制……到武帝时基本上克服了,由秦朝创建的专制集权的政治体制,从此在中国封建史上便确定了下来。"①

其实历史事实也是如此,自此之后,中国大一统的、封建专制的政治体制才算真正地确立下来。

六、汉武帝"独尊儒术"的原因

先生是新中国成立后最早用新史学观点正确、深刻、毫不偏颇地解释汉武帝"独尊儒术"的。

1954年2月先生写了一篇《汉武帝独尊儒术的原因》,在这篇文章中,先生指出,儒家学说是以礼乐制度和宗法的财产继承制为基础的。儒家学说讲究尊卑等级,名分上下。春秋战国时期,是周天子衰微、诸侯力征的时代。在这种时代,孔子的"君君臣臣"的君尊臣卑思想,是不能为春秋战国时期得志的诸侯大国的国君所支持的,所以孔子到处碰壁而不得以行其道。

---

① 郭人民:《安贞史论集》,河南大学出版社,1993,第252页。

第六章　先生对新史学"启山林"的开拓之功

西汉初年,是皇权与封国势力进行激烈斗争的时期,是中央集权建立的时代。而儒家学说,经过陆贾、贾谊、董仲舒等儒生的提倡,进一步强调君尊臣卑、"尊王攘夷"的国策,这对于汉武帝进行削弱诸侯,加强中央集权统治,向外扩张征伐的政治形势和要求是相符合的;也就是说,为适应集权的统治,提高皇帝的地位与威权,儒家学说的稳妥持重,再好不过。

《汉书·董仲舒传》云:"春秋大一统者,天地之常经,古今之通谊也。今师异道,人异论,百家殊方,指意不同,是以上亡以持一统。法制数变下不知所守,臣愚以为诸不在六艺之科、孔子之术者,皆绝其道,勿使并进;邪辟之说灭息,然后统纪可一,而法度可明,民知所从矣。"董仲舒得到汉武帝的支持,从此,儒家学说在中国政坛上取得了正统地位。

儒家思想成为历代学者所重视和研究的、不可或缺的学问,但是像这样用历史唯物主义和新史学解释儒家学说者,先生是最早的。

笔者认为,因 20 世纪五六十年代我国学术界受"左"的思想的影响,所以,用历史唯物主义和新史学的观点解释儒家学说者,不能正确客观地对待古代的传统文化,对儒学的认识存在有偏颇的情况。大约直至上个世纪 80 年代,我国学术界对传统文化才逐渐公允、正确地理解。

"儒术成为历史的必然,同时董仲舒对策中提出'行仁政''大一统'符合现实政治的需要。"(张烈,《"独尊儒术"是历史的必然》,《文史知识》1985 年第 9 期)"'独尊儒术'是历史的必然,秦汉时期政治统一要求思想学术的统一,成为统一思想的学术需要适应社会的需要。儒学通过不断改变自己的学术性格和内涵以适应现实,特别是董仲舒构建的理论体系从天道观的高度论证统治秩序的合理性,维护皇权专制的儒学体系得到皇帝的认可。"(王永祥、霍艳霞,《董仲舒"独尊儒术"功过论》,《河北学刊》1998年第4期)"尊儒大势非由董生或某一个人意志所造就,而是汉武帝时期政治斗争、制度和思想建设促使统治阶级向儒家倾斜,儒家抓住机遇适应环境改造自身的结果。"(滕福海,《董仲舒与"罢黜百家"》,《广西大学学报》2007年第5期)①

先生在对待儒家学说,尤其是在"罢黜百家,独尊儒术"的问题上,1954年就能够用历史唯物主义和新史学观点如此公允、正确、深刻地解释,先生为新中国成立后新史学的普及和研究做出了重大的贡献。

七、充分肯定张骞出使西域的性质

先生在1954年5月号《新史学通讯》上发表《杰出的探险家与外交家——张骞》。先生认为,张骞出使西域,不是为了大汉帝国向外侵略,不是为了汉武帝向外扩张和奴役、剥削、压榨其他民族,而是为了汉族人民反抗匈奴的侵略,为寻找共同反抗被匈奴侵略的朋友,是为了"断匈奴右臂"而出使的。

在文章中,先生论述了西汉初年汉王朝的国际形势。西汉初年,帝国的周围居住着许多兄弟民族,其中以北方的匈奴最为

---

① 以上引文参见郭炳洁:《近三十年"罢黜百家,独尊儒术"研究综述》,《史学月刊》2015年第8期。

第六章　先生对新史学"启山林"的开拓之功

强大。匈奴居住在大漠南北的广袤草原上,过着游牧生活。它东向击败了东胡族,扩展到辽河流域;西向逼走大月氏,征服奴役了西域许多国家,把势力伸到新疆;又南下占据了山西、甘肃北部的土地;成为西汉北部幅员辽阔的一个强邻。《史记·匈奴列传》云,匈奴习于攻战,"儿能骑羊引弓射鸟鼠,少长则射狐兔,用为食;士力能弯弓,尽为甲骑;其俗,宽则随畜因射猎禽兽为生业;急则人习战攻以侵伐,其天性也。其长兵则弓矢,短兵则刀鋋;利则进,不利则退,不羞遁走,苟利所在,不知礼义"。

从汉高祖刘邦、惠帝、文帝、景帝,直至汉武帝,西汉王朝屈辱地与匈奴和亲,向匈奴纳贡。西汉王朝的委曲求全,不仅没有得到缓和的效果,反而助长了匈奴的贪欲。他们劫掠城市、蹂躏乡村、抢掠牲畜和财产,给人民带来极大的灾难。

汉武帝时期,西汉帝国经过文景之治,休养生息 80 余年,国力逐渐强盛,已经具备了抗击匈奴的能力。但是为了能够更有把握地打击敌人,汉武帝招募官员到西域联合诸国,共同抗击匈奴。

西域,西汉时指的是玉门关以西那广袤无边的地域。时人对那里是一无所知,只是听匈奴降者说过,匈奴之西有大月氏国。匈奴破大月氏,俘获月氏王,以其头做饮器。大月氏遁走而怨匈奴。这就是汉人所知的唯一的匈奴之西国家的情况。《汉书·张骞传》记载:"汉方欲事灭胡,闻此言因欲通使道,道必更匈奴中;乃募能使者。骞以郎应募使月氏。"汉中人张骞便在全国反侵略高潮的鼓励与支持下,在战争需要的形势下,勇敢而坚决地担任了艰巨的使命——出使西域。

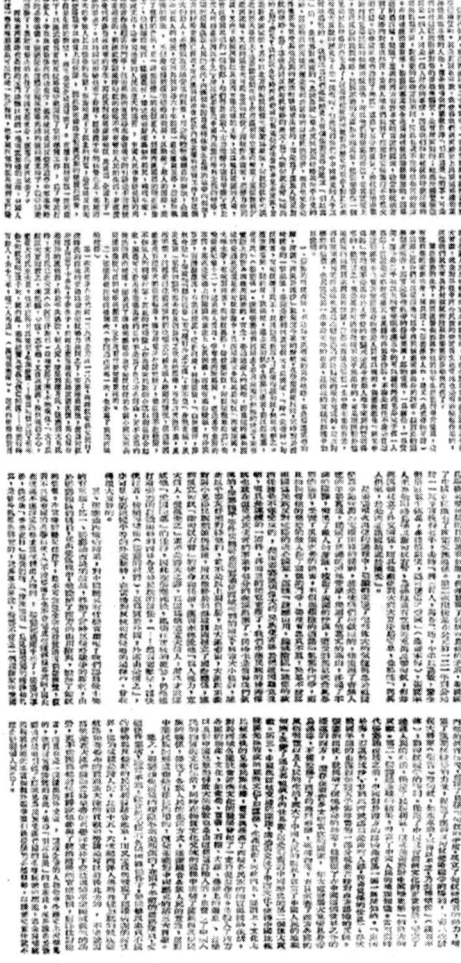

先生在这篇文章中说,张骞出使西域,必须经过匈奴的地盘,另外西域诸国多是匈奴的属国。西域的所有交通要道皆被匈奴把持着,而且这是一个不可知的国度,张骞此去其中凶险是可想而知的。先生说:"(张骞)通过敌人的境地,争夺其属国,

第六章　先生对新史学"启山林"的开拓之功

这是非常危险的事情。其次西域有高山峻岭,无边的沙漠,急流险滩,丛林深渊,虎豹出没,豺狼竞窜,山无蹊径,泽无舟梁,风灾鬼难,或有狂风暴雨的袭击,或有疾病袭来……这应该是出使前预料到的险情。"先生又接着说:"张骞不避艰险,不顾个人的利害,真正地把探险工作和国家民族的命运结合起来。张骞出使西域,不是为了自己的功名利禄,更不是为了统治阶级的侵略,而是为了联络与团结争取受匈奴统治的各弱小国家民族共同达到摆脱匈奴的剥削和压迫,完全没有侵略之目的。"①

张骞出使西域一共两次。张骞第一次出使西域,是公元前139—前126年,与胡奴堂邑父同行。张骞刚出国境,便被匈奴俘获。匈奴与张骞妻,又生子。张骞在匈奴逗留10余年,从匈奴逃出,到达大宛、康居、月氏。大月氏臣服大夏(今阿富汗境内),已在大夏境内安定下来,没有报仇的愿望。张骞回转时,又被匈奴所获。留年余,老单于死,张骞乘机逃出,回到长安。"骞与胡妻及堂邑父俱亡归汉。汉拜骞为太中大夫,堂邑父为奉使君。……初骞行时百余人,去十三岁,唯二人得还。骞身所至者,大宛、大月氏、大夏、康居,而传闻其旁大国五六,具为天子言之。"②张骞的第一次出使虽然没有达到联合大月氏之目的,但是了解了西域诸国的情况,而且也了解到乌孙与匈奴之间的深刻矛盾。

张骞第二次出使西域,是公元前119—前115年。这一次西

---

① 郭人民:《杰出的探险家与外交家——张骞》,《新史学通讯》1954年5月号。
② 司马迁:《史记》一二三卷《大宛列传》,中华书局,1982,第3159页。

汉与乌孙建立了外交关系,并派副使到大宛、大夏、康居、安息等西域诸国进行联系。西域诸国也派使者前往西汉,"于是西北国始通于汉矣,然张骞凿空。其后,使往者皆称博望侯,以为质于外国。外国由是信之"①。

先生认为,张骞出使西域有重要的意义:

1. 了解了西域的山川险夷,了解了匈奴内部的情况,联络了乌孙,孤立了匈奴,加强了汉朝的军事力量。

2. 了解了西域诸国的情况。

3. 中国的蚕丝、生产技术、政治、经济、文化传向西方,西方的苜蓿、葡萄、石榴、大蒜、雕刻、音乐传入内地,加强了中西方的经济、文化交流。

张骞是一个探险家和爱国者,他出使西域的活动是正义的,并有非常重要的历史意义。

八、东汉外戚、宦官、党锢的斗争是内部矛盾

先生在1953年10月的《新史学通讯》上发表《东汉统治阶级内部的矛盾斗争——外戚宦官与"党锢"》,这篇文章约5000字。先生在这篇文章中谈道:"在东汉一代的政治舞台上,很明显地看到有三种人物在活跃,即儒生、宦官、外戚。这三种人物,按其阶级属性都属于当时的封建地主阶级;而其代表着不同集团的利益。"

东汉一代,自和帝刘肇始,即位的皇帝皆在幼冲。外戚的专

---

① 司马迁:《史记》一二三卷《大宛列传》,中华书局,1982,第3169页。

第六章 先生对新史学"启山林"的开拓之功

权揽政就是从和帝开始的。和帝即位时才十岁,其母窦氏临朝听政,窦氏的哥哥窦宪及其他兄弟等人封侯拜相、蟒袍玉带,把持朝政。和帝渐渐长大,想把政权收回,但窦宪等外戚气势凶盛,不许朝臣与皇帝接近。皇帝在深宫中所能够接近的只有左右宦官。宦官就成为和帝消除外戚的主要帮手。当外戚被消除了之后,和帝对宦官论功行赏,乃至封侯,如郑众等宦官皆成为旋转乾坤的功臣,于是又开始了宦官执政。之后,再一个小皇帝即位,又是母后临朝,重用外戚;小皇帝长大,又利用宦官夺回政权……外戚、宦官轮流执政,形成一个恶性循环。

儒生大部分出身于官僚、商人、地主,他们能够参与政治。刘秀本人就是地主出身的儒生。他们享有政治上的特权,用学校教育与乡举里选的方式培养自己的子弟成为地主官僚的继承人。商人、地主都有参政的机会,商人、地主化身的儒生,其所代表的是地主集团的利益。

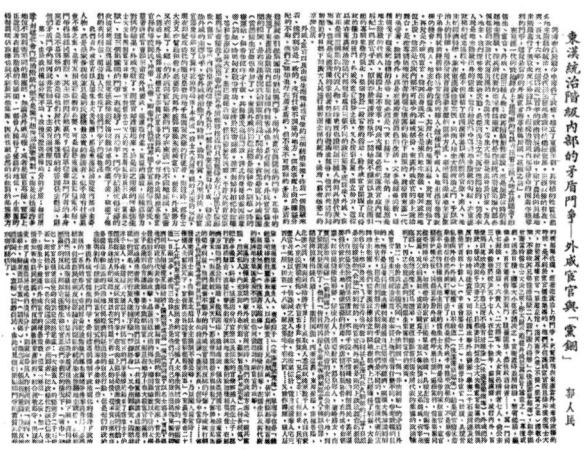

东汉统治阶级内部的矛盾斗争——外戚宦官与"党锢" 彭人民

先生认为这三个集团的矛盾主要集中在两个方面：第一，由于政治权益分配不均而产生的政权独揽与政权均分的矛盾。当外戚专权的时候，外戚不仅排斥宦官，也排斥儒生集团。宦官同样如此，排斥外戚和儒生。东汉政权长时期地被外戚宦官所把持，在政治上，他们"亲其党类，用其私人，内充京师，外布州郡，颠倒贤愚，贸易选举"。在经济上，他们贿赂公行，盗窃国库，抢劫商旅，强占民田，掠人妻女。外戚宦官集团的专权严重地侵犯了地主阶级和儒生集团的利益。

第二，由于政治主张不同而产生的"合法剥削"与"非法剥削"的矛盾。外戚擅权，把朝廷政权网罗家族手中；宦官专政，朝廷政权落入宦官或者家族手中。宦官们由于身体受伤，心理扭曲，凶恶歹毒。桓帝时期的宦官侯览就非常凶恶。《后汉书·宦者列传·侯览传》云："（侯）览贪侈奢纵，前后请夺人宅三百八十一所，田百一十八顷，起立第宅十有六区，皆有高楼、池苑、堂阁相望，饰以绮画、丹漆之属。制度重深，僭类宫省。又豫作寿冢石椁，双阙高庑百尺，破人居室，发掘坟墓，虏夺良人。"宦官往往表现出扭曲的狠毒和贪婪。

儒生们于是联合起来，反对外戚和宦官们的专政。当时名士郭泰、贾彪、李膺、陈番、王畅等抨击朝政得失，继而又组织数以千计的太学生前去皇宫请愿，要求制裁宦官；在地方上大杀宦官的党羽。儒生集团当时被称为"清流"，人数达到3万之多。宦官们在皇帝的支持下，对儒生集团定罪名为"共为党部，诽谤朝廷，图危社稷"，将儒生集团逮捕下狱，"禁锢终身"，大杀出手。后人又把被囚禁的儒生集团称为"党锢"。

先生在他给我们编的史学文献中还特地选择了《后汉书·党锢列传》，使我们对东汉时期的统治集团之间的斗争有更清晰的了解。

先生认为，"东汉外戚、宦官、儒生的斗争，是封建专制体制政治腐化的条件下，政治表现的一系列形式，也纯粹是统治阶级内部集团争权夺利发展的必然结果。……当黄巾军突起，集团间的矛盾便很决地缓和下来。朝廷大赦党人，宦官们'各自征还宗亲子弟在州郡者'，把政权还给儒生。'党人'解锢之后，竭诚地维护东汉政府，无一人支持同情农民起义军。由此可见东汉后期，外戚、宦官、儒生之间斗争的实质和阶级关系"。

先生是最早用历史唯物主义观和阶级斗争的观点解释东汉外戚、宦官、儒生之间的关系和斗争的性质的学者。他的解释是新中国最早的观点，对之后的史学研究有深刻的影响。

九、太平道与五斗米道的关系

1953年11月号《新史学通讯》广东揭阳方谋猷先生提问题请求解答："太平道与五斗米道哪个在先？张修、张道陵是一个人还是两个人？"

建国初期，我国刚刚把农民起义问题提出来，研究当然很薄弱；太平道与五斗米道，这两支农民起义军有无关系，谁先谁后呢？应该是一个很值得研究的问题。

先生在1953年11月号《新史学通讯》上发表《太平道与五斗米道》，对这个问题做了较为详细的论述。

先生说，东汉末年，出现两支以宗教为号召的农民起义：一支是张角领导的、以太平道为号召的农民起义军;另一支就是张陵领导的五斗米道的起义军。太平道、五斗米道的理论皆以老子五千文为基础。

东汉末年,河北张角利用这种宗教,到各地为人看病,并宣传太平道,广收徒众,扩大影响,然后发动起义。《后汉书·皇甫嵩传》云:"巨鹿人张角自称大贤良师,奉事黄老道,畜养弟子,跪拜首过,符水咒说以疗病,病者颇愈,百姓信向之。角因遣弟子八人使于四方,以善道教化天下,转相诳惑。十余年间,众徒数十万,连结州郡,自青、徐、幽、冀、荆、扬、兖、豫八州之人,莫不毕应;遂置三十六方。方,犹将军号也。大方万余人,小方六七千人,各立渠帅,皆作'甲子'字。"其口号简称"黄天太平",张角亦用黄老道号召民众,以为百姓治病为名,其中亦有用平等的信念去教化百姓,向人民宣传的平等思想。

五斗米道由东汉末年的张陵所创。《三国志·魏志·张鲁传》云:"(张陵)客蜀,学道鹄鸣山中,造作道书以惑百姓,从受道者出五斗米,故世号米贼。陵死,子衡行其道。衡死,鲁复行之。……(张)鲁遂据汉中,以鬼道教民,自号师君。其来学道者,初皆名'鬼卒'。受本道已信,号'祭酒',各领部众,多者为治头大祭酒。皆教以诚信不欺诈,有病自首其过,大都与黄巾相似。祭酒皆作义舍,如今之亭传。又置义米肉,悬于义舍,行路者量腹取足;若过多,鬼道辄病之。犯法者,三原然后方行刑。"这里记载的张鲁的祖父张陵在四川山中学道,广收道徒,创"五斗米道"。张陵传子张衡,张衡又传其子张鲁。张鲁立亭舍,置米肉,过路行人量腹取足,这本身就带着一种强烈的"损有余而补不足",有饭同食的平等主义思想意识。

战国时期就已经出现了方士,他们炼丹求药、求神仙,去各地为人们看病。后来秦始皇、汉武帝等帝王都希望自己长生不老,把希望寄托于炼丹求仙的方士,方士之术开始盛行。但帝王们没有达到目的,遂逐渐地失望。方士之术开始向社会下层渗透。随着这种发展和渗透,也出现了关于宣传方士之术的理论。

《后汉书·襄楷传》云:"顺帝时,琅琊宫崇诣阙,上其师干吉于曲阳泉水上所得神书百七十卷,皆缥白素朱介青首朱目,号《太平清领书》。其言以阴阳五行为家,而多巫觋杂语。有司奏崇所上妖妄不经,乃收藏之。"

干吉所作的神书与张陵创立的五斗米道时间大致相同,皆当东汉顺帝在位期间。张角的太平道稍晚,也不过晚十余年左右,只说张角见过此书,并未说张角以此书去教化其徒众。《汉书·李寻传》云:"初,成帝时,齐人甘忠可诈造《天官历包元太平经》十二卷……刘向奏忠可,假鬼神,罔上惑众,下狱治服,未断病死。"

先生又引用了《三国志·魏志·张鲁传》裴松之注引《典略》的记载。裴松之注引《典略》曰:"(汉灵帝)熹平中,妖贼大起……东方有张角,汉中有张修,……角为太平道,修为五斗米道。太平道者,师持九节杖为符祝,教病人叩头思过,因以符水饮之,得病或日浅而愈者,则云此人信道;其或不愈,则为不信道。修法略与角同,加施静室,使病者处其中,思过又使人为奸令祭酒。祭酒主以老子五千文,使都习号为奸令、为鬼吏。主为病者,请祷之法书病人姓名,说服罪之意,作三通。其一上之天,著山上。其一埋之地,其一沉之水,谓之三官。手书使病者家出米五斗,以为常,故号曰五斗米。师实无益于治病,但为淫妄。然小人昏愚竞,共事之后,角被诛,修亦亡。及鲁在汉中,因其民信行修业,遂增饰之,教使作义舍,以米肉置其中,以止行人。又教使自隐有小过者,当治道,百步则罪除。又依月令,春夏禁杀,又禁酒,流移寄在其地者,不敢不奉。臣松之谓:张修应是张衡,非典略之失,则传写之误。"裴松之认为,张修就是张鲁。

先生说:"从这段记载来看,太平道是早于五斗米道的。因为太平道是东方的产物,是集东方人久传的鬼神术数的大成,他的经典在西汉末就出现了,就有了很浓的宗教意味,到了东汉就进一步发展成干吉和张角手中的太平道;传布的区域更加广泛,五斗米道是太平道的分支,到张陵手里才'造作道书',并吸收了佛教的仪式,创作道教,'与角法略同',仍没有脱离太平道的组织形式。在太平道最盛的时候,五斗米道还是局限于汉中一隅,说明五斗米道的后出,同时也说明五斗米道和太平道的关系。太平道是道教的先驱,五斗米道是太平道更进一步向道教的发展。由此可知,太平道在道教之先,因张角起义失败而遭泯灭。五斗米道遂代之盛行于后来中国几千年。"①

先生认为,太平道是道教的先驱,其渊源是西汉时期方士所创的太平经。张鲁带领"五斗米道"投降曹操,得到统治者的保护,发展成为中国最早、最原始的道教。创始人是东汉末年的张陵,亦称张道陵。

---

① 郭人民:《太平道与五斗米道》,《新史学通讯》1953年11月号。

先生还说，裴松之认为张陵与张修是一人。其实，张陵是东汉顺帝时人，张修是灵帝时人，相差六七十年。张陵早于张角，而张修与张角是同时代人。另外，张修是被张陵的孙子张鲁所杀。《三国志·魏志·张鲁传》说："陵死，子衡行其道；衡死，鲁复行之。益州牧刘焉以鲁为督义司马，与别部司马张修将兵击汉中太守苏固。鲁遂袭修杀之，夺其众焉死。子璋代立，以鲁不顺，尽杀鲁母家室。鲁遂据汉中以鬼道教民，自号师君。"也就是说，张鲁杀了张修；张修之子张璋又尽杀张鲁的母亲及全家。先生认为，张陵与张修是毫无关系的人。

先生最后说："裴松之说，'张修应是张衡，非典略之失，则传写之误'。从《三国志》本文及裴松之注释来看，张修既与张陵无关，又与五斗米道无关，但因《中国农民革命史话》审校不慎，而把他以讹传讹了。"①

先生的这些观点，现在学术界都是这么说的，但是在当年很多人是不明白的。建国初年农民革命问题还是一个新的问题，是很多人在学术领域没有涉及的问题，《中国农民革命史话》还把张修与张陵相混，以讹传讹。先生能把这些问题提出来加以澄清，确实走在了时代的前列。

十、三国时期战争的性质

1954年7月号《新史学通讯》四川内江杨晋钦先生提问题请求解答："三国（魏蜀吴）的战争算是什么战争？它对当时社

---

① 郭人民：《太平道与五斗米道》，《新史学通讯》1953年11月号。

会起了什么影响？这些战争的主要人物如关羽等应当怎样评价？"

1954年7月，先生撰写了《三国时期战争的性质》。先生在这篇文章中说，东汉末年黄巾军起义爆发之后，东汉政府动员中央和地方的各种武装镇压农民起义，于是就出现了许多拥兵自重的大军阀。刘焉据益州，刘表据荆州，袁绍据冀州，袁术据扬州，陶谦据徐州，公孙度据辽东，各自形成独立的局面。其次有些地方豪绅为了保护自己的利益也乘机发展扩大自己的势力，如董卓、魏延、公孙瓒、刘备、曹操、孙坚等，他们皆是因镇压农民起义而起家的。当东汉末年的农民起义被镇压之后，东汉政府因腐败无能已经失去了对那些拥兵自重的大军阀的控制能力，于是他们成为称雄一方的割据势力。这些军阀，相继扩充自己的势力，扩大地盘，开始火并。经过20多年的强吞弱、大吃小，最后剩下了曹操、刘备、孙权三股势力。三股势力中曹操最强。曹操在得了荆州之后，南下灭吴。而此时，孙刘两家联合，在赤壁大败曹操，从而形成了魏、蜀、吴三国鼎立的局面。

三国鼎立局面稳定之后，他们继续进行了长达50余年的战争。他们之间战争的性质是属于军阀兼并的掠夺性的战争。这种战争杀人流血、白骨千里，严重地破坏了生产，对人民、对社会是有百害而无一利的。《后汉书·仲长统传》云："今日名都空而不居，百里绝而无民者，不可胜数。"《资治通鉴》卷七十三《魏纪五》胡三省注："三国虎争，人众之损万有一存。景元四年，(魏)与蜀通计民户九十四万三千二百四十二耳。当此之时，谓不过汉文景时一大郡，非虚语也。"

先生说："民散田荒，两汉以来在颇为雄厚基础上发展起来的农业生产破坏无余，手工业凋敝，商业衰落。"先生又说："但是统治者也明白，进行战争，必须要有物质的保障，为要保证军粮的供给和社会秩序的安定，必须设法恢复生产。三国都推行屯田制。其中曹魏的屯田规模最大。屯田制对社会生产力的恢复是起了一定作用的。曹操在许昌时建立屯田制度和修水渠，开辟稻田，募农耕耘，一岁得谷百万斛。'数年中所在积谷仓廪皆满。'"①吴蜀也在进行屯田，"推行北方先进的生产技术和方法"，"对长江流域和西南地区的开发，也有其一定的作用"。当然恢复生产者主要是农民，成果还是被统治者夺取，劳动人民开垦种植，收获交给政府，剥削是极重的。

先生对三国时期的战争给人们带来的灾难，以及为了在战争中取得优势所做的恢复生产的措施，各国所进行的屯田制度，以及屯田制度对恢复生产所起的作用，都做了详细、公允而客观的评价，这些对我国建国之后历史研究的走向都起到了先行的作用。

十一、北魏孝文帝与隋文帝为隋朝的统一创造了条件

1954年11月号《新史学通讯》河南伊川殷天尊先生请教："隋统一中国凭借什么条件？"先生发表了《隋朝统一中国的条件》给予解答。先生在这篇文章中指出，隋文帝结束三百年长时

---

① 郭人民：《安贞史论集》，河南大学出版社，1993，第240页。

期南北分裂的对立局面,统一中国,是有其原因和条件的。先生认为,北方虽然经过了少数民族入侵中原,经济遭到一定破坏,但是自从北魏统一北方之后,主要负责农业生产。魏孝文帝施行均田制、三长制等一系列措施,大大地加快了中原经济的恢复,为隋文帝的统一奠定了良好的经济基础。

《隋书·食货志》记载:开皇三年(583年)隋文帝赏赐凯旋的将士时,"帝亲御朱雀门,劳凯旋师,因行庆赏。自门外夹道列布帛之积达于南郭。以次颁给,所费三百余万段"。这也说明隋文帝已经积累了雄厚的经济力量,这是隋文帝统一的重要因素。

先生还认为,南北朝之初,民族矛盾是主要的矛盾,即汉族与侵入中原的鲜卑族的矛盾。南朝梁陈时期,统治阶级腐化堕落,内部矛盾日益尖锐,愈演愈烈,引起人们的不满与反对。阶级矛盾逐渐上升,打着民族抗战招牌的南朝政府,再也没有一点代表民族利益的姿态了。南北朝后期,民族(或者说种族)矛盾消失了,阶级矛盾成为社会的主要矛盾,这就是隋朝统一的第二个因素。

另外,先生认为当北周灭北齐时,北周已经占领了南朝江北和长江上游的所有土地。北周的疆域、人口、军事力量皆优于南朝,已经形成了优于南方的物质力量。隋文帝取代北周政权之后,在政治上施行了一系列的安定社会秩序的改良政策。《隋书·高祖上》记载:"帝既躬体俭约,六宫咸服澣濯之衣,乘舆供御有故敝者,随令补用,皆不改作;非享燕之事,所食不过一肉而已。有司尝进干姜以布袋贮之,帝用为伤费,大加谴责。后进香复以毡袋,因笞所司,以为后诫焉。由是内外率职,府帑充实,百官禄赐及赏功臣,皆出于丰厚焉。""高祖大崇惠政,法令清简,躬履节俭,天下悦之。"与此同时,南朝陈叔宝则是骄奢极欲,荒淫腐朽,众叛亲离。隋文帝杨坚更有了胜算,于是顺应社会发展的潮流、广大人民统一的要求,出兵伐陈,南朝陈国不战而降,结束了长达三百年的分裂局面,中国再次实现了统一。

先生对隋朝实现统一的条件分析得非常透彻、明白。先生所述之论点皆引经据典,言必有据,用翔实的史料论述隋文帝躬行节俭、关心爱护将士的情况。当然隋文帝自行节俭,而"百官禄赐及赏功臣,皆出于丰厚焉",是为了让将士们帮他打江山,而这些"禄赐奖赏",也是来自百姓们的民脂民膏;但是也能说明隋文帝的才干和能力。

十二、"古运河"与"今运河"

1953年6月号《新史学通讯》,有人提出问题请求解答:"高小历史第二册插图有'古运河'与'今运河',但图上古运河与今运河位置不同,那么今运河是什么时候开端呢?隋炀帝加重人民负担,开凿运河,而它又成交通的好航路,是否还要表扬他对历史有贡献呢?"

先生在1953年6月号《新史学通讯》上发表了《"古运河"与"今运河"》给予解答。中国的运河是世界上人工开凿的最早、最长的运河,隋炀帝时期开凿的。但是隋朝的运河与今之运河的河道不完全一样,因此有古运河与今运河之分。

A. 隋朝的运河,称为古运河,一般分为三段,即通济渠、永济渠、江南河。

通济渠,隋炀帝大业元年开凿。《资治通鉴·隋纪四·高祖文皇帝下》云:"开通济渠;自西苑引谷、洛水达于河,复自板渚引河历荥泽入汴,又自大梁之东引汴水入泗,达于淮。又发淮南民十余万开邗沟,自山阳至扬子入江。渠广四十步,渠旁皆筑御道,树以柳,自长安至江都,置离宫四十余所。"通济渠从洛阳西苑起,引谷水、洛水达于黄河;东到河南荥阳汜水,再从汜水到板渚,引黄河水入汴河,经开封、商丘到安徽的泗水,达于淮河。再由安徽山阳(今淮安)引淮水到达江都(今扬州)、仪征入江。自淮安以南河段是在春秋后期吴国夫差开凿的邗沟基础上开凿的。

江南河,隋炀帝大业六年开凿。《资治通鉴》第一百八十一卷记载:"敕穿江南河,自京口至余杭八百余里,广十余丈,使可通龙舟并置驿宫、草顿,欲东巡会稽。"

江南河从江苏京口(今镇江),经无锡、苏州至余杭(今杭州),共八百里,广十余丈,可通龙舟,置驿宫、草顿,欲东巡会稽。

永济渠,《隋书·炀帝纪上》记载:"大业四年春正月乙巳,诏发河北诸郡男女百余万,开永济渠,引沁水南达于河,北通涿郡。"永济渠从河南省修武县东北沿现在的卫河,经山东临清,直达北京东部的通县。

以上是古运河的河道流向。

B. 今运河南北两部分是原古运河的故道。而中间的一段,即自山东临清至江苏清江浦入淮,这一段运河是元朝凿通的,历经明、清两代,略有变动,形成今大运河的状貌。

运河在元朝时期为什么会改道呢?先生在这里解释得也很

第六章　先生对新史学"启山林"的开拓之功

明白。

隋朝兴修运河时期,国都在西安;洛阳是其东都。隋炀帝开凿了从洛阳到荥泽、开封、商丘段,然后入淮,从淮安疏通邗沟,到江都、仪征;再开凿江南河,从镇江直达余杭。这一段是从西安(或洛阳)到达江南的主干线。

而至元朝时期,国都转移到大都(今北京),而且在南宋时期,金人统治中原,运河经久不疏通,已经湮没。而元朝蒙古贵族也需要大批的江南物资。《元史·食货一》云:"元都于燕,去江南极远,而百司庶府之繁,卫士编民之众,无不仰给于江南。"而当时,海运、陆运都极不方便。

元世祖忽必烈时,开始凿通从山东至江苏,即向南的一段。《东平州志》云:"世祖至元二十年,以江淮水运不通,命兵部尚书李奥、鲁赤等自任城(济宁)开渠达于须城(东平)安民山,凡五百里。北自奉符(泰安)为闸,以导汶水入洸。东北自兖州为闸,以遏泗水会洸,分而出于任城之会源闸,分流南北;其西北流者,至须城之安民山,入清济之故渎。其南流者,沿泗水故道入江苏,以通淮河。"

向北一段就是从东平安民山向北,直达天津、通县,凡250里。

于是会通河竣工,北起通县,南达杭州,即今京杭大运河的主干线,此外,北京到通县的通惠河也是元朝开凿的。

运河把黄河、淮河、长江三大流域连接起来,承载着中国中世纪中晚期巨大的漕运任务,繁荣了运河两岸的经济文化,加强了国家的统一。

虽然隋炀帝开凿运河每月役使丁壮数百万,"丁男不充,以妇人兼役",死者过半,所过之处,掘人坟墓,敲诈钱财,给民众带来极大的灾难,但是运河的开凿,"在祖国的疆土上创造出长达数千里的人工大运河——中国南北交通的大动脉,这只能说是当时劳动人民对历史的贡献,证明中华民族勤苦耐劳的优良传统"①。

十三、对唐太宗对外用兵的评价

《新史学通讯》1953年5月号有先生来函请求解答问题:"唐太宗对外用兵明明是侵略,为什么后面的问题上还问在中国历史上有什么意义?其意义是什么呢?"

唐朝在唐太宗时期出现了"贞观盛世",在这个时期,唐太宗李世民对外有很多用兵记载。

唐朝之前虽然有隋朝短暂的统一,但是南北朝时期长达300多年的分裂局面,特别是中原处于大乱时期,西北边境的少数民族势力得到充分的发展。这些少数民族多是游牧民族,他们善于骑马射箭,经常到汉族居地抢掠。《史记·匈奴列传》记载,他们"逐水草迁徙,毋城郭,常处耕田之业,然亦各有分地。毋文书,以言语为约束。儿能骑羊引弓射鸟鼠,少长则射狐兔,用为食;士力能弯弓,尽为甲骑;其俗,宽则随畜因射猎禽兽为生业;急则人习战攻以侵伐,其天性也。其长兵则弓矢,短兵则刀鋋。利则进,不利则退,不羞遁走,苟利所在,不知礼义"。突厥

---

① 郭人民:《安贞史论集》,河南大学出版社,1993,第226页。

第六章　先生对新史学"启山林"的开拓之功

大量杀死唐朝边民。《旧唐书·突厥上》云:"突厥翻覆难信,其未破前,连年杀中国人,动以千万计。"特别是在秋收时期,这些少数民族来如骤雨,去如飘风,在汉族地区抢一把就跑。农耕民族不仅辛苦一年的果实被掠夺,还有非常大的被杀戮的可能。

当时西北地区最强大的少数民族是突厥。突厥不仅经常对汉族地区进行骚扰,把汉族人民掠走为奴隶,而且还对其他的弱小民族,如吐谷浑、高昌、焉耆、龟兹等,进行奴役。唐朝建立初期,突厥可汗连年向唐帝国发动战争,勒索财物,企图迫使唐朝李渊向其称臣纳贡。吐谷浑、高昌、焉耆、龟兹等小国也曾要求唐朝出兵突厥,使自己也免受突厥的掠夺。

唐太宗首先征伐突厥。国富兵强的唐帝国,出师大捷,打败了突厥,保护了边境人民的安全和财产,突厥部族归化大唐。《旧唐书·突厥上》云:"突厥颉利可汗未破已前,自恃强盛,抄掠中国,百姓被其杀者,不可胜纪。我发兵击破之,诸部落悉归化。"这次征伐突厥的战争,以唐朝胜利、突厥完败、突厥诸部归化大唐帝国而告终。唐太宗征伐突厥的战争,消除了外患,保护了边境人民的财产和人身安全。

先生认为,唐太宗征伐突厥的战争应该是正义的。

唐太宗另一次战争是对高丽的战争。先生认为,这场战争不是正义的。

贞观十九年(公元645年),唐太宗谓侍臣曰:"辽东,旧中国之有,自魏涉周,置之度外;隋氏出师者四丧律而还,杀中国良善不可胜数。今彼弑其主恃险骄盈,朕长夜思之而辍寝,将为中国复子弟之仇,为高丽讨弑君之贼。今九瀛大定,唯此一隅,用将士之余力平荡妖寇冦耳。然恐于后子孙或因士马强盛,必有奇决之士,劝其伐辽,兴师遐征,或起丧乱,及朕未老欲自取之。"

由此可见,唐太宗发动对高丽的战争主要原因是:(1)收复中国之旧土辽东;(2)"为中国复子弟之仇";(3)"为高丽讨弑君之贼"。

当时,唐朝出兵高丽还有一个原因。朝鲜半岛有三个小国,高丽、百济、新罗。高丽权臣盖苏文杀了高丽王高健武,夺其权;又联合百济攻打新罗。新罗是每年向唐朝进贡的小国,唐帝国对此调停不果,于是唐太宗出兵攻打高丽。

唐太宗虽然最后没有消灭高丽,但是已经达到了目的。先生对唐太宗对外用兵有非常精彩的见解。他说:

> 唐朝由于反对突厥侵略战争的胜利,由于对突厥附属国用兵的胜利,必然地引起帝国统治者侵略的贪欲,无论是封建地主,或是封建皇帝,他们统治和剥削的欲壑是填不满的。在对外战争胜利的基础上,他们必然想扩大统治地盘,增大剥削对象,提高专制权威,因而也就必然地对外发动更大规模的侵略战争。不仅唐太宗如此,汉武帝不也是这样吗?

汉唐帝国对外发动的战争,在当时来说,无论对汉族的劳动人民还是被侵略过的劳动人民都是不利的。因为它给人民造成许多痛苦与灾难,"孤人之子,寡人之妻",破坏人们的生活。然而正是通过这些痛苦与灾难,才逐渐形成今天这样一个民族大家庭,历史是从迂回曲折矛盾复杂的道路上发展下来的。

先生对问题的认识持重而公允,我国历朝历代的皇帝皆有打仗用兵、发动战争。这些战争或是自卫正义战争,或是扩疆启土、侵略别国的非正义战争。战争都是由非正义一方挑起的,正如先生所说的,战争中承受痛苦和灾难的皆是人民,而人民是最热爱和平的。

十四、对后周世宗柴荣的政绩评价

先生认为,后周"世宗柴荣在五代时期是一个比较有为的皇帝,在政治、军事、经济上都有一番措施。这些措施对当时的社会发展和北宋的统一有密切的关系和相当的作用。可是有的书上把周世宗的措施和作用提得很高,如初中的中国历史第二册标题为'后周世宗的改革'。我认为,周世宗的这些政绩也不过是一般普通的政治措施而已,不能称得起改革"①。

先生认为,周世宗的措施是当时的客观形势造成的。自唐末的"藩镇割据"至五代的几十年中,"赤地千里,民废耕稼",无论城市和农村都遭到极大的破坏。后周初年郭威时期,最大的县不过三千户人家。

周世宗掌握政权之后,采取一些措施:奖励垦荒,减轻赋税,组织生产。柴荣重视农业生产,不断地亲自到田间或自己的田庄去看庄稼。

1. 敕令流民归乡可以请射承佃,供纳租税。

2. 招募流亡,刷新军备,安定社会秩序;并招安因流亡而沦为"盗贼"的人,招为禁军。淘汰无能、恶劣的军官和退却的士

---

① 郭人民:《周世宗柴荣政绩的分析》,《新史学通讯》1953年7月号。

兵,精减士兵;选武艺超绝者提升到重要的岗位上。"由是兵甲之盛近代无比,且减冗食之费焉。"柴荣招安了山泽流民,减轻了养兵之费,加强了抗击外来侵略的能力。

3.严惩贪污,奖励有才能的官员。柴荣对一些贪官进行打击、处死、赐死等惩罚,整顿社会风气和贪污腐败。

柴荣实行这一系列的措施,政治、经济方面得到了稳定,结束了五代以来的混乱局面。后周国力不断增强,疆域不断扩大,曾经击败南唐,夺得淮南江北十四州;打败后蜀,收回秦、阶、成、陇四州;亲征契丹,收回瀛、莫、易三州。欧阳修《新五代史·周本纪》载:"世宗区区五六年间,取秦陇,平淮右,复三关;威武之声,震慑夷夏。"

先生认为,从柴荣奖励垦荒与颁布"均田图","可以看出他并没有打破土地买卖的兼并制度,就连隋唐以来的均田也不能实行,不是牺牲大地主的利益,把土地分配给农民,完全是站在大地主阶级立场对农民的一种欺骗手段。但是周世宗这种政治措施,实施的结果是有它的影响的。如果说柴荣的事业为北宋的统一打下了基础。那么柴荣的政治措施和立国方针是指向统一的。如果像柴荣墓碑上所说的'他开后来八百年的基业',那就不免有些夸大,不值得批判了"①。

先生的分析是非常有道理的,对历史人物的评判,应该实事求是,既不应该无限地夸大,也不应该无根据地抹杀。先生认为,柴荣是有历史功绩的,他结束了唐末五代之乱,用一系列的

---

① 郭人民:《周世宗柴荣政绩的分析》,《新史学通讯》1953年7月号。

措施安定社会局面,发展生产,增强国力,为北宋的统一打下了基础,这是应该肯定的。但是他的措施没有触及大地主的利益,没有改变社会上的贫富不均现象,严格地说,这不是政治、经济改革。先生的分析非常明白,而且提出当时社会上不准确的说法,具有先导性的作用。

十五、先生是建国后研究元朝赋税第一人

《新史学通讯》1951年9月号,有人请教:"元朝赋税制度为什么南北不同,以哪种制度剥削最重?"

1951年,郭先生刚刚大学毕业,就在《新史学通讯》9月号发表关于元朝赋税制度南北的不同的文章。该篇文章主要研究元朝灭金和南宋之后,在中国南北方实施的不同的赋税制度。《元史·食货志》"税粮"条下云:"元之取民,大率以唐为法。其取于内郡者,曰丁税、曰地税,此仿唐之租、庸、调也;取于江南者曰秋税、曰夏税,此仿唐之两税也。"也就是说,元朝的赋税制度是按照唐代税法施行的。江淮以北的北方是按唐朝的丁税、地税,即租、庸、调法施行的。

先生分析了南北赋税制度不同产生的原因,说丁税、地税是按照人口和土地的多少而收赋税。蒙古人灭金时,对山东、山西、河南、河北进行过两次大规模的屠洗,"北中国的人民大量逃亡,土地几于全部荒芜"①。《金史·食货志》云:"南迁以来,不胜调发,相继逃去;所存者,曾无十一,砀山下邑,野无居民矣。"

---

① 郭人民:《安贞史论集》,河南大学出版社,1993,第193页。

在这种情况下,要想征收赋税恐怕是很难的。因此北方赋税施行丁税、地税,按现有人口和土地征收赋税。

南方相对北方战争较少,而且宋端宗在忽必烈平定江南时,把户籍税册全部呈献给元朝。《元史·食货志》"海运"条下云:"江南之粮分为春夏二运……初巴延平江南时,尝命张瑄、朱清等,以宋库藏图籍,自崇明州从海道载入京师。"

先生说:"江南等地的赋税剥削制度,是继承南宋下来无须再加修改的。""忽必烈在灭南宋之后,其建国定制是适应中国社会的,而不是按照蒙古自己社会发展的原则的。所以元朝在建国后所定的赋税制度,是按中国社会经济发展的情况与宋金的原有制度作基础的。"①

先生说,元初赋税,"北方重、南方轻;窝阔台时在内郡每户科粟二石,后来又按丁按地征收。每丁一石,验丁五斗,新户丁,驱各减半。到了忽必烈时每户又增加以'丝料''包银',再加上繁琐的差发徭役,农民负担是极苛重的。而江南在忽必烈在初灭宋时,除江东、浙西两道稍重外,其余各路独征秋税,比内郡人民的负担轻得不可比拟。据至元二十年的统计'内地百姓之流亡江南避税役者达十五万户',这证明了元初北方的赋税剥削是比江南为重的"②。

先生还提出,之后江南的赋税也在陆续增加。他还提到元朝把人分为四等:蒙古、色目、汉、南。中原汉人以丁税为最重,

---

① 郭人民:《安贞史论集》,河南大学出版社,1993,第194页。
② 同上书,第195页。

南人纳税以地亩为最重。

先生1951年在《新史学通讯》上发表的这篇文章,是以新中国、新史学唯物主义观点研究元朝赋税最早的,是第一人。他提出的学术观点至今无人突破。

十六、对元朝历史的研究

先生最熟悉、最擅长的专业当然是先秦史,其次是宋史、元史。他给我们上课时曾多次说过:汉族所有朝代的建立,皆源于其初起之地,即发祥地之名。如夏、商、周、秦、汉、魏、晋、隋、唐、宋等,明朝因为小明王和明教而名,清朝原来称为金,因为金人曾经灭宋,汉族恨之,于是满族就把"金"改为金之谐音"清",称为清朝。而元朝则是用《易经》"元亨利贞"之"元"。元人苏天爵的《元文类·建国号诏》云:"图克坦公至元八年十一月国号曰'大元',盖取《易经》'乾元'之义,兹大冶流形于庶品,孰名资始之功予一人,底宁于万邦,尤切体仁之要事,从因革道协天人,于戏称义而名,固匪为之溢美,孚休惟永尚不负于投艰,嘉与敷天共隆大号。"《易经·彖》曰:"大哉乾元,万物资始,乃统天。云行雨施,品物流形,大明终始,六位时成。时乘六龙以御天。乾道变化,各正性命,保合太和乃利贞。首出庶物,万国咸宁。"元朝的国号是经过深思熟虑而起的。少数民族建立的朝代,因在内地没有发源之地,又不好把原来草原上的名字带到内地,怕汉族人不能接受。

但是元朝的国号来自《易经》,我是听郭老师讲课说的,也是当年学识很浅薄的我,所不知道的。所以对于元朝国号的来源问题,我牢牢地记在心里。当时我也很佩服先生学识的渊博。

先生在《新史学通讯》刊物上发表了5篇关于元朝历史的文章,包括《元朝赋税制度南北的不同》《元朝商业发展的原因与基础》《元朝蒙古族压迫汉族优待色目人之原因》《元朝"天顺政变"的过程和性质》《"八月十五杀鞑子"的史实》等。

这5篇文章虽然都是以回答问题的方式出现,但郭老师对国内学者的每一个问题,都是以一篇论文的形式进行解答。先生提到元朝初期把草原上很多生产方式带到中原,如把农田变为牧场,让农民去为他们放牧,农业生产遭到极大的破坏,但是商业却非常活跃。其原因是铁木真率领他的铁骑从东海岸边、太平洋之中直打到黑海、里海,占领了大批土地,使商人往来自由,不设关卡。另外,"元朝商业经济的发展是建立在对农业经济掠夺的基础上的。元朝末年,商业经济的发展在中国封建史上达到高峰,而农业的破坏也达到惊人的程度,以致北部中国除了蒙古和色目人商人所集居的几座大城市外,黄河南北几于旷野千里,土地荒芜了"①。

1."天顺政变"

元朝"天顺政变",即发生在元朝天顺年间的政变。其性质是蒙古贵族在征服了亚欧诸国之后,掠夺了大片的土地和财富,还有那令贵族们垂涎的权力;于是在他们之间开始了争夺权力、土地和财富的内讧。"天顺政变"的性质是蒙古贵族争夺权力的内斗。"天顺政变"的过程是这样的:元朝第三个皇帝海山把

---

① 郭人民:《安贞史论集》,河南大学出版社,1993,第205页。

帝位传给了他的弟弟,并相约兄弟叔侄互相继承。结果他的弟弟却把帝位传给自己的儿子,于是引起一场血战。各自皆有支持自己的军队,相互攻击,兵祸几乎遍于北中国。最后天顺帝兵败不知所终,史称"天顺政变"。

2. "八月十五杀鞑子"

"鞑子"是旧时对北方草原民族的蔑称;而这里所指的是元朝蒙古人。据说当时的汉人每五家只能有一把菜刀。每户汉人家中都要住一个蒙古人,他的衣食生活用品皆由汉人供给。蒙古人可以为所欲为,凌辱汉人,侮辱妇女。汉人不能忍受,于是在八月十五吃月饼时,在月饼中夹一个纸条,相约"八月十五杀鞑子"。

这件事在《元史》《新元史》《蒙兀儿史记》,无论是官修的还是私人所修的史书中皆无记载。这个传说很广,有深厚的群众基础。

先生在元代徐大焯的《烬余录》中找到了根据。《烬余录》乙编云:

> 北兵(蒙人)之祸,杀戮无人理,甚至缚童稚于高竿,射中其窍者赌羊酒。乱后检骨十余万……鼎革(南宋灭亡)后,编二十家为一甲,以北人为甲主衣服饮食惟所欲,童男少女惟所命,自尽者又不知。凡金芸楼室人周氏花烛之夜,甲主踞之,周以熨斗破其脑,亦自经死……越三年五月五日,联合省郡,同歼甲主。

先生认为,从这些记载来看,"八月十五杀鞑子"应该不是虚构的,是真实的事件,是汉族人民的反抗和斗争的导火索,应该真有其事。

3. 洪洞迁民故事的观点

先生在1953年5月号《新史学通讯》发表《洪洞迁民故事的由来》。

先生认为,洪洞迁民是中国北方各省流传很广的一个历史故事。凡冀鲁豫皖居民都说他们的祖先是从山西洪洞县迁来的。由于这段历史是口头传说的历史,没有详细的记载,所以久而久之传闻失实。"旧时代统治阶级垄断文化、垄断知识,欺侮人民文化知识少,把风马牛不相及的事情拉在一起,淆乱听闻,说洪洞县的迁民是李闯王杀人的结果。把革命的领袖污蔑为历史的罪人,而把真正人民的屠杀者却轻轻地放过了。"①

先生说:"洪洞迁民的历史时代是明初洪武年间的事。迁民的原因是由于金元以来异族统治者对中国人民蹂躏屠杀的结果。"

自北宋灭亡之后,中原地区就惨遭北方草原部族的压迫。北方草原部族进入中原地区后,把大量的农田变成牧场,大肆破坏农业生产。大批失去土地的农民成为流民,或死于沟壑,或逃入深山为"盗贼"。《金史·食货志》云:"河东地狭稍凶荒,则流亡相继。窃谓河南地广人稀,若令招集他路流民,量给闲田,则河东饥民减少,河南且无旷地矣……亳州户旧六万,自南迁以来,不胜调发,相继逃去,所存者曾无十一。砀山下邑野无居民矣。"

---

① 郭人民:《洪洞迁民故事的由来》,《新史学通讯》1953年5月号。

元朝时期,中原地区遭到更严重的破坏,城市为丘墟,人烟萧条。《历代名臣奏议》卷一百十二记载:元世祖时,赵天麟上策曰:"伏见今王公大人之家,或占民田近于千顷,不耕不稼,谓之草场,专用牧放孳畜。"

明朝初年,招集流亡组织生产,恢复社会经济,成为当时社会政府和人民的迫在眉睫的任务和要求。

洪武三年(1370年),郑州知州苏琦说:"自辛卯河南兵起,天下骚然,兼以元政衰微,将帅凌暴,十年之间,耕桑变为草莽,若不设法招徕耕种以实中原,恐日久国用虚竭。为今之计,莫若计复业之民垦田。"①因而才有明初大规模移民垦荒的措施,洪洞迁民的故事就是从这里产生的。

先生举出《渊鉴类函》记载的材料,研究明初迁民问题。《渊鉴类函》是清朝编写的有关历代各种制度的类书,供皇帝参阅历代得失。《渊鉴类函》卷一百三十二《政术部》"田制"条下记载:洪武二十一年(1388年),户部郎中刘元皋言上疏:"今河北诸处兵后,田荒,居民鲜少。山东西之民生齿日繁,宜令分丁徙居宽乡之地,开种田亩,则国赋增,而民生遂矣。"上谕:"山东地广,民不必迁。山西民众,宜如其言。于是迁山西泽、潞二州民之无田者,往彰德、真定、临清、归德、太康、诸处闲旷之地。"

先生最后说:"明代初期非常重视移民垦荒的工作,专门设立司农司管理移民垦荒事宜……使山东、河南长满了野草的蒙古人的牧场,以及淮河流域因战争而荒芜了的田地重新栽种了

---

① 郭人民:《洪洞迁民故事的由来》,《新史学通讯》1953年5月号。

五谷菜枣,使得汉民族生聚长养的中州地区又呈现了'华实蔽野,黍稷盈畴'的繁荣景象,把中国的历史又向前推进一步。"①

先生认为,洪洞迁民对中国社会发展是有好处的。先生是新中国建立之后最早对洪洞迁民进行研究的学者。

---

① 郭人民:《洪洞迁民故事的由来》,《新史学通讯》1953年5月号。

第七章　先生与《新史学通讯》改刊后的《史学月刊》

1957年1月《新史学通讯》改刊,定名为《史学月刊》。先生的学术研究始于《新史学通讯》,《新史学通讯》改刊之后,先生继续在《史学月刊》上发表文章。1957年第3期,先生发表《金朝兴亡与农业生产的关系——论"猛安""谋克"在金朝兴亡中的作用》,认为金朝建立初期的猛安、谋克是一个耕战组织,用以作为反侵略压迫武装追行战争的军队;而之后女真人在灭辽侵宋的过程中,每到一地,掠夺人口和财富,猛安、谋克就变为军事侵略、不事生产的纯军事消费组织。这是后来金朝失败的主要原因。1957年5月号《史学月刊》上,发表了《春秋战国命名和年代的划分》一文,对春秋战国命名问题,以及这两个历史阶段的起迄年代提出了自己的看法。仅1957年上半年,先生就发表了两篇论文。下半年反右派斗争开始,先生被错划为右派。自此之后直至1978年的21年中,先生没再发过一篇文章。

一、金朝兴亡与农业生产的关系

先生在1957年3月号的《史学月刊》上发表《金朝兴亡与农业生产的关系——论"猛安""谋克"在金朝兴亡中的作用》一文。

先生认为,女真原来是一个逐水草而居,农业生产水平很低的落后部族。女真族在接触到辽人之后,吸收了辽汉文化,学会了铁制工具之后,才开始发展起来。《金史》卷一《世纪》云:"生女直旧无铁。邻国有以甲胄来鬻者,倾资厚贾,以与贸易;亦令昆弟、族人皆售之,得铁既多,因之以修弓矢,备器械,兵势稍振。前后愿附者众。"这里所说的"女直",即女真;没有编入辽国户籍的为"生女真",编入辽国户籍者为"熟女真"。随着生产力的发展,女真族的官署逐渐健全,纲纪逐渐建立,政治制度逐步完善。

先生举出《金史·兵志》的记载,以说明金朝建立之前,女真族初期的农业生产组织是"猛安""谋克"制度。在某种程度上有自卫的军事意义。"猛安""谋克",清朝释为"明安""穆昆"。

《金史》卷四十四《兵志》的记载:"金之初年,诸部之民,无它徭役。壮者皆兵,平居则听以佃渔射猎,习为劳事;有警则下令部内及遣使诣诸贝勒征兵,凡步骑之仗粮皆取各焉。其部长曰贝勒,行兵则称曰'明安''穆昆',从其多寡以为号。明安者,千夫长也;穆昆者,百夫长也。"

金朝国家建立初期,猛安、谋克尚未失掉它在生产上的作用,当时金朝政府的收入,主要还建立在对猛安、谋克的赋税征收上。《御定渊鉴类函》卷一百三十四"杂税一"云:金制"有牛头税,即牛具税,猛安、谋克部女直户所输之税也。其制,每耒牛三头,为一具……(相当于)岁输粟一石"。

先生说:在金朝建立之前或建国初期,"猛安谋克户之民是

第七章 先生与《新史学通讯》改刊后的《史学月刊》

进行生产推动着女真族社会的进步与强盛,用以作为反侵略压迫武装进行战争,又是素质很好战斗力很强的军队,具有这种生产战斗两不误的优良组织,既有可靠的经济来源,又是坚强的军队;所以它能在灭辽与侵宋的初期节节胜利,不十余年便占有黄河南北的大块土地和人民"①。

女真人灭辽侵宋,就是为了掠夺人口和财富。他们每到一地,掠去大量的人口使之变为奴隶,掠夺来的财富和战利品供他们享受。他们认为,战争比生产更为重要。随着女真族占有地区的不断扩大和长期的对外战争,"猛安""谋克"就变为军事侵略、不事生产的纯军事消费组织。他们既破坏了本族人民从事劳动生产的优良传统和生产组织,又践踏了辽宋人民的农田和劳动力,于是女真侵略者的经济基础与军事力量就走上了衰败的旅程。

先生认为,女真人原来是农业生产的组织者,而在灭辽侵宋的过程中变成糟蹋和破坏农业生产的组织,使中原地区的社会生产遭到极大的破坏,变成不知兵事、专事剥削的寄生阶级了。他们既破坏了农业生产,又挥尽了社会财富,并失去了战斗能力。这是金人失败的主要原因。

这是先生在《史学月刊》发表的第一篇文章。

笔者认为,这篇论文观点独到,内容丰富翔实,是一篇很有分量的、用历史唯物主义观点去研究历史的学术论文,更是一篇

---

① 郭人民:《金朝兴亡与农业生产的关系——论"猛安""谋克"在金朝兴亡中的作用》,《史学月刊》1957年3月号。

二、关于春秋与战国断代问题的讨论

1957年5月号《史学月刊》上,先生发表了《春秋战国命名和年代的划分》一文,对春秋战国命名问题,以及这两个历史阶段的起讫年代提出了自己的看法。因为当时的学术界正在热烈地讨论这个问题,特别是郭沫若先生提出的春秋战国年代的划分问题,引起学术界的大讨论。先生就这一问题,提出自己的看法。

1. 先生认为,春秋与战国是中国历史上的两个相连接的时代。之所以称为"春秋"与"战国",是根据我国两部古代历史文献书籍——《春秋》和《战国策》所记载的历史事实和特点而命名的。我国把孔子所做的《春秋》所包括的242年的历史,称为春秋时期;刘向所纂辑的《战国策》所包括的245年的历史,称为战国时期。

《春秋》用鲁国纪年,从鲁隐公元年(公元前722年)至鲁哀公十四年(公元前481年),共242年;所记事以东周鲁国为主,兼涉各诸侯国的政治事件。

《战国策》是西汉刘向汇集起来的,是七国时游士和各诸侯国统治者所做的政治、军事的策划,分国记事,没有年代。刘向《战国策·序》说:"其事继《春秋》以后,讫楚汉之起二百四十五年间之事。"楚汉之起在公元前206年,上推245年,则战国的开始应在公元前451年。

《春秋》和《战国策》这两部书包括的年代史实是非常明

确的。

如果以这两部书为标准划分春秋、战国的起迄年代,则春秋之前由平王东迁至鲁隐公元年之间,则有 48 年的历史无所归属,且与西周衔接不上;以《战国策》所记公元前 451 年为战国的开始年代,即春秋结束年代与战国开始年代之间又空白 30 年,不能相续,且在秦始皇统一六国后增添了 15 年。因此春秋、战国两个历史阶段虽然源于上述两部书,但是如果在时代断限上以这两部书为依据,那么春秋、战国两个完整的历史阶段就会被割裂,"上气不接下气了"。

司马迁作《史记》十二诸侯年表是代表春秋的,它起自西周共和元年(公元前 841 年),终于周敬王四十一年(公元前 479 年)。其六国年表是代表战国纪年的年表,起自周元王元年(公元前 475 年),终于秦二世元年(公元前 205 年)。

司马光修《资治通鉴》视战国时代开始于周威烈王二十三年(公元前 403 年)。

新中国的历史学者在马克思主义的指导下,对春秋、战国时代的划分,初步达到了一致,如把春秋的开始划在公元前 770 年,把战国时代的结束断在公元前 221 年,这是大家所公认的。

但由于春秋战国时代社会性质的讨论尚未有完全的一致意见,所以春秋和战国之间的年代断限仍然是有分歧的。

郭沫若先生的《奴隶制时代》把春秋结束、战国开始断在公元前 475 年。郭沫若的断代基本取自《史记·六国年表》,为新的中小学历史课本所取材。

范文澜先生的《中国通史简编》、吕振羽《简明中国通史》、尚钺《中国历史纲要》，皆断在公元前403年。此三人的依据基本上是司马光的《资治通鉴》，为旧的中小学历史课本所取材。

杨宽《战国史》则断自公元前453年。杨宽的划法则与《战国策》接近。

在这里，最重要的是新的中小学历史课本以郭沫若先生的春秋、战国断代为标准，而旧的中小学历史课本以范文澜、吕振羽、尚钺先生的春秋、战国断代为标准。其实后来的大学历史学课本也是以郭沫若先生的春秋、战国断代为标准的。

先生说："春秋战国是我国古代史上社会政治经济制度，文化思想有巨大变化的时代。这种变化不仅我们现代历史学者看到了，就是已往的旧历史学者也看得出来……至于年代有所差别，这牵掣到春秋战国时代社会性质的问题。哪个对哪个不对还没有得出结论，那只能根据我们对春秋战国社会性质的认识和态度来选择。但在讲课时为避免给同学在认识上造成混乱，应该遵循新的中学历史课本，是比较最恰当的。"①

在这里，先生并没有肯定地说哪个对哪个不对，根据历史的环境和背景，先生也确实不好下结论。但是先生把历史上所有的关于春秋战国断代情况，全部找出来，进行梳理，结论是由读者自己下。先生只是说"讲课时为避免给同学在认识上造成混乱，应该遵循新的中学历史课本，是比较最恰当的"。

断代问题应该根据划时代的大事件来确定，如中华人民共和国的成立在1949年10月1日，而其实在这一天之前党中央

---

① 郭人民：《安贞史论集》，河南大学出版社，1993，第257-258页。

已经到了北京,召开了会议,也就是已经实际掌握了中国的政权。但是1949年10月1日,是具有划时代意义的,是新、旧中国的分界线,具有一个时代结束,另一个时代开始的意义。所以不能以实际掌握了某个政权为标准,而应该以向全世界宣告为标准。

春秋战国社会的断代,也应该以此为准。我当然不知先生当时是如何考虑的,愚以为,应该从三家分晋,宣布脱离旧晋而开始战国时代。这其实是司马光写《资治通鉴》的观点,是有道理的。

先生1957年3月、5月在《史学月刊》相继发表两篇文章,也是在被划为右派之前的最后两篇学术论文。这是先生学术研究的第一个高潮。

第八章　风雨兼程廿载丹心不变

先生被错划为右派之后,当然不能继续在学校教课了,要下农场劳动。好在先生没有被开除,只是不能教课,而且工资降两级。这真是不幸中的万幸。更重要的是师母是一个贤惠的旧式妇女,她对先生始终如一,从来没有嫌弃过先生,这对先生是极大的安慰和温暖。先生即使在农场劳动时回到家里也是闭门读书。他的《战国策校注系年》就是在这样的情况下写成的。先生乐于助人,在他被错划为右派时,如有人向他求教,先生也会爽快地答应,开设课堂之外的课堂,为期望学习的中青年教师讲解《诗经》《资治通鉴》《盐铁论》和音韵学等课程。教书育人,这是先生在无论怎样艰苦的条件下都不会放弃的工作。

一、风雨兼程廿载

1957年,我国开始了轰轰烈烈的反右派斗争。先生热情、正直、无私,具有典型的知识分子品格,他积极地向组织提意见。如当时有人说知识分子是剥削者,先生反驳说,知识分子不是剥削者,也是劳动者。先生还给个别领导提了意见。但是反右派斗争被扩大化了。由于这些原因,先生被打成右派,并受到了降职降薪的处分。

先生与其他右派一起在农场劳动,先在学校的北郊农场劳动,又到开封南郊的禹王台农场劳动,之后又到尉氏农场劳动。在农场干农活,郭老师是不怕的,当时他还很年轻,刚刚30岁出头,那些农活对他来说也是很熟悉的。他自幼生长在耕读之家,自小就在农村老家干农活,犁、耧、锄、耙,包括扬场,先生样样在行。

问题是先生被打成右派后,精神压力较大;好在先生的心胸是比较大的,他相信自己终有一天会得到改正。

先生被错划为右派后工资降了两级,而师母又没有工作;郭老师的女儿正在学校读书。在农村老家还有老母亲需要他赡养,家中还有三个弟弟需要他接济。他五弟媳患病去世,而五弟一个男人没有能力抚养孩子,于是先生把母亲、侄子接到开封抚养。先生是一个受儒家思想影响很深的知识分子,他孝悌为先,认为奉养老母,接济弟妹,是他的天职。

先生曾经说过这样一件事。有一次学校的另一个老师(也是右派)家里实在困难,他拿一块手表,让先生和他一起到开封市书店街去卖,想换一些钱贴补家用。结果,警察以为他们是投机倒把分子,把他们带到派出所;结果一问,才知他们是开封师范学院的右派,因家中困难,想把家中的表卖掉……

在先生被划为右派,处在人生的低谷之时,师母和女儿皆悄悄地站在他的身边,默默地安慰他,使先生感到还有家庭的温暖。当时学校有一位老师,刚被划为右派,他的妻子就和他离婚了,并且唯一的女儿也不让他见一面。这位老师也在农村劳动,农场放假没地方去,就和郭老师一起回家,在郭老师家中吃饭。由此也可以看出师母的贤惠和宽厚。

据师母及郭老师的女儿郭幼民教授说,就在先生被划为右派时,也没有忘记读书。先生在农场劳动,每逢放假回家,郭老师从来不出去,就在家看书。书是他最好的朋友,也是他的最爱。后来当他的《战国策校注系年》出版,从该书的前言才知,先生回家读书,当是著他的书。也可能只有在他写作时,在读书时,他才能抛却世间的烦恼,在书籍中寻找他的快乐、他的寄托和慰藉。

1962年,先生被摘掉右派帽子,在历史系资料室工作——管理图书。有时候,郭老师也到课堂上讲课。当时像先生这样的情况叫作摘帽右派。先生的右派帽子是摘掉了,可以在资料室工作、看书,还可以上课。这对郭老师来说,条件已经是相当不错了。

1966年,轰轰烈烈的"文化大革命"开始了。"文化大革命"重点是打倒走资本主义道路的当权派,郭老师这样的摘帽右派,在当时的红卫兵看来,是"死老虎",不再是批判的重点;但是先生还得被划到"黑帮"队伍中。

"复课闹革命"时,学生也回到学校。当时学校经过"文化大革命",教师队伍缩减,于是先生也被派去到外地函授,或者到课堂上教书。

先生到河南省各地函授,非常低调,从来不让人家去接站。据说有一次到驻马店时,天已经黑了,又下着雨夹雪。当时的驻马店刚升格为地级市,城市建设很不完善,甚至还有很多道路尚是土路。

驻马店市的情况笔者是了解的,因为笔者下乡地点就是驻马店的平舆县,来往都经过驻马店市,对那里泥泞的道路是有亲身体会的。郭老师走在泥泞的路上,也没有路灯。在雨雪交加的泥泞道路上,先生的脚崴了,只好忍住钻心的疼痛,一步一挪地到了住宿的地点。第二天郭老师只简单地上点药就瘸着腿去上课了。先生说:"不能耽误同学们的课!"这才是先生为人处世、对待工作的本色。先生当时给函授生讲课,也给工农兵学员上课。

先生布衣粝食,清贫度日。他在给学生上课时,常常问学生下课的时间,因为郭老师那时候还没有一块手表。

二、课堂之外的课堂

经历过"文革"的人都知道,当时那些古书和外国书是封资修的余孽,是毒害青年的大毒草。但是在这个时候却偏偏有人想读古书。

先生的女儿郭幼民教授说:"先生曾给外语系的赵帆声教授讲过《诗经》《资治通鉴》《盐铁论》和音韵学等。"因为我知道,讲《诗经》,必须懂音韵学才能讲好,讲透彻。我马上想起,先生还向我夸奖过赵帆声教授热爱读书的事。赵帆声教授也给我们先秦史的硕士研究生讲过《诗经》。

赵帆声教授是一个很喜欢读书的人,他是河大外语系的系主任,后来又当系书记,之后又到河南大学出版社当社长。据郭幼民教授说,赵帆声教授的一位老乡刘节明认识郭老师。听说郭老师学问好,赵帆声教授就通过刘节明先生找到了先生,想让先生给他讲《诗经》《资治通鉴》《盐铁论》等。当然,学《诗经》

有一个很重要的问题就是,《诗经》所收集的诗歌,皆是古音,有些字的读音与现代汉语不一致。如果讲《诗经》就涉及很多音韵学方面的知识。朱绍侯先生为赵帆声所著《诗经异读》写的《朱序》中说:"尽管现代人们喜爱《诗经》,可以顺口吟咏几句,但认真推敲起来,现代人读《诗经》确有许多障碍。主要是对音韵学、古今字及通假字不熟悉,影响对《诗经》真意和艺术价值的理解,把有韵诗读成无韵诗,面对《诗经》的四言诗不知所云。赵帆声教授根据音韵学的原理,指出古时同声同韵可以通假及古今字演变的规律,逐字逐句破解某字应读某声某韵,某字乃某字的假借,从而恢复了《诗经》的正确读法,并通解了诗文的原始本义。本书名为《诗经异读》,实际是《诗经》正读,使《诗经》恢复正读,需要有很深的古音韵学及古文字学的功力。"①

朱先生说得很有道理,赵帆声教授所著《诗经异读》是"需要有很深的音韵学和古文字学的功力"。现在这种古音可能只有在福建、广东的客家话中才能听到;而在学界,只有郭人民先生这样懂得古音韵的学者才能参透其中的原理。

《诗经》,学历史和文学的人都不陌生,是我国第一本诗歌总集,记载了西周至春秋时期的历史和事件。《诗经》分为国风、大小雅、颂三部分。研究文学者更重国风,研究史学者更重雅、颂。

赵帆声教授的专业是外语,研究《诗经》当然与先生的悉心讲解有很大的关系。先生给赵帆声教授讲《诗经》之时,还是一

---

① 赵帆声:《诗经异读》,河南大学出版社,2002,《朱序》第1-2页。

个摘帽右派,而且又是在"文革"中,大家都不学习,赵帆声教授能够虚心求教,认真读书,的确是不简单的,也是一个当之无愧的学者。

记得1988年,我博士研究生毕业回学校工作。当时我们一个老教师请赵帆声教授给研究生讲《诗经》。我当时作为青年教师也去听课了。

赵帆声教授举《诗经·小雅·都人士》一诗:

彼都人士,狐裘黄黄。其容不改,出言有章。

……彼都人士,垂带而厉。彼君子女,卷发如虿。

赵帆声教授说:"或许你认为洛阳话不好听,土气,但是西周、春秋时期,还是雅音呢。"赵教授还举例云:"《西河故事》云:'匈奴失祁连、焉支二山,乃歌曰:亡我祁连山,使我六畜不蕃息;失我焉支山,使我妇女无颜色。'其憨惜乃如此。"

赵帆声教授所举例子,皆是先生原来给我们上课时所举的例子。后来我听先生的女儿郭幼民教授说,先生曾给赵帆声老师讲过《诗经》《资治通鉴》《盐铁论》和音韵学等课程。我马上理解了。

先生是一个有求必应的人。也许先生的满腹经纶、才华总是没有地方施展,他特别喜欢爱学习的人,也特别喜欢和这样的人谈天,当然包括给他讲课。

给赵帆声老师讲《诗经》之类的课,是先生课堂之外的课堂。应该说,赵帆声教授的专业是外语,古文、音韵皆不是赵老师的强项。但先生总是诲人不倦,他一字一句地讲解,从未嫌麻烦、浪费时间等。先生将《诗经》305篇讲完,而且还较为系统地讲了音韵学的许多知识。

之后,赵帆声先生是河南大学一个最懂《诗经》,包括音韵学的学者,在这方面,很少人能够比得上。在上个世纪90年代,赵帆声先生连续出版好几本有关《诗经》方面的书。

赵帆声教授出版的学术著作还有《古史音释》。

《古史音释》,顾名思义,主要是对古史中的古音进行研究、解释。赵教授在《古史音释》的《序言》中说:"成书较早的古史,诸如《尚书》、《春秋传》、《国语》、《战国策》,以及《史记》、《汉书》、《后汉书》等,既多古字,有多音异字变者。欲详究其义,古人所难,是以多有音义训诂之作。此类注疏,或究其义,或释其音;而释音者,往往只注其音,不言音转之理,读者终难知其究竟。本书试图在先哲研究的基础上,用音韵学及音变之原理诠释古史之词语,以期有助于读者深究原义。"①

在本书中确实用了很多古史资料,如《史记·殷本纪》云:"伊尹名阿衡。"《索隐》云:"《书》曰:'惟嗣王弗惠于阿衡。'亦曰:'保衡,皆伊尹之官号,非名也'。"《说文》"伊尹"条下,段玉裁注曰:"伊与阿,尹与衡,皆双声,然则一语之转耳。许云:伊尹,殷圣人阿衡也,本毛说;不言伊尹为姓名也。诸家或曰伊氏、尹字,或云名挚,皆所闻异辞耳。"

赵帆声老师又说:"谓伊、阿,双声者,二字皆古云母字。阿为歌韵,古音应如'婀'。至于尹与衡,二字关系极为密切,前者古音为云母字,后者系匣母字;云、匣,实为一母,后分化为二母,

---

① 赵帆声:《古史音释》,河南大学出版社,1995年,《序言》第1页。

实乃一源,故段氏云:尹、衡,双声。"

赵帆声老师在《古史音释》诠释了"爱、哀"二字。首先赵老师举出很多古史的例子。如《左传·僖公二十二年》云:"若爱重伤,则如勿伤;爱其二毛,则如服焉。"《释名·释言语》曰:"哀,爱也,爱乃思念之也。"《吕氏春秋·报更》云:"人主胡可以不哀士。"注:"哀,爱也。"《淮南子·说林训》云:"鸟飞反乡,兔走归窟,狐死首邱,寒将翔水,各哀其所生。"高诱注:"哀,犹爱也。"文中"各哀其所生",即"各爱其所生"。

赵帆声教授云:"《正义》释'爱'如字之本义,非是。应释'爱'为'哀',哀有怜惜之义。且爱字本也可做'哀'。……爱、哀所以可通用者,其音同,皆影母字,双声。前者为物韵,后者为微韵,物、微对转。"①

以上这些古音韵学的原理,恐怕连历史系的师生都很难弄清楚。

在这里,我绝没有贬低赵帆声老师的意思,而我非常佩服赵帆声老师的勤奋和努力。但是我想,古音韵学如果没有人指导是不可能自学成功的。

笔者认为,师傅领进门,修行在个人。虽然郭人民先生曾经给赵帆声老师讲过古史,讲过《诗经》,讲过音韵学,但是赵帆声老师勤奋聪明好学,肯定看了很多书,对音韵进行了多方研究,才能写出这样学术含量很高的作品。

在这里,我只是想说,郭人民教授,作为一个"传道授业解

---

① 赵帆声:《古史音释》,河南大学出版社,1995年,《序言》第2页。

惑"的师长,无论是谁,只要找到他,他都会诚恳地、耐心地、毫无保留地倾其所有。

诚然,赵帆声老师也是很有才华,而且也非常地用功,但是与郭老师的悉心讲解应该说是有很大的关系;因为《诗经》是很难懂的,特别是音韵学枯燥乏味,如果没有人讲解,只凭借自己钻研,即使本专业也很难钻下去,更何况赵帆声先生是外语专业的。赵帆声教授说,他学习外语,也想把外语中有些音与中国古汉语的古音相对照。这也是赵帆声老师的特长和独到之处。

赵帆声老师翻译《中国诗学》(河南人民出版社出版1990年版),应该与他有很好的古文基础、古诗基础有关。

我为赵帆声先生的勤学精神而感动,也为先生的诲人不倦精神而感动。

第九章 鞠躬尽瘁树一代师表

粉碎"四人帮"之后,先生的右派得到彻底改正。先生心情舒畅,又回到了课堂上。当时我们七七级学生是"文革"后经过入学考试的第一届大学生,先生对七七级学生倾注了非常多的精力。桃李不言,下自成蹊。同学们怀着求教、求学的目的,踏破了先生的门槛。先生指导学生,也从不吝惜时间和精力。先生总是鼓励学生去读原文,让学生自己理解古文献的内涵,拿出自己的观点。在先生的悉心指导下,我们七七级同学写出十几篇学术论文,在毕业前后先后发表。我们学术研究的基础是先生所铺垫的。先生鞠躬尽瘁,耗尽心力,树一代师风。

一、先生授课七七级学生

粉碎"四人帮"后,先生的问题得到改正,压在先生身上沉重的包袱卸下了。

这个时期,我们七七级学生,作为高考制度恢复后第一届大学生走进了河南大学的校门,认识了郭老师。先生看上去虽然有点苍老,但是精神矍铄,心情舒畅,像一棵饱经风霜的大树,得到改革开放春风雨露的滋润,焕发出旺盛的生命活力。他真诚地拥护党的知识分子政策,加倍努力地工作,把自己的全部精力投入到工作中去。

先生又回到了他热爱的、魂牵梦绕的课堂。

在同学们看来,郭人民老师简直就不知道累。他担任我们七七级的历史文选课程讲师,由于讲课太投入了,每次上课最少延长半个小时,甚至一个小时……这是他常常忘记时间的缘故;他讲课认真负责的态度深深地感动了学生,他恨不得把他积累的一辈子的学问全都教给学生。有时候他的家中有人来找他回家吃饭,他还在课堂上或者下课后让学生包围着解答问题呢。

这一次为了给先生写传记,我又打电话给我好多同学,并且在七七级朋友圈中发信息,了解同学们眼中的郭人民先生。

冯郁同学说:"郭老师给我的印象很深,他是一个真心做学问的人。他讲的《货殖列传》,让我念念不忘。我没有很好的古文基础,是郭老师教育了我。我敬重老师,深深地怀念他。"

1977年恢复高考以后,百废待兴,当时根本没有好的教材。工农兵学员所用的教材浅陋得不能适应恢复高考后的大学生学习。先生给我们上历史文选课,所用的是他自选自编的教材。先生上课所选的教材,在今天看来,也是最上乘的。如他的教材选了司马迁的《货殖列传》,并在课堂上介绍《货殖列传》的价值。他说《货殖列传》有明显的观点,这是一种农商并重的思想,与后来几千年的中国封建社会实行重农抑商政策完全不同,因此《货殖列传》并没有受到历代统治者的重视,直至明末清初,我国民族工商业开始萌芽、兴起并发展,《货殖列传》才逐渐在社会上受到重视。先生的这些思想在今天看来还是很有见地的,是具有创新意义的学术思想和观点。

在讲课中,先生逐字逐句地讲解教材中的每一段古文,讲这段古文字面意思和引申含义。随着先生的讲解,我们不仅了解了这篇文章写作的背景,也了解了作者写这篇文章的意图,以及这篇文章的价值和意义。

刘小敏、刘路生同学皆说:"郭老师在给我们讲课时,每讲一段古文之前,总是信手在黑板上写出,以便同学们能够更好地理解——在写的时候他从来不看书,他是会背诵的;然后他再讲解。"

刘路生同学说:"郭老师可以说是我们七七级同学最尊敬的老师,郭老师讲课是真才实学。"七七级同学入校之后,我们的教材还是工农兵学员学习的教材。先生用的历史文献教材,是他自己编选的。当时先生上课,我觉得还有这样的老师,还真有让我们学到真东西的课呢。刘路生同学还说:"永远记得,我当了8年的知青,考上咱学校咱系。郭老师在讲东汉的党锢及门阀制度时,在黑板上写'高门华族有世及之荣,寒门庶士无寸进之路',一下子轰中了我。"

七七级学生在中国教育史上也是一个特例。十年浩劫中停止了高考,1977年恢复高考后,这一届集中了10年的学生。在高考制度恢复之前,我们基本都失去了求学的机会。七七级的大学生,是经过了十年动乱、恢复高考后才进入学校读书的。七七级大部分同学都曾经上山下乡,参加过工作。十年"文革",如白驹之过隙,那么一闪,我们的青春就轻轻地失去了。当我们又走进校园,"把失去的十年光阴找回来",大概是七七级同学的心愿。七七级的学生进入大学之后都非常用功,珍惜这来之不易的学习机会。

我们遇见的先生又是一心想把知识教给学生的老师,他的课讲得深刻、娴熟,教学又特别负责任。

先生的教材还选编了庄子的《逍遥游》《秋水》《马蹄》等篇。先生说,道家文章的特点是避世的。道家学派的代表人物老子是陈国(今河南鹿邑)人,庄子是宋国(今河南民权)人。陈、宋在春秋战国时期皆是小国,是霸主大国侵略欺辱的对象,老子、庄子生活在这样的小国中,不可能产生管仲、商鞅那样的商业思想和法家思想。老子、庄子是小国、小生产者的代表人物。而在当时的学术界,主流观点认为道家是腐朽的、没落的奴隶主贵族思想家。先生提出这样的学术观点在当时是难能可贵的。后来我写《楚史稿》(后改版为《楚国史》),其中涉及道家文化及老子,就是按先生的学术观点写的。

先生以饱满的工作热情和对工作高度负责的精神投入到教学工作中去。他以超人的意志和毅力担负了一般人难以担任的教学任务。先生以身作则,顾全大局,勇挑重担,数十年如一日地站在教学科研第一线。1957年之前,他讲授的课程有"中国古代史""中国农民战争史";1978年之后给我们讲的主要是"历史文选""中国历史文献学"等课程。他所教的课程多是没有教材而自选自编的。教学中他勤奋刻苦,精益求精,他的课深受学生的欢迎和好评。

我们班有一位曾在中学当过教师的同学田肖红,看到郭老师这样辛苦,曾经心疼地问先生:"老师,像您这样大的岁数,要在中学,恐怕早就不再上课了!您这样给学生上课,很累吧?"郭老师回答说,他今年54岁。

在场的同学面面相觑,都不做声了。先生才54岁的年龄,并不算太大,但是一生的沧桑劳苦,使先生要比他的实际年龄苍老得多。

先生投入到教学工作中,从来没有挑肥拣瘦、拈轻怕重。在课堂上、课堂下、课堂外,只要有同学、有青年教师请教,他从不推辞,总是站在最繁重的教学科研的第一线上。先生投入的岂止是热情,更是他的生命。

先生杏坛耕耘,高风亮节,从未考虑过名利。先生常说,我们搞学问,整理历史文献,是为后人的学习铺平道路;应为国家的需要着想,决不能只考虑个人得失。他说:"河大历史系有过优良的传统,决不能从我们这里断线,我们一定要培养学生来继承历史系的事业。"如今先生那铿锵的言语犹在耳边,他不计名利、殚精授业、甘为人梯的师德永远是我辈的楷模。

二、桃李不言,下自成蹊

先生在与同学们的相处中,平易近人,和蔼可亲,因此同学们也很想接近他。当时我和几个同学想请老师在课余之际,更多地讲一些古代史知识,先生慨然应允。先生让愿意学习古史的同学组成小组,当时我们的小组主要有李玉洁、冯廼郁、刘小敏、王伟、杨慧清等十多个人。当时,七七级同学除去我们这个学习小组,还有一个小组,主要有黄宛峰、史建群、雷近芳、鲁锦环等人。这个小组成立比我们还要早一些。刚开始,先生给两个小组讲课,后来让两个小组合起来,每个星期为我们辅导一至两次。先生讲过《左传》《国语》中的一些片段,还讲一些学术动态、学术问题,先生把他平生所学毫无保留地讲给我们,教给我们。他耐心地听我们讲述自己读书的心得和发现的问题,帮助我们分析问题。他教给我们治学的方法,指出治学的道路。

后来我才知道,除去我们班的两个小组,先生还给广西师大和湖北高校的两个进修教师上课。

先生热情诚恳,对学生循循善诱,有求必应。学生们怀着强烈的求知的欲望,踏破了先生家的门槛。几乎每天晚上都有三五成群的学生和青年教师到先生家中求教,而先生为了培养学生,也从来不吝惜时间和精力。无论教学和研究工作怎样忙,只要有学生或中青年教师登门,他总是立刻放下手头的工作,热情接待。为了培养学生,先生用了多少时间、多少精力!

大学二年级时,我又听说先生每个星期要抽出一个晚上给历史系的两个青年教师通讲《左传》。当我得知这个消息后,也迫不及待地找先生说,我也要听,于是就加入了听讲的行列。先生讲《左传》是逐字逐句讲的。刚开始,是我和历史系的两个青年教师听,后来中文系的一个刘姓女同学也跟着听。这个课程是每天晚上都讲,大约一个学期才讲完。艰涩难懂的古代史籍,先生讲得深入浅出,《左传》和《诗经》中的许多篇章,先生都能背诵如流。

之后,在我的教学生涯中,我也给所指导的每一届研究生通讲《左传》,至今已经讲了 20 多遍。我讲《左传》是每个星期讲一次,每次大概两个小时。每讲完一遍,大约需要一年时间。当我快退休时,我带的研究生全部毕业后,我还给历史系和河南省社科院的青年教师和学者,通讲过一遍《左传》。

记得一位同事告诉我,说我的教法是美国的教学方法。我问他,什么是美国的教学方法?他说:"教师在给学生授课时,只教给学生史料,让学生自己去寻求结论,即让学生自己根据对资料的分析和理解,得出对问题的看法和观点。"

我想当初先生给我们讲《左传》,不就是把史料交给我们,让我们自己寻找得出结论吗?这些对我们后来做学问、搞科研有无穷的益处。

我在教学中,受先生通讲《左传》的影响和启示,也得益于先生当年为我打下了较好的基础。我讲《左传》大多是给我的研究生讲的,而郭老师讲课完全不是他分内的事,他完全可以不讲;但是先生丝毫没有吝惜他的宝贵时间,在课堂之外为我们讲课,给我们讲的是原版史书,是原始材料,领着我们一步步走向研究的殿堂。

先生学问渊博,可以说是满腹经纶,他对《左传》《诗经》《论语》《孟子》《老子》《庄子》的许多段落都能背诵如流。每当我们想引用一段古文,先生马上就能准确地说出这段话的出处,在某某书某某篇上,并能把这一段话背诵出来,这使得我们学生瞠目,对先生佩服有加。

先生对历史系有深厚的感情。他经常对我们说:"河南大学历史系在教学上有优秀的传统,我们一定要培养出人才,继承历史系的传统和教学。一个学校的历史系是以古代史为基础,而先秦史则是基础之根基;没有先秦史,你的基础是打不好的。"先生平生以学校为家,以史学为业,有生之年,心不可一日无历史系,确是先生之实际。

先生任劳任怨,利用自己珍贵的科研时间为学生们传道授业,从不计报酬,这是令我和同学们最感动的。

三、七七级同学第一批学术论文的着手与出台

我们这批刚进校门的大学生凭着中学的底子,去阅读古书,特别是先秦的古文献,是有一定困难的。对于我们在读书中遇到的文字疑难问题,先生逐字逐句地讲解,艰涩难懂的古书,先生讲得那样生动,使我们对古史产生了浓厚的兴趣。历史系七七级的许多同学在先生的指导下,在大学2—3年级时,开始着手自己的论文写作。

河南大学历史系七七级的同学、现杭州师范大学历史系的黄宛峰教授说,她当时就在先生上课的那个小组里;先生给他们讲过《左传》《国语》《史记》《汉书》等,都是部分,不是全本。在听了先生的课之后,她在《历史研究》杂志上看到北京师范大学权威学者何兹全先生的一篇文章。何兹全在这篇文章中认为,"流民的出现,是当时生产关系的必然结果,只要商品货币关系发展,商人奴隶主就必然要兼并农民,农民失掉土地就必然流亡",因此"商人兼并农民,农民破产,情况越来越严重,成为政治上社会上的大问题"。①

黄宛峰说,何兹全先生的说法与郭老师讲的《史记》《汉书》原文所说的不太一样,西汉时期的流民应该是西汉政府残酷的赋税制度造成的,而不应该是"商品货币关系发展"造成的。她

---

① 何兹全:《汉魏之际封建说》,《历史研究》1979年第1期。

把自己的想法给先生说了。先生说:"你再看看《史记》《汉书》,对照记载查一下,如果有区别,就可写文章谈自己的观点。"

黄宛峰于是就开始查资料,查了西汉官员贾谊、晁错等人的上疏文章,查了西汉时期的许多资料,查了汉武帝时期的"流民法"。汉武帝说:"问百年民所疾苦。惟吏多私,征求无已,去者便,居者扰,故为流民法,以禁重赋。"师古注曰:"言百姓去其本土者,则免于吏征求;在旧居者,则见烦扰。故朝廷特为流人设法,又禁吏之重赋也。"黄宛峰最后得出结论:"西汉时期大批流民的出现,其主要原因并不是商人对农民的兼并,而是封建政府强加在农民身上的繁重的赋税役的剥削和水旱灾害的袭击。"黄宛峰写了《西汉时期的商业资本与小农经济》一文,刊登在《中州学刊》1982年第2期上。

河南大学历史系七七级的同学、现郑州大学历史学院的史建群教授说,他也曾在课余小组听过郭老师的课。因为接触到原版书籍上的一些史料,对《左传》晋国"作爰田"这个问题很感兴趣,认为晋国"作爰田"是对土地制度的改革,虽然教材涉及,但是谈得不深刻。另外他还提出秦汉时期关中军功地主集团和关东地主集团,是两个政治、经济利益相冲突的集团,他们的价值标准、道德观念和行为准则有强烈的对立,治国方针也有明显的分歧,这是带有明显地域特征的两大集团。郭老师鼓励他说:"这两个问题,你都可以搞,你去看看《汉书·萧望之传》,向纵深处去挖掘材料,经过梳理、甄别,写出来就是学术研究论文。"史建群教授说,他的文章大约在本科三年级读书时开始写,但是上学时没有发表出来。直至他工作之后,才把他在读本科时在郭老师指导下所写的《试论晋"作爰田"及其影响》发表在《河南大学学报》1984年第4期。《略论秦汉时期两大地主集团的斗争》的学术论文发表在《郑州大学学报》1987年第4期。

广东省梅州嘉应大学的雷近芳教授,也是我们河南大学历史学七七级的同学。在先生给两个小组上课时,雷近芳对《盐铁论》充满了兴趣。在先生的指导下,她写了一篇《桑弘羊与〈盐铁论〉》的文章。据雷近芳教授说:她当时还对一个辛亥时期的革命党人胡瑛感兴趣。她对先生谈了自己的看法,先生虽然是研究古代史的,但是对胡瑛也有一些了解,于是就鼓励她写。她写一篇《论胡瑛》。在念本科时开始写,工作之后才完成。这两篇文章皆发表在《信阳师范学院学报》上。

读大学二年级的我,也试探着写一篇《论宋神宗在我国十一世纪政治变革中的历史作用》,被选录于《河南大学科学研究论文集》,后被《历史教学》转载;后来又写一篇《试论章惇》,发表在《河南师大学报》1983年第1期。

经过大学四年苦读,同学们在先生的精心教诲下毕业了。四年之中,先生亲切指导,耐心培育,从未厌倦。在先生的指导下,历史系青年教师、研究生、本科生相继发表了较为扎实的学术论文,在学术界得到好评;甚至还有学生在毕业前写出了学术专著。先生为学生的成功成才付出了辛勤艰苦的劳动。"桃李不言,下自成蹊",学生们心中有杆秤,学生们的每一点成绩,都饱含着先生的心血。学生们用自己学到的知识,不负先生的培育,去回报社会。

四、我学术路上的郭人民先生

因为我是老三届的高中学生,所以在上山下乡的运动中到河南驻马店平舆县进行劳动锻炼。经过十年"文革",我最好的读书年龄、青春韶华已经失去,在1977年恢复高考之后,我走进了河南大学的校门,坐上了末班车。进入大学之后,我珍惜这来之不易的学习机会,认为自己年龄大,总有一种紧迫感,只希望把失去的光阴找回来。因此,在大学读书期间,我是非常用功的。

当时我刚进校门,凭着中学的底子去阅读古书,特别是先秦的古文,是有一定困难的。因为开封曾是宋朝的国都,所以最初我想搞宋史。先生就让我看《续资治通鉴》,遇到书中的疑难之处,我就去找先生请教,先生逐字逐句地讲解。当我能够自己阅读时,郭老师又让我看《续资治通鉴长编》。在先生的指教下,终于我阅读古文献已经完全没有障碍了。

我看书过程中,发现一个问题。记得当时教材中北宋王安石变法一节,突出王安石的作用,贬低宋神宗的作用。而我在阅读古文献过程中,认为中国古代是一个皇权专制的社会,在历代王朝中,皆是皇帝说了算。王安石变法,如果皇帝不支持,王安石是不可能有任何作为的,也无法做成任何事情。我认为北宋中期的政治改革中,宋神宗应该起决定作用。我把这个想法对先生谈,先生说这就是你的观点,你可以写出学术论文论证你的观点。当时我还不知什么是学术论文,只能按先生的指导去做。我很快把论文写成,并送给先生看。先生说:"你这是文学的写法,不是我们搞历史的人写文章的方式。这篇文章不行。"先生说着"不行",但是他还是对我那不成样子的文章认真地一字一句地审阅,论文底稿上留下了先生一处处的批改。我再按照先生的批语,一遍遍修改我的论文。在先生的指导下,我终于写成了第一篇学术论文《论宋神宗在我国十一世纪政治变革中的历史作用》。我把论文提交到河南大学科学研讨会上,得到系里老师和同学们的好评。这篇文章被收录在河南大学1980年科学研讨会论文集中,后被《历史教学》转载。

由于我对北宋变法问题感兴趣,紧接着又写了《试论章惇》一文。郭老师看了两遍,说可以了,你拿去找个地方发表吧。由于上次写宋神宗那篇文章那么难,我不相信这就成了。我说:"不会吧,这就行了?"先生说:"你进步了,可以自己掌握了,能一直像第一篇那样?"这篇文章后来发表在《河南师大学报》1983年第1期。

1982年我考取了先秦史的硕士研究生。20世纪下半叶,一些大型的楚墓,如河南信阳长台关楚墓,安徽寿县蔡侯墓,湖北随州曾侯墓,河南淅川下寺楚墓群,湖北江陵望山楚墓、包山楚墓、马山楚墓等重要的楚文化遗存相继被发现,我国学术界出现了"楚文化热"。因此我攻读硕士学位期间,对楚史产生兴趣,并对先生谈了我的想法。先生鼓励说:"你这个想法不错,现在楚史研究很热,但在河南主要是考古、文物界的学者们在搞,你可利用熟悉文献的长处去研究。"先生还提醒我说:"你的毕业论文可定在楚史或楚文化的研究上,尽量全面地搜集楚史、楚文化的材料。先秦时期,楚国地域半天下,是疆域最大的诸侯国。

楚从一个蕞尔小国发展成为一个横跨江淮的大国,最终融入华夏文化。楚国制度与三晋、田齐一样是秦汉政治制度的渊源,非常值得研究。楚史在中国历史上有特别重要的地位。楚史是可以写成一本书的,如果可能,将来你也可以写一本书嘛。"先生还说:"只有占有材料,才能写出成果。"

在先生的启发引导下,我似乎混沌初开。虽然当时的我,在学术上还没有上路,但是如果能写成书,对我这个懵懂的大学生,还是很有吸引力的。

我按照先生的指导,广泛地、不择巨细地搜集楚史、楚文化资料,摘抄了20多万字的楚史、楚文化资料。硕士论文答辩后,我就把这些资料进行归类整理,开始撰写我的第一部学术著作。当时我看见西北大学的林剑鸣先生写了一部《秦史稿》,我就把我的书定名为《楚史稿》。

从论据的搜集,到书中许多论点的提出,先生都作了耐心的启发和指导。此书中的许多问题都与先生讨论过。1988年,我的第一本书《楚史稿》在河南大学出版社出版。

可惜的是,郭老师1986年元月1日就去世了。先生没有见到他指导的学生的学术著作问世。先生自己的书《战国策校注系年》的出版,先生也没有看到。

第十章　先生与改革开放之后的研究生

1978年改革开放之后,河南大学的第一届研究生进入学校。这一批研究生程度是不错的。在"文革"中他们或到矿山或到农场去劳动锻炼过。但是有些大学生还想研究学问。十年"文革",造成教育界、学界人才缺乏和断层。当时国家对这种情况采取的方法有二:一是"回炉",即大学生可以再回原学校学习,毕业后重新分配工作。二是开始在大学或研究所招收研究生。是时,河南大学也与其他大学一样招收了第一批研究生。先生就给这批研究生上专业课,先生渊博的知识、认真负责的教学态度,对学生的关心爱护,给这批研究生留下了深刻的印象。我曾接触过他们中间的一些人,发现这些研究生和我们七七级的同学一样,无不对先生怀着尊重敬佩之情。

一、先生的学问道德赢得同学们的敬佩

1978年改革开放后的第一届研究生进校了,这些研究生大部分是"文革"前的老大学生。"文革"中,他们大部分与中学生一样也上山下乡,但是不同的是,大学生下去是带工资的,而中学生不带工资。其实差别还是很大的。

先生开始给研究生上课。先秦史的课是先生一个人上。先

生讲课,旁征博引、深入浅出,使研究生们耳目一新。这一届同学是比较出类拔萃的,在大学毕业之后,有很多人一直从事非学术性的工作,被隔离在学术研究之外。如今在老师的指引下,一步步进入学术研究的殿堂,他们是非常欢欣鼓舞的。

郑慧生是1978年河南大学历史系招进的第一批硕士研究生,毕业后留校,后为教授。他与先生的关系非常好。我曾经问过郑慧生教授:"你为什么对郭老师那么好?"郑教授告诉我说:"郭老师人品好,学问好,我敬佩他。"

郑慧生教授告诉我一个故事:他们这一届有个同学名叫"刘韵叶"。刚开始进校时,大家都叫他"刘韵叶(ye)"。他也照样答应。一次几个研究生到郭老师家中拜访,先生问了他们的名字后,指着刘韵叶说,你的名字应该读作"刘韵叶(xie)"。在韵律上,"叶"属于"协"韵,而你名字中"叶"与"韵"相连,故应该读作"韵叶(xie)"。

刘韵叶同学笑着说:"我小时候就是叫'刘韵叶(xie)',后来别人都叫我'刘韵叶(ye)',我也就习惯了,也不知为什么原来叫叶(xie),后来又叫叶(ye)。"

郭老师笑着说,葉、叶,原来是两个字。葉,是树葉之葉,读作 ye;叶,则当读作叶(xie)。在简化字实行以后"葉"字为"叶",人们就把"葉""叶"当成一个字,其实古代这是音不同、字不同的两个字。

河南大学历史系师生从此开始把这个研究生叫作"刘韵叶(xie)"。刘韵叶的名字已经被人叫错了20多年,只有河南大学历史系对刘韵叶名字称呼对了。这件事是小事,但是表现出郭人民老师对音韵学是有深入研究的。

后来我曾经查过这个字,《周礼·春官·太史》云:"与群执事读礼书而协事。"注:"协,合也;合谓习录所当共之事也,故书协作叶。"杜子春云:"叶,协也。"《新唐书·李逢吉传》云:"逢吉与李程同执政,不叶。"这里所说的"不叶",就是"不协",或者"不谐"。

郑慧生先生告诉我,当时与刘韵叶一起拜访的几个研究生都为先生的学问震惊,对先生非常佩服。之前"白专"是经常受到批判的,能见到先生这样的人是非常难得的。这是一个不大的事,但是表现出先生深厚音韵学的学术功底。

为了给先生写传,我电话访问了我的师兄程有为先生。程有为先生是1978年进入河南大学攻读研究生的,曾担任过河南省社会科学院历史研究所所长。程有为先生说,先生给他们上先秦史课,指导他们读先秦原著。当时,他和郑慧生、杨天宇等人最爱去找郭老师;在历史系的老师中,拜访郭老师是最多的。

程有为先生非常激动地说:"我先给你说说我入校面试的情况。当时郭老师给我提的问题是:'战国时期,韩国迁到中原的第一个国都是哪里?'因为我的家乡在洛阳,宜阳属于洛阳,相距很近,所以我就说'是宜阳'。郭老师又问:'你家是哪里的?'我说洛阳。郭老师说:'是二程故里。'"

程有为先生说:"当时我觉得,很多人都认为韩国迁到中原的第一个国都在新郑,不知道韩国迁到中原的最早国都在宜阳,因为那里是我家乡,比较熟悉。而且当我说我是洛阳人时,郭老师马上又说,那是二程故里。当时我觉得,这个老师真有学问,从那之后我就很佩服先生,后来在先生的指导下做学问,发表了第一篇论文。"

程有为先生还告诉我一个故事。他说:他们那一届研究生毕业时,有一个中文系的研究生叫贾传堂,其毕业论文题目是《〈左传〉中的民本主义》。这个研究生的论文写得相当好,导师也想让这个研究生毕业。但是中文系有一位先生认为这个研究生写的不是中文系的题目,应该重写。当然如果重写,这个研究生肯定不能按时毕业。

因为学校很多教师都知道先生对《左传》娴熟,于是请先生担任论文答辩委员会的主席。当中文系的老师给先生说到这个研究生论文的问题时,郭老师问:"这个学生在定论文题目时,是否跟你们几位指导教师都谈过了,你们是否都知道这个事?"中文系的几个老师都承认说:"知道,也谈过,当时也都同意了。"

先生马上说:"当时大家都知道,为什么不给他提出,让他改题目?现在人家该答辩了,才说人家题目不好,那我们教师也应该有责任吧!"中文系的几个老师面面相觑,不吭声了。在先生的主持下,答辩委员会通过了这个研究生的论文答辩。

先生大义凛然、不趋炎附势、向理不向人的品质和精神也赢得同学们的敬佩。

二、先生对研究生论文的指导

先生是传道、授业、解惑的老师。他认为自己的任务就是指导学生的学习,包括教学和科研。

七八级研究生是河南大学招收的第一届研究生,大概有 6

个。这一届研究生的水平是比较高的。他们多是大学毕业之后到中学教书,以中学教师的身份考试而来的。他们在大学毕业或者尚未毕业之时,却遭遇了"文革",然后到中学教书,业务可能不错,但是在学术研究上,似乎进行不多。

他们进校之后,先生对他们也是认真上课,悉心培养。

程有为先生说:郭老师平易近人,对学生的问题从来都是认真回答、解释。在郭老师的指导下,他曾经写一篇文章《西周宗法制度的几个问题》,让郭老师先看一遍,提出修改意见。这篇文章写成之后,收录于河南大学1980年科学研讨会论文集中,后来发表在《河南师大学报》1981年第1期上。

郑慧生先生也是先生所指导的攻读先秦史、重点研究甲骨文和商史的研究生。在先生的指导下,郑慧生写了《商代卜辞四方神名、风名与后世春夏秋冬四时之关系》《人蛇斗争与马王堆一号汉墓漆棺画斗蛇图》《从商代无嫡妾制度说到它的生母入祀法》《商代"孝"道质疑》《谈〈抽思〉与〈国殇〉中的几个问题》《天子考》《"殷正建未"说》等论文。郑慧生先生毕业后留校任教,他在读研究生时,所写的论文基本上都让先生看一遍,提出修改意见。他的文章后来都在国内各级刊物上发表。

杨天宇先生也是先生的研究生。他在读研究生期间写了《试论〈吕氏春秋〉的自然观和认识论》《郑玄〈三礼注〉中的汉史资料》等学术论文,让先生审阅修改;后来这些文章皆得以发表。

在我的记忆中,我读大学本科时,经常到先生家去请教。每次去基本上都能遇见程有为、郑慧生、杨天宇等同学,因此也和他们熟悉了。杨天宇毕业后留校,他曾经对我说:"我们都是先生的学生,我们都是受益者。"

我虽然与这几位研究生较为熟悉,但是我当时还是本科生,对于我们七七级的同学更为熟悉,谁写了什么论文,是怎样写成的,我都比较了解,但对研究生不是太了解。但是这些研究生留校,我后来也留在河南大学,与他们成为同事,也算是比较了解。特别是先生逝世之后,郑慧生先生为先生撰文纪念,为先生整理论文出版,可以看出七八级研究生对先生的感情之深。

三、先生与央视"名嘴"王立群教授

王立群先生是1979年河南大学中文系招收的第二届研究生,后留校于河南大学中文系。前些年,王立群先生在央视《百家讲坛》栏目中一举成名,成为央视"名嘴",驰名全国。

先生的女儿郭幼民教授说,王立群与郭老师还有很多来往,还去过他们家。于是我就给王立群教授打电话询问这件事。王立群先生也是很激动地给我讲他与郭老师相识以及向郭老师请教的一些往事。他说:"郭人民老师是我最敬重的为数不多的老师之一。"

王立群先生说,他虽然是中文系的研究生,但是他与历史系教授的接触应该说比中文系老师还要多些,还要更熟悉些。他在读研究生之前,在开封市空分厂子弟小学教书。"文化大革命"中,作为工人理论组来到开封师范学院(河南大学在50年代后期所改的校名)历史系,与历史系老师合作研究王安石。因为王安石被定为法家,法家是国家支持的诸子派别。王立群在开封师范学院研究王安石，一研究就是三年。

王立群先生说，在这三年中，他经常与先生联系。因为郭老师不仅懂得先秦史，而且对宋史也是很有研究的。他也去过郭老师的家，每次去郭老师都非常热情、好客。我想，对人、对学生热情，这是先生的一贯风格。王立群先生尽管当年并不是学生，但是在郭老师的心中可能也是当学生对待了。

王立群先生还说，他在历史系和很多老师都有交往，而且有过个别的接触；还有老师专门为他讲过课。王立群先生在电话中对我说：七七年恢复高考时，他本来是想考大学的。但是因为当时规定能够参加高考的，只限于六六、六七、六八这三届高中生，而他则是六五届高中生，不能报考。王立群先生又说："要不是在历史系三年，跟随历史系的教授和老师们学习，我一个高中毕业生怎么敢报考研究生呢？""在历史系虽然与很多老师接触，但是我印象最深的还是郭人民老师。"

王立群说："我考上河南大学中文系的研究生之后，曾经随历史系研究生听先生的课。先生上课，至今我记忆犹新。有一次郭老师讲十三经，我记得讲的是《礼记》。只见郭老师背靠黑板，眼睛稍眯，不仅把他所讲的十三经《礼记》的经文背出，而且为了解释这段经文，又背出了这段经文的注文。"

王立群先生接着说："在我所见到的教授中，能够背诵经文，还能背诵注释的教授真是为数不多。对于郭人民教授所表现出来的古文献功底，我真是佩服，这也是我敬重郭人民老师的原因。"

听了王立群教授对先生的评价之后，我沉默了好长时间，也深深地被王立群先生的话所打动。我记得先生曾说过:"过去人家读私塾,不仅要背经文,连下面的小注都要求会背。"我当时还想:"有这样的人吗?"没有想到,先生说的原来就是他自己。我也知道我在读大学时,郭老师给我们七七级上历史文献课,他的教材放在讲桌上,但他基本不看,每讲一段文献之前,总是先把这一段背诵一遍,然后写在黑板上再讲。那是一般的诸子学说,虽然也感到先生能大段大段背出古文,真棒!但是先生能够把十三经中的经文和小注背出,我认为在现代中国也是很少有的。

第十一章　先生的教材与讲稿

先生的每一篇讲稿，皆是认真准备、悉心撰写的。他的每一篇讲稿皆是一篇出色的、有独到见解的学术论文。先生逝世之后，学生们把他的学术讲稿拿到刊物上发表。从这些讲稿、讲义中，我们可以看到先生对教学的认真负责态度。

先生不仅为学生开设中国古代史和中世纪史，而且还为学生开设历史文献学。先生熟读经书，熟悉古文献，历史文献学也是他所热爱的。先生对待他自己所教授的每一门课，认真踏实、一丝不苟，他是把教学当成自己生命的人。

《安贞史论集》中，我发现几篇讲稿，都是先生给我们七七级本科生和七八、七九级研究生所用的讲稿。看到这些讲稿，我又回想起先生给我们讲课的一幕幕情景。先生的每一节课都经过充分的准备，内容丰富，深入浅出。我觉得这些讲稿都是非常有价值的，可能会给现在的年轻教师一些启示。今我根据回忆，利用先生的课堂讲稿，还原先生的课堂。这一方面可以使我们看到老一辈学者是怎样的认真，是怎样的呕心沥血，千方百计地把自己的知识教给学生，另一方面也可以看出先生是怎样认真地对待教学事业，对待讲课，对待学生的。

一、先生向同学们讲解工具书和目录学

在课堂上,郭老师在讲文献学时,特意讲解工具书和音韵学的知识和内容。因为刚进校门的大学生,对很多工具书,如《康熙字典》《通典》《通志》《文献通考》《佩文韵府》《骈字类编》等,特别是音韵学等知识,根本没有听说过,更不知道怎样用。而工具书是学习古代文献不可或缺的工具。记得我刚开始想学古代史时,先生就说:"你最好先去买一本《康熙字典》。"(当时《中华汉语大辞典》中华书局还未重印。)

先生首先向学生们讲了学习工具书的性质和用途,需要解决的疑难问题;还讲了工具书的类别、使用方法。工具书,是指导我们查检资料、解决疑难问题的辅助性书籍的总称。如果给它下个定义,工具书是收集有关某一范围或某一部门的知识资料,按一定的方式、方法汇集编排起来,专供查阅以解决疑难问题或提供资料线索的特定类型的图书。

先生说,知识是多样性的,要研究学习的问题是多方面的,因此工具书的种类、性质也是很多的。就性质上说,有自然科学和社会科学之分,就社会科学来说,又有文学、史学、哲学、经济、政治等门类之别。就工具书说,有字典、词典、索引、书目、年鉴、地图、年表、政书、类书等种类的不同。只有了解各种工具书的类别、性质和用途,才能有效地去使用它。譬如:研究某一个朝代的土地制度、赋税制度或政治制度,就需要查《通典》《通志》《文献通考》一类的政书;要了解古典诗文中典故出处,需查《佩文韵府》《骈字类编》等类书;要整理注释或校勘古籍,就需要查

目录书、字书、类书等工具书。

先生简单介绍了《新华字典》《四角号码字典》等工具书的用法。因为《新华字典》《四角号码字典》是最简明的字典,共收单字1.1万个(包括异体字),复音词、词组3500个。其中也包括一部分古籍、方言和一般常用字,规模虽不大,但比较实用,基本上可以满足阅读一般政治理论书籍、报刊的需要。

这两本书标音准确,注释简明,选词、注释、举例注重思想性和科学性。其体例是先音后义,依普通话的语音系统,用汉语拼音字母标音。注释分条注解,按层次标明义项,用转、引、喻表明词义的各种变化关系,以解释字的引申义、转化义、比喻义等。但是,用《新华字典》是不能够满足阅读古代文献所需的。

(一) 先生认为,研究古史必备《康熙字典》与《中华大字典》

1. 先生介绍了《康熙字典》与《中华大字典》的优劣及检字法。

先生认为,学习古代文献、研究古代史,即要学习和研究古代作品、文史古籍,必须借助有关字典,如《康熙字典》《中华大字典》等来了解文字的古音古义。

《康熙字典》是清朝官修的一部大型字典。张玉书、陈廷敬等奉诏编纂,于康熙五十五年(1716年)成书。因为这部书是康熙皇帝命令编纂的,所以就命名为《康熙字典》。这部字典是在明朝梅膺祚的《字汇》和张自烈的《正字通》基础上补充扩展而成的,体例也完全仿照这两部书。全书共42卷,收字47035个

(另有古文字 1995 个,不在此数),用子丑寅卯辰巳午未申酉戌亥标分为 12 集,每集分上中下 3 卷,按 214 个部首,把 4.7 万余字辑录在 12 集内。同部首的字,均按笔画多少排列,少者在前,多者在后。

对文字的注释,是先音后义。在每个字上先列出《唐韵》《广韵》《集韵》《韵会》《正韵》等书的反切,再加直音。然后解释字的本义,并引古书《诗经》《尚书》《说文》,先秦诸子等古书作例证,随之再列这个字的别音、古音,别义,别体。有所考辨,附于注末,加"按"字以标明之。书前列有凡例、总目、检字、辨似、等韵等附录,末尾附补遗、备考等。

《康熙字典》的优点是:(1)收字多,一般字典查不到的字,可以从中查到。(2)引证资料丰富,而且都是较早的古书,并着重古义的解释,对阅读古书,考查各代语音变迁比较方便。

《中华大字典》,徐元浩、欧阳溥存等编,是中华书局为了补正《康熙字典》的缺点,于 1915 年编印出版的,是在《康熙字典》流行 200 多年后出现的一部大型字典。编者在《序言》中指出《康熙字典》有四大毛病:A.解释欠详确;B.讹误甚多;C.体例不善,不便检查;D.世俗通用之语,多未采用。

《中华大字典》是在《康熙字典》的基础上编纂的。它纠正《康熙字典》中已经发现的一些错误和缺点达 2000 多条,力求把词义解释得更完备;同时参照西方词典,在编排体例上做一些改革,使用起来比《康熙字典》方便。

这部字典仍按《康熙字典》的部首,分为 214 部,只是调整了一些部首的顺序,如"手、毛、心、爪"字形相近,而排列在一起。

全书共收 4.8 万余字,比《康熙字典》更多。所收的字,除去正文本字之外,兼列籀、古、省、或、俗、讹诸体,一一加以说明。总字数达 400 余万,内容范围较《康熙字典》广泛。对文字的解释,比《康熙字典》完备。自称"音切明确""义训增广""引证省约""疏解清晰"。

《中华大字典》解说文字,也是先注音,后释义,在体例上作了改进:(1)注音以宋代《集韵》为准,《集韵》没有的,参照《广韵》。每个字只注一个切音,再注直音,并标明韵部,比较简明。(2)解释字义,分条解说,先讲本义,再讲引申、假信义。引书注明篇名,便于核对。比较有层次,有条理。中华书局于 1978 年将此书重印。

2. 先生讲解了部首检字法则,目的是让同学们更好地掌握部首检字。

先生说,《康熙字典》和《中华大字典》是按部首编排的,使用这两部字典就必须懂得部首检字法。什么叫"部首"? 部首就是字的偏旁。汉字的一小部是独体字,大多数是由几个部分组成的"合体字",有些字彼此有一个相同的部分,如江、河、淮、汉等有共同的偏旁"氵";炒、烧、烤、烟也有共同的偏旁"火";杨、柳、榆、桃等共同偏旁是"木";盂、盘、盒等共同偏旁是"皿"。这偏旁相同的部分,就叫部首;这些偏旁相同的字编在一起,就叫一部;根据部首编排查字,就叫部首检字法。

偏旁部首是依据字形结构归类得出来的,它也叫"形符"。以"形符"为主是字典归部的原则。如江、红、缸、杠,它们归类时分别归入氵、纟、缶、木而不入"工",原因就是"工"在这些字中属于声符而不是"形符",归"形"而不归"声",是它的原则;像《康熙字典》《辞海》等都是属于部首检字法的字书、辞书,都是以"形符"为主来归部的。

《康熙字典》和《中华大字典》皆是按部首排列的。字典的前面列有偏旁部首,可备检查,检查的方法是按部首的笔画多少。部首歌曰:

一二子中三丑寅,四卯辰巳五午寻。

六在未申七在酉,八九戌部余亥存。

部首检字法,首先得掌握部首。有的字部首偏旁在左,如江、河等;有的部首偏旁在右,如项、额等;有的字部首偏旁在上,如宫、室、晃、暑等;有的字部首偏旁在下,如盘、盂、墅、垩等;有的在四周,如园、固、国等;有的在中间拆开分于上下,如裹、衷、哀等;有的拆开分于左右,如街、衢等。

还要熟悉部首的变体,如快、恭属"心"部,然、熟,属"火"部,肌、肤,属"肉"部;别、则属"刀"部等。有的本字就是部首,如音、言、骨、页等。然后再数清部首以外的笔画,按笔画顺序查字。

3.《康熙字典》和《中华大字典》皆注有切音,字典和词典注音的方法有直音、反切、拼音三种方法。

在直音法以前,有一种方法叫"读若"。"若"是"好像""近似"的意思。如,"哙"读若"快","究"读若"鸠","信"读若"伸"。《说文解字》和《康熙字典》是用"读若"注音的,在"读若"注音的基础上,发展为直音法。

A.直音法,是以一字的读音直接给另一字注音,剖韵、调相同的字来注音。在用直音法时又遇到局限,不能解决问题时,就产生了"反切"注音法以补救直音法的缺点。

B.反切法是用两个字给一个字注音。古字书上称为"翻"或"切"。实际上就是两个字的快速连读合成一个音。原理上是上字取其"声",下字取其"韵","调"相拼成一个音。如东,德红切:

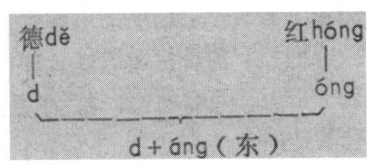

d+ong(东)

刚,古郎切:

古 gu+ 郎 lang

g+ang=gang(刚)

孔,康董切:

康 kang 董 dong

k+ong=kong

反切法相较直音法是前进了一步。但由于反切的上下两字都是由音节合成的,又由于古今音的变化和方言读音不同,有时候也不能很顺利地拼出音来,于是又产生了注音字母的注音方法,即用ㄅ、ㄆ、ㄇ、ㄈ等二十三个声母,丨、ㄨ、ㄩ等十六个韵母,为注音符号来拼写的一种注音方法。再进一步就是现在使用的"汉语拼音"的注音方法。后一种方法,大家已经熟悉,就不作介绍了。

介绍《通典》《通志》《文献通考》之类的政书的内容、价值、查法等,先生认为《康熙字典》收字多,引正资料丰富,对阅读古书是一部很有用的工具书。《康熙字典》用《广韵》《集韵》《韵会》《正韵》等解释字音字义,用反切再加直音,先音后义地解释字的本义;并引古书,如《诗经》《尚书》《说文》进行解释,再列出该字的别音、古音,别义,别体。

(二) 综合性辞(词)典及其使用

先生说,阅读古书,除了字音、字义的困难之外,有时还会遇到语词、人名、官名、书名及典章制度等多方面的知识性问题,单靠字典就不能解决,必须依靠综合性的辞典才行。《辞源》《辞海》《中国人名大辞典》《中国古今地名大辞典》等都是为解决这类问题而编撰的。

《辞源》,陆尔奎、方毅、傅运森主编,参加编纂的有50余人,是商务印书馆组织的,从1908至1915年编成。这是我国现代印行较早、规模较大的一部综合性辞典。收单字1.3万以上,词目10万条左右,不仅包括单字、语词,而且包括成语、典章制度、古今地名、人名、书名等方面的材料。它以旧的字书、韵书、类书为基础,吸收现代词书的长处,汇成一编。内容范围之广,体例之新,为以前字书所未有。它是一部常用的重要工具书。

《辞源》的体例,选取单字为字头,按部首排列。每个字头,先用反切注音,有的加直音,并标明它属于四声的哪一个韵部,然后解释字义,一字有数义的,分条解释。在字头下罗列以这个单字为词头的词。每条词目下面:A.先释义,后引书证。B.在词条下直列引文,后加说明。C. 书证、原文不宜录引的,就撮取大意,注出来源。D. 一般知识性的词条,如人名、地名、制度之类,无须引证,而应该说明其内容、源流、变革的,以综述的方式介绍。根据词条内容,以多种方式解说,比较切合实用。

《辞源》分部是仿效《康熙字典》,分全书为子丑寅卯等十二集。使用《辞源》亦须熟悉部首检字法,先从书前的总目中查出词头的单字部首在哪一集哪一页,找到单字然后依词的第二字笔画查词。《辞源》后附有四角号码索引,可按词头的四角号码,直接查出词条的页码,更为方便。

《辞海》(合订本):《辞海》在《辞源》出版以后编纂成,舒新城主编,张相等100余人参与,从1915至1935年,历时20年修成,1936年出版,1980年重印,它由中华书局主持编纂,是解放前我国最大的一部综合性辞典,共收单字1.3万多个,词目七八万条,总计约800万字。《辞海》编纂体例与《辞源》相同。每个单字先用反切注音或加直音,指明韵部,最后分条释义,每条都引书证。单字后面列词条。其编列也和《康熙字典》一样,分为214部,书前有部首索引,还有检字表,依笔画顺次排列,下附总页数,不再按"十二辰"分卷分集,而用统一页码。

新版《辞源》《辞海》:解放后编辑出版,在编纂时作了明确的分工。《辞源》的任务是解决阅读古籍时关于词语、典故和其他知识性方面的问题,供古典文史研究工作者参考。新《辞海》主要是供中等以上义化程度的人学习知识参考使用。新《辞源》由商务印书馆编辑出版,1958年修订,在旧版《辞源》的基础上进行较大的修改。1976年,由国家统一规划,由河南、湖北、广东、广西协作修订。本书计划分为四册出版。全书收词 10 万条,共 1000 万字。收录词语侧重于古籍方面,现代汉语中的词语及科学性的词语一般不收,使其变成一部专供读古籍用的古汉语词典。

新《辞海》为辞海编辑委员会编,上海辞书出版社出版。全书共收词目 10 万条,共 1300 万字。所收词目以读者需要为主,解释词义方面以介绍基本知识为主,简明扼要。1961 年试行本,按学科分为 16 册。1965 年出版了合订本(未定稿),于 1979 年完成了修订工作,成为适合当代使用的规模较大的综合性百科辞典。

新《辞海》仍以部首笔画顺序排列收字。新部首改为 250 部。书前有《部首表》《笔画查字表》,书后附《汉语拼音索引》。其他如《中国历史纪年表》《中国少数民族人口分布简表》等附录,都有参考价值。

《中国人名大辞典》:方毅、臧励和等编,参与者 20 余人,1940 年商务印书馆出版,编纂经 6 年。收录人名,上起远古传说时代,下断清朝末年,是一部历史人名辞典。共收录了我国古代各类人名 4 万多个。收集范围,凡是古代经书所见,正史有传的人物,一概收录;经史不载,医、卜、僧、道各类人物,也酌加收录。本书按姓氏笔画排列,同一姓氏的又按名字的笔画排列。每一条下,依次注明时代、籍贯、生平事迹。但不注生卒年月。本书后附有《四角号码索引》《姓氏考略》《中国历代纪元表》。

《中国古今地名大辞典》,臧励和编,1933 年商务印书馆出版。本书上起远古,下迄现代,共收中国古今地名 4 万多条。重要的城市、山川丘陵、江河湖泊名称大都收入。对每一地名，都扼要介绍地理位置、政治沿革以及形势、名胜、古迹等。这对我们阅读古籍，研究历史都很有用。本书也是按笔画多少为序查阅，字头相同的，则按第二字的笔画排列。

（三）目录学非常重要

先生认为，目录书也是非常重要的，对了解、阅读、研究书籍有非常重要的意义，故先生特别介绍了目录书。先生说，我国最早的目录学书籍当是《汉书·艺文志》，其次就是《隋书·经籍志》。这两部书的记载，对我们今天研究古籍意义重大。

先生说，目录书属于目录学的范畴。目录学是研究图书的编目、分要、校理、利用等的学问。所谓"目"是指书籍的篇名或书名。"录"是对篇名书名的提要和说明。把篇名书名以及提要说明编集在一起就是"目录"。目录书就是著录书籍的名目、内容、性质、功能、作者、版本，便于查寻使用的书。学会使用目录书，是读书治学的门径之一。

我国的古籍内容丰富，种类浩繁。平常用"浩如烟海""汗牛充栋"来形容它。浩如烟海是从它的范围和内容上说的，"汗牛充栋"则是从它的数量上讲的。就古代著录书籍数量上来说，《汉书·艺文志》著录书凡13269卷；《隋书·经籍志》著录凡四部书36708卷；清朝《四库全书总目》著录书凡173052卷，近现代的书籍还不算在内。这样浩繁的古籍，我们要的书，就必须借助于目录学和目录书，这是读书的门径，是清朝学者大力提倡的一门学问。

第十一章　先生的教材与讲稿

王鸣盛《十七史商榷》卷一云："目录之学,学中第一紧要事。必从此问途,方能得其门而入。"此书卷二十二又云："凡读书最切要者,目录之学。目录明,方可读书,不明,终是乱读。"

张之洞《书目答问略例》云："读书不知要领,劳而无功。知某书宜读,而不得精校精注本,事倍功半。"

目录学是一个专门的学问,这里没有时间讲了。介绍几部目录书,依据目录书查找书籍,也是我们独立学习所应具备的条件之一。

古今目录书很多,如上面所说的《汉书·艺文志》《隋书·经籍志》及《崇文总目》《郡斋读书志》等。今择其实用者,介绍两三种。

《四库全书总目提要》,清永瑢、纪昀等主编,中华书局出版精装本,共200卷。这是由《四库全书》总编修官纪昀根据乾隆皇帝的旨意,将编纂《四库全书》过程中所撰写的古籍提要汇编而成的。乾隆五十九年(1794年)刻印颁行。本书著录古籍3461种,按经、史、子、集四部分类加以汇编。共分44类67个子目编排。每类有大序、小序。这部书籍基本包括了清朝乾隆以前中国古代的著作,尤其是元代以前的古籍,收得更为完备。收罗宏富,考论详审。对每一种书的作者、内容、成书经过、著述体例、版本沿革以及对此书的评论,都作了提要。这对我们阅读古书,查阅古籍存亡的线索,有重要的价值。

《书目答问补正》,清张之洞撰,近人范希曾补正;1963年中华书局出版。

张之洞于同治十三年(1874年)任四川学政时,批评学生不知读书,学生问他应该读哪些书,又该往哪里找,他就写了《书目答问》,共列举了2200种左右的书。他还说:"诸生当知其少,勿骇其多。"此书分类方法,大致依《四库全书》,经、史、子、集四部,每部之中又分若干类。每部书下,注明作者姓名、版本出处、卷数异同;择其尤为重要的书,加些简单的按语,如"甚便初学""此书最便""此书不陋"等。所收录多是重要书籍,都经过审慎考虑,不是炫耀渊博的。范希曾在原书的基础上,又加以校勘补正,纠正了原书的错误,补充了原书漏记的版本,补了新出版的或性质相近的书。所补绝大部分是乾隆以后百余年间的新书。《书目答问》是一部指示治学门径的书。有了这部书目就可以按图索骥,信手拈来。

《中国丛书综录》,上海图书馆编,中华书局1962年出版。本书收录国内41所图书馆所藏的丛书2797种,包括古籍38091种。共分三册:

第一册是《丛书总目》,分为"汇编"和"类编"两部分,包括丛书总数,每部丛书所包括的古籍数。

第二册是《子目分类目录》,这是将丛书所包括的古籍,按经、史、子、集编排起来的分类目录。

第三册是《子目书名索引》,这一册是供检查第二册用的。

《中国丛书综录》是我国历史上规模最大、收辑最广的古籍目录,为研究和搜集资料创造了有利条件。为了方便初学者使用工具书,还有一些人编了怎样使用工具方面的书,可供初学者参考。如《文史哲工具书简介》,南京大学图书馆、中文系、历史系合编,天津人民出版社1980年出版。《文史工具书及其使用法》，朱一清编，中华书局1979年出版。

先生还介绍了二十四史的经籍志，也是可以查阅古文献的重要来源。

二、音韵学的讲稿

先生说，音韵学也是学习古文献的重要基础，也是非常重要的学问。《诗经》是研究古韵与现代语音的重要标尺。《诗经》是我国现存最早的一部诗歌总集，基本上属于乐歌，收集有西周传下的诗歌。《汉书·食货志》曰："孟春之月，群居者将散，行人振木铎徇于路以采诗，献之太师，比其音律，以闻于天子。"《诗经》的作者主要是周王室派出的叫作"行人"的采诗官，采自民间的歌谣。这些诗，大部分是贵族和自由人创作的。有些篇章是王室用于庙堂的颂歌，如《周颂》是周人在宗庙里歌唱祖先的颂歌，《商颂》是殷商后裔宋人歌唱祖先的颂歌，《鲁颂》是鲁人歌颂祖先的颂歌，从而保存了各个时期的部分历史事实。西周、春秋时期，歌唱诵诗风气十分盛行。正如《论语·阳货》所说："小子何莫学夫诗？诗可以兴，可以观，可以群，可以怨，迩之事父，远之事君，多识于鸟兽草木之名。"《诗经》是集体所作，全属歌词。

这些诗，大部分配上音乐，即能歌唱；既有非常优美的修辞，又有讲究的韵脚。既然是诗，当然是有音韵的。但是由于时代的变迁，民族的融合，语言、语音也不断地发生变化。当年的诗歌、乐歌是合乎韵律的，但是千载的演绎，当年符合韵律的诗歌，就变得不符合韵律了。

读我国的古文献,到处是通假字。这些通假字,现在读音跟起初有很大的区别,但是古代却在同一个韵部,而且声部也相同。如《荀子·非十二子》:"圣王之文章具焉,佛然平世之俗起焉。"唐杨倞注:"佛,读为勃。勃然,兴起貌。""佛"字的声母是f,"勃"字的声母是b,在现在看来是不同的,但是音韵学上"古无轻唇音"。凡属于f的轻唇音,在上古时期均读作b、p一类的双唇音。那么上古时期的佛、勃二字的读音是相同的,古人就将"勃"写作"佛"。

另外,《尔雅·释畜》云:"青骊繁鬣,騥。"宋邢昺疏:"今《礼记》本:繁,作蕃。"王引之《述闻》云:"繁者,白色也;读若老人发白曰皤。繁,即是白。……繁与皤同义。"《晏子春秋》卷八《外篇下》云:"景公游于菑,闻晏子死。公乘侈舆,服繁驵驱之。"河南省开封市南郊有繁塔。繁,现在音为fán;但是由于"古无轻唇音",凡属于f的轻唇音,古代均读作b、p。故繁,古音为pó,即读作繁(pó)塔。

先生说:"由于古今的语言、文字读音与今有很大的改变,有志从事中国古代史研究者,必须学习音韵学,具备一定音韵学知识。"

明朝人陈第撰《毛诗古音考》四卷。陈第在该书《自序》云:"盖时有古今,地有南北,字有更革,音有转移,亦势所必至。故以今之音读古之作,不免乖剌而不入。"

先生以《佩文韵府》《经籍籑诂》两本音韵字典为例,讲解音韵。

先生说:清张玉书等编纂的《佩文韵府》,康熙五十年(1711

年)成书,共220卷。它是一种辞藻典故的汇编,可供查成语、典故和一般辞藻之用。

本书是按平、上、去、入四声,各标韵目,每声都依韵目分数十部,共106部。每部收入同韵的字。每字下面排列尾字和这个相同的词语,按二字、三字、四字的顺序排列。所收单字,都注明音训;词语下面,列载各项出典。材料都以经、史、子、集为序。对作诗赋、摘取辞藻、查找典故是很有用的工具书。

清阮元、臧庸《经籍籑诂》,106卷,嘉庆三年(1798年)完成付刻。这是一部汇编古代经传子史中文字训诂为一书的汉语辞典,所收全是单字。按平水韵,依平、上、去、入四声,分为106部,以一韵为一卷。它将唐以前的古籍正文和注解的训诂搜罗到一起,先列本训,后列转训,材料比较丰富,是阅读古书和研究古汉语词汇的重要参考书。

先生讲解了韵部检字法说,按韵部顺序排列进行检字,是我国早期工具书中一种常用的检字法。所谓韵部,就是每字的韵母在音韵学上所属的部列。一般是以平水韵为准。根据平水韵的序列,"按韵统字""按字统事"进行编排,如《经籍籑诂》《佩文韵府》就是按平水韵编排的。现将韵部次序排列于下:

上平:东、冬、江、支、微、鱼、虞、齐、佳、灰、真、文、元、寒、删。

下平:先、萧、肴、豪、歌、麻、阳、庚、青、蒸、尤、侵、覃、盐、咸。

上声:董、肿、讲、纸、尾、语、麌、荠、蟹、贿、轸、吻、阮、旱、潸、铣、筱、巧、皓、哿、马、养、梗、迥、有、寝、感、琰、豏。

去声:送、宋、绛、寘、未、御、遇、霁、泰、卦、队、震、问、愿、翰、谏、霰、啸、效、号、个、祃、漾、敬、径、宥、沁、勘、艳、陷。

入声:屋、沃、觉、质、物、月、曷、黠、屑、药、陌、锡、职、缉、合、叶、洽。

先生说:

  每个韵部各收统韵母的字,如东韵就收有东、同、童、中、衷、忠等180余字。按照韵部查字,必须知道这个字属于平、上、去、入的哪一声,还要知道属于其中哪一韵,才能按部查字。这样就必须先学会审音等音韵学的知识;可以通过《辞源》《辞海》找出该字的四声和韵部,然后按韵查字,也可以使用《佩文韵府》和《经籍籑诂》等工具书。[①]

先生重点讲清朝张玉书等编撰的《佩文韵府》,以及阮元编写的《经籍籑诂》,这两部书皆是按照平、上、去、入四声编成,共106部。每部收入同韵的字。所收单字,皆注明音训;词语下面,列载各项出典;材料以经、史、子、集为序。《经籍籑诂》将唐代以前的古籍正文和训诂收集在一起,先列本训,再列转训,材料比较丰富,是阅读古书和研究古汉语词汇的重要参考书。《佩文韵府》可查成语、典故等,这部书对于作诗赋、摘取辞藻、查找典故是很有用的工具书。

先生要求学生们背诵《佩文韵府》和《经籍籑诂》的106韵。

先生认为,了解工具书的类别、性质和用途以后,进一步掌握它的使用方法,才能有效地去使用它。工具书编排的方式方法不同,各有各的用处,要学会使用它,就得从各种工具书的序言、凡例中了解其体例、特点和使用方法。例如字典、词典有的

[①] 郭人民:《安贞史论集》,河南大学出版社,1993,第140-141页。

是按部首编排的,有的是按韵部编排的,有的是按笔画多少编排的,有的是按四角号码编排的。你学会这些检字法,对于这些字典、辞典才会使用。又如标音,有的是用反切注音法,有的是国音字母注音法,有的是汉语拼音法。有些政书如"三通",按食货、职官、选举、经籍等,是按问题性质编排的。有的类书,如《太平御览》是以天文、地理、人事、职官、皇王、州郡按类编排的。要学会查它的类目,才会使用它。

工具书是帮助我们学习和研究的利器。"工欲善其事,必先利其器。"学会使用工具书,是独立进行学习和科学研究,提高阅读古籍能力的基本条件。

三、中国古代书籍制度的演变研究

我们日日看书、读书、写书,还有市场上有人说书等,与书结下了深厚的缘分;但是很多人对于书籍的形成却不甚了解。先生读书,特别是所读的古代文献非常多,因此他对中国书籍的形成发展也有非常多的理解和认识。

先生认为中国书籍的形成发展可分为简册编连式书籍,竹帛编连式、卷轴式共存的书籍,卷轴式书籍,册叶式的现代书籍雏形等4个阶段。

第一阶段:殷商至春秋时期简册编连式书籍。

先生认为,殷商时期中国书籍已经形成并出现。中国最早的书籍是写在竹简上的文字记录,用皮绳编连起来的"册"或"策",亦叫"简册"或"简策"。"册"字,甲骨文、金文、篆文基本写法皆作 ⅲ、ⅲ,从"竹";像竹简一长一短,中有二编之形。

"策"是"册"的假借字。"简"是指单个的竹板,汉代人也称它为"札"或"牒"。"册"是由简札编连而成的书。《左氏春秋序疏》:"单执一札,谓之简;连编诸简,乃名为策。"因此,我国最早的书籍称为"简册"或"简策"。《周礼春官序官·典命》注云:"书,即简策是也。"我国简策式书籍的出现,大概始于殷朝。《尚书·多士》:"惟殷先人,有册有典。"殷朝以后,历西周、春秋七百年间,我国的古文献就是简策式书籍。这个时期书籍的材质大抵皆用竹板。

竹简的装订方式,是用皮绳把竹简编连起来。编连的方法是用两股绳交织,或上下二行,或上中下三行,也有多至五行的。殷朝、西周、春秋700多年间,竹简多用皮绳编制,称为"韦编"。孔子读《易》,曾"韦编三绝"。战国以后,多用丝绳编制,考古学上所发现的楚简、秦简都是用丝绳编制的。编制成篇以后,由左向右卷束成捆存放,每捆叫一"编"。

第二个阶段:战国至西汉时期帛、竹牍的卷轴式和编连式共存的书籍形式。

战国时期,我国书籍开始用帛或木牍。《墨子·鲁问》说:"书之竹帛。"《礼记·中庸》说:"文武之政,布在方策。"方,亦名版,汉代人称为牍。方、版、牍多用于官府的文书、通信或诏令;而简和帛用于抄写古书。所以形成战国到魏晋700余年竹、帛并用的阶段。

战国以后书籍是竹简与缣帛并用,长沙马王堆汉墓出土的竹书、帛书可证。《风俗通义》云,刘向校书,"先皆书竹,改易刊定,可缮写者,以上素也";也是明证。武威发现东汉时写的《仪礼》《医方》是竹简。献帝西迁时,很多图书被剖散。《后汉书·儒林列传上》:"自辟雍、东观、兰台、石室、宣明、鸿都诸藏典策文章,竞共剖散,其缣帛图书,大则连为帷盖,小乃制为縢囊。"[1]这里说"缣帛图书"能够"连为帷盖""制为縢囊"者,当指的是帛书。两汉时书籍是竹帛兼用,也是可以肯定的。

西汉末年刘向著录其校理的书籍时,有"篇"与"卷"的区分。用"简策"写的书名"篇"。唐朝成玄英《庄子序》云:"篇以编简为义。古者杀青为简,以韦为编,编简成篇,犹今连纸成卷也。"用缣帛写的书名"卷"。按照编简的形式卷成束,叫作一卷。我国古代书籍,是由简策式发展到缣帛式,是可信的。

第三阶段:造纸术的发明使书籍出现卷轴式的形式。

东汉末年发明造纸术,逐步淘汰了竹木抄写书籍的材质,开始了缣帛与纸并用的阶段。西晋武帝下诏,遣使携带纸笔,到陈寿家抄写《三国志》。这是用纸写书的较早记录。同时,荀勖、张华校理秘书,"书用湘素"。大量的书籍还是用绸帛。东晋以后,纸的制造量增多,用途日广,而缣帛价贵,纸就完全代替了竹木、缣帛。《初学记》卷二十一记载:东晋桓玄曾下令"用简者,宜以黄纸代之"。这是说的国家公文、信札、书籍,不再用简牍,而以纸代之。现在保留的最早纸写本,有新疆吐鲁番出土的西晋元康六年(296年)的残卷佛经;西凉建初年间的纸写本《律藏初分》;北魏太安四年(458年)纸写本的《戒缘》。南北朝时的书籍多纸章,竹木缣帛全被淘汰了。

---

[1] 范晔:《后汉书》卷七十九《儒林列传上》,中华书局,1982,2548页。

帛书与纸书的装置方法，皆用卷轴。用木棍作卷轴，以宝石、兽牙、琉璃等镶嵌轴头，将帛书或纸书与卷轴粘连一起，从左至右卷缩成束。所以刘裕所得后秦的书，"皆赤轴青纸"。而隋炀帝在洛阳观文殿所贮书籍，分为红琉璃轴、绀琉璃轴、漆轴等上中下三品。而唐天宝年间在集贤院藏书有钿白牙轴、钿青牙轴、红色绿牙轴、紫檀轴等。一轴皆为一卷。

第四阶段：雕版印刷术的发明使书籍具有了册叶式的现代雏形。

宋代程大昌《演繁露》卷五说："古书不以简策，缣帛皆为卷轴，至唐始为叶子。"册叶式书籍的出现，是雕版印刷术流传以后确立的。雕版印刷术使用以前，书籍的材质，不管是用竹简、缣帛或纸张，书籍上的文字全是手抄的；书籍的装置，不管是编连式或卷轴式，检查、翻阅都必须全部展开，而且携带繁重，极不方便。雕版印刷书籍流行以后，书籍的形态发生了很大的变化。首先是手抄书与版印书分离，功效大为提高。唐宋时期，雕版印刷术的发明使书籍具有了现代雏形。

先生说：

是时，雕版印刷书籍，无论是官府或私家都很盛行，也使书籍制度发生了重大变化，书籍装置形式由卷轴变成了册叶式。雕版印出的书，一版就是一叶，一部书要印刷成很多叶，积叶成册，把它装订起来，就是"册"，所以叫册叶式。册叶式书籍的装置也经过多次演变，如所谓经折装、蝴蝶装、包背装等，最后由背装变为打眼穿线的所谓"线装书"。线装书的装置方法是将书纸一叶一叶叠折整齐，在书背空白处打眼,穿纸捻,装订成册,然后在册书的前后蒙上封面,再打穿线装订起来,所以叫"线装书"。线装书是我国古代书籍装订形式的最后阶段。现代仿古的铅印书或影印书还仍然采用这种装置形式,是大家在读古书时能够看到的。

先生认为:

我国古代的书籍,决不是我们现在所见的西洋印刷术传入我国以后石印、铅印、影印在纸上,订成平装、精装的样式。我国古书所用的材质,写印方法,装置形式有它本身发生、演变的历史过程。简册编连式,是我国最古的书籍制度;帛书、纸书的卷袖形式,是我国中古时的书籍制度;雕版印刷的册叶式,是我国古代书籍制的最后形态。我国古代书籍所用的材质、书写方法、装订形式与现代的书籍是有很大不同的。最古的书籍材质是用竹简或木板,其后改为缣帛,再后改用纸章。在书写方法上,最早是用手写,唐宋以后改为刻版印刷。在装订形式上,最早是用皮绳或丝绳将简札编制起未,其后是用卷袖将缣帛或纸章卷起来,最后穿孔用纸捻和丝线装订成册。随时代的不同,而所用的书籍材质、写印方法、装订形式各有不同。这就是我国古代书籍制度演变化发展的大概情况。①

四、《易经》讲稿

《〈易经〉简论》是先生给研究生上最后一课的讲稿,郑慧生

---

① 郭人民:《中国古代书籍制度的演变》,《商丘师专学报》1985 年第 1 期。

先生整理成文,发表在《史学月刊》1986年第4期上。这是先生的遗著。

本文的《附记》云:"此文为郭人民先生生前给研究生上课的最后一篇讲稿,经其学生郑慧生同志整理而成。"①

据当时听课的研究生们说,无论上什么课,先生总是边背边讲。王立群先生说:"先生不仅能够背诵出十三经的经文,而且连经文的注文也能背出。"其实先生在给我们七七级本科生上课时何尝不是如此,《庄子》《史记》《老子》等篇目,先生总是边背边讲,边在黑板上板书。先生的字写得非常漂亮,常常令我们七七级学生叹慕不已。

我读先生的这篇遗作之前,不知道先生对《易经》也是这样精熟。从这篇文章中,可以看出先生的博学和讲课的认真。

针对先生的这最后一课的讲稿,我想按照先生讲课的顺序仔细地分析,就像我们再一次听先生的课一样。

先生第一个问题讲的是《易经》及易卦的来历。先生说:

《易经》原名《周易》。周,原是一个朝代名,但它作为书名,却是周普的意思。《经典释文》说:"周,至也,遍也,备也。今名书,义取周普。"

孔颖达《周易正义·序》引郑玄《易赞》及《易论》语:"周易者,言易道周普无所不备","周流六虚上下无常"。《周易正义·序》又说:"夫易者,变化之总名,改换之殊称。……郑玄依

---

① 参见:郭人民《〈易经〉简论》附记(《史学月刊》1986年第4期第13页)。

此义作《易赞》及《易论》云:'易一名而含三义:易简,一也;变易,二也;不易,三也。'"

《周易》是一部算卦占筮书,包括《经》《传》两部分。《经》包括经卦、别卦、卦辞、爻辞,是供占筮用的。这是殷周之际的作品,即古史所说的文王画卦的故事。《系辞》下说:"《易》之兴也,其当殷之末世,周之盛德邪?当文王与纣之事邪?"

《传》包括《彖》上下、《象》上下、《系辞》上下、《文言》、《说卦》、《序卦》、《杂卦》等,又叫《十翼》,是春秋到战国末年的作品。它是对经文卦辞、爻辞作解释的。《经》和《传》原来分开,到汉代才把它们合并起来成为一部书。

《周易》是算卦的书,它是通过各卦的卦辞、爻辞预测吉凶悔吝的。

《系辞》下说:"古者包牺氏之王天下也,仰则观象于天,俯则观法于地,观鸟兽之文与地之宜,近取诸身,远取诸物,于是始作八卦,以通神明之德,以类万物之情。"即说卦是伏羲画的。

周文王将八卦重复推演而成六十四卦,每一卦每一爻都有文字说明,据说卦辞是文王作的,爻辞是周公作的;而解释卦辞、爻辞的《十翼》,则说是孔子作的。所以《汉书·艺文志》说:"《易》道深矣,人更三圣,世历三古。"实际上,八卦、卦辞、爻辞,都是从龟卜演化来的。商周人遇事都要用龟甲占卜吉凶,龟卜的程序是:命龟、钻龟、灼龟、呈兆。卜官根据兆文,下定断语,这断语就叫作"繇(zhòu)辞"。

八卦和六十四卦就是把龟兆规范化、标准化,并用一定符号作为代表把它固定下来。卦辞和爻辞就是把"繇辞"标准化、公式化而成的东西。卜官把这些标准化的"兆"和公式化的"繇辞"编排成书，就不再需要烦琐的龟卜，而只用五十根蓍草来进行占筮，这就简单得多了。筮得的结果，去查公式化了的辞和标准化了的卦，就可以断定吉凶了。《周礼·春官》说："大卜掌三兆之法：一曰玉兆，二曰瓦兆，三曰原兆。……掌三《易》之法：一曰《连山》，二曰《归藏》，三曰《周易》。其经卦皆八，其别皆六十有四。"又说："凡国之大事，先筮而后卜。"

八卦的基本符号是"—"和"--"，这叫作爻。"—"是象征阳性，所以称阳爻；"--"是象征阴性的，所以称阴爻。两种爻是矛盾对立的形态。自然界和社会上矛盾对立的阴阳两性，是相当普遍的，自然界如天和地、日与月、水与火、明与暗、高与下，社会上有男和女、君与臣、夫与妇等。把宇宙间矛盾对立的现象归纳为阴阳两个概念，用两种符号来代表，这是《易经》六十四卦的基本哲学概念。

用三个爻组成一个卦，得出八卦。作卦者叠三个阳爻，成为☰（乾），用来象征阳性的天，叠三个阴爻成为☷（坤）象征阴性的地；用☳（震）象征雪，☶（艮）象征山；☲（离）象征火，☵（坎）象征水；☱（兑）象征泽，☴（巽）象征风。乾为父，坤为母，震为长男，巽为长女，坎为中男，离为中女，艮为少男，兑为少女，共八卦，形成四个矛盾对立的形态。这八个卦，《周礼·春官·大卜》叫它"经卦"；再用两个经卦依次排比起来，得出六十四卦。那六十四卦所象征的事物就繁复多了，它是三十二个矛盾对立的形态，《周礼》称之为"别卦"。任何一个卦，如果改动其中之一爻或几爻，就会变成另外一个卦。可见六十四卦都是动则变化的。矛盾对立与动则变化是六十四卦的两个特征。

先生第二个问题讲的是《周易》的占筮方法。

占筮是怎样进行的呢?《系辞》里这样说:

大衍之数五十,其用四十有九。分而为二以象两,卦一以象三,揲(shé)之以四以象四时,归奇于扐(lè)以象闰,五岁再闰,故再扐而后卦。天数五,地数五,五位相得而各有合。天数二十有五,地数三十,凡天地之数五十有五,此所以成变化而行鬼神也。乾之策二百一十有六,坤之策百四十有四,凡三百有六十,当期之日。二篇之策,万有一千五百二十,当万物之数也。是故四营而成易,十有八变而成卦,八卦而小成,引而伸之,触类而长之,天下之能事毕矣。

"扐":筮者著著指间也。"五位相得而各有合":天一与地六相得合而为水,地二与天七相得合而为火,天三与地八相得合而为木,地四与天九相得合而为金,天五与地十相得合而为土。《系辞》认为,奇数和偶数相合,可以发生作用。"天地之数,五十有五",可以"成变化而行鬼神"。数目本来是物质的数量,《易传》认为它不但可以离开物质而独立存在,而且有发生万物的神秘作用。

"乾之策二百一十有六,坤之策百四十有四":按一卦有六爻,依老阳数算,老阳之数为三十六,三十六乘六,得二百一十六。依老阴数算,老阴之数为二十四,二十四乘六,得一百四十四,加起来共得三百六十。

"二篇之策,万有一千五百二十,当万物之数也":《易经》上下两篇,六十四卦,三百八十四爻,阴阳各半,阳爻一百九十二乘三十六,得六千九百一十二;阴又一百九十二乘二十四,得四千六百零八,两下加起来,就是一万一千五百二十。它就可以代表万物的数目。

"四营而成易":第一营把四十九根蓍草,随意分作两部分,这叫"分而为二以象两";第二营从右边取出一根放在一边,叫卦一以象三;第三营把两部分的蓍草各自分开,每四根为一组,这叫"揲之以四以象四时";第四营把两部分中有不够四根的蓍草拿出来,或正好够四根一组的那一边的蓍草,拿出一组四根来不用,这叫"归奇于扐"。总上四营为第一变。第一变之后,除了归奇的蓍草以外,剩下的蓍草只能是四十四或四十根。

把第一变后所剩的蓍草(四十四或四十根)再混合起来,同样经过四营,这是第二变。结果,除了第二次归奇的蓍草以外,剩下的蓍草只能是四十、三十六或三十二根了。

把第二变后所剩的蓍草(四十、三十六或三十二)又混合起来,经过四营,剩下的蓍草就只能是三十六、三十二、二十八或二十四根了,这是第三变。

经过三变以后,剩下的蓍草是三十六根,这就是老阳之数;老阳之数为九,四九为三十六。剩下的蓍草是三十二根,这就是少阴之数,少阴之数为八,四八为三十二。剩下的蓍草是二十八根,这就是少阳之数;少阳之数为七,四七为二十八。剩下的蓍草是二十四根,这就是老阴之数;老阴之数为六,四六为二十四。这样每经过三变,就得到一个阳爻或一个阴爻,每卦有六爻,所以需要经过十八变。十八变得出一个卦,这就叫作十有八变而成卦。

九为老阳之数,六为老阴之数。阳主进,到九而达于极点;阴主退,到六而达于极点。达于极点就要起变化,但少阳和少阴是不变的,所以《易经》里凡阳爻皆称九,阴爻皆称六。

先生在讲过《周易》的占筮方法之后,又举出《左传·庄公二十二年》记载的具体占筮事例进行讲解:

> 陈厉公……生敬仲,其少也。周史有以《周易》见陈侯者,陈侯使筮之,遇《观》☷☴之《否》☷☰,曰:"是谓'观国之光,利用宾于王。'此其代陈有国乎?不在此,其在异国;非此其身,在其子孙,光远而自他有耀者也。坤,土也;巽,风也;乾,天也;风为天于土上,山也。有山之材而照之以天光,于是乎居土上,故曰:'观国之光,利用宾于王。'庭实旅百,奉之以玉帛,天地之美具焉。故曰:'利用宾于王。'犹有观焉,故曰其在后乎!风行而著于土,故曰其在异国乎!若在异国,必姜姓也;姜,太岳之后也;山岳则配天。物莫能两大,陈衰,此其昌乎?"

《观》☷☴,坤☷下,巽☴上。

《否》☷☰,坤☷上,乾☰下。

两卦的上两爻、下三爻皆各相同,唯第四爻(六爻的次序是由下向上读)有异。《观》卦第四爻的"--"变为"—",则成《否》卦。占筮以初次占得之卦为正卦,再从正卦六爻中任取一爻加以变易,就得到次卦,次卦为变卦。从《观》卦之第四爻由"--"变"—"而成《否》卦,就是由初卦演改为变卦。所以叫作"《观》之《否》","之"是"变"的意思。占筮就是综合正卦、变卦的卦象爻辞比较参照而论断吉凶的。

"观国之光,利用宾于王",是《观》卦六四的爻辞。六四接近九五,九五是君位,六四之位近于君主。观看国家的光彩,利于配位为王。"宾于王"在甲骨卜辞中,都是配于某王的意思。

"坤,土也;巽,风也;乾,天也;风为天于土上,山也":

《观》卦☴☷,坤☷下,巽☴上,《否》卦,坤☷上,乾☰下。

坤为土,巽为风,乾为天,《观》卦之上巽变为《否》卦之上乾,叫作"风为天"。《观》卦三四五爻为艮☶,《否》卦二三四爻也为艮☶,艮为山,山在土上,所以说"于土上,山也"。

"有山之材而照之以天光,于是乎居土上"其意是:

《观》卦之艮☶为山,☶又为木;巽在艮上,山上有木,故曰"有山之材",《观》变为《否》,巽则为乾☰,乾为天在上,故曰"照之以天光"。《否》卦山之材、天之光都在坤☷上,故曰"居土上"。既居土上,又为天光所照,是配位于诸侯的象征。

"庭实旅百,奉之以玉帛",其意为:

艮为门庭,故曰"庭实"。乾为金玉,坤为布帛,故曰"奉之以玉帛"。既有金玉、布帛,而陈列于庭,是诸侯的象征,所以说"奉之以玉帛"。《观》有瞻望将来之意,所以说敬仲的后代,将来要得志为王,"其在后乎"!

"风行而著于土"其意为:

风吹树木的果实,落于别地的土上,故曰"其在异国"。

后来陈氏之后代齐,正应在这个"其在异国"上。

再从《否》卦的卦象讲,《否》有山岳之象,而姜姓是太岳之后,把《否》的山岳之象与姜姓的始祖太岳联起来,就认为"若在异国,必姜姓也"。

先生用《易经》之卦完美地阐释了《左传·庄公二十二年》记载的关于陈国敬仲奔齐的占筮事例,由此可以看出先生对十三经中的每一经史料都是非常精通的。

先生第三个问题讲的是:《周易》的哲学意义。

《周易》中八卦、阴阳这种对立统一的辩证观念却是和迷信相对立的。八卦虽是一些符号,是一些数目,但《周易》对这些符号和数目的内涵的确定,还是有哲学意义的。因为对这些内涵的确定,都是以当时的社会生活、社会意识为出发点,具有它的合理的成分。

《周易》中包括有唯物主义因素:八卦是构成物质世界的八种成分。用八种物质象征人类社会和自然现象,天地如父母,其余六种为子女;乾为父,坤为母,艮为少男,坎为中男,震为长男,兑为少女,离为中女,巽为长女。八卦分为八个方位,又分为四时。这种把人类社会和自然现象看作物质的解释,是具有朴素唯物主义因素的。

《周易》中包含着辩证法的观点。《周易》中的辩证法观点,首先表现在它认为事物是变化不居的。所谓"易",就意味着动。由于事物变化不居,才生出不同的卦,"十有八变而成卦",离了变,就不能占筮。《易经》中卦、爻的变化是绝对的,它是宇宙事物变化的反映。所以说,"在天成象,在地成形,变化见矣"。但是,这个变化又是不可捉摸的,在《周易》看来,简直可以说是神秘莫测的。

其次,事物的变化是由于事物本身的运动。事物本身包括有相对的对立面,对立面间的相互作用,引起事物的变化。《周易》的基本符号是阴"--"阳"—",阴阳是一对基本矛盾。阴阳爻在卦位上的不同排列,得出八卦共四对矛盾。八卦两两相排列,组成六十四卦,表示出三十二对基本矛盾。所以说:"易有太极,是生两仪,两仪生四象,四象生八卦,八卦定吉凶,吉凶生大业。"(《周易·系辞》上)又说:没有矛盾对立着的乾坤就没有"易":"乾坤其易之缊邪?乾坤成列而易立乎其中矣!乾坤毁,则无以见易;易不可见,则乾坤或几乎息矣!"

再次,物极必反,表现了对立面的相互转化即对立统一。《周易》六十四卦的顺序,多是以相反(即矛盾对立)的两卦连列在一起的,如《泰》与《否》,《剥》与《复》,《既济》和《未济》,"无平不陂,无往不复"(《周易·泰》),"日中则昃,月盈则食"(《周易·丰》),这些都表示了矛盾的对立与统一。

"易有圣人之道四焉:以言者尚其辞,以动者尚其变,以制器者尚其象,以卜筮者尚其占。"(《周易·系辞》上)"以动者尚其变",研究矛盾对立统一的人,都要注重它的"变"啊!

第十二章 随同先生考察大西北

1983年7—8月份,是塞外的黄金季节,我们6个研究生、1个青年教师在郭老师的带领下,到大西北进行学术考察。先生虽年届花甲,但他仍然不避酷热,带领我们穿戈壁,过沙漠,到陕西、甘肃、宁夏、内蒙古等地进行考察。考古文物的出土地点一般在远离城市的荒僻之处。记得有一次我们到战国时期三大水利工程之一的郑国渠的上游泾河之源去考察,下了公共汽车还要步行10多里山路才能到考察地。一路上,先生兴致勃勃地给我们讲郑国渠的兴修与流经路线,以及对关中地区的意义等。我们从考察地点回到住所已是下午三点多了,而我们还未吃午饭呢。还有一次,我们在兰州火车站下车时已是晚上11点多了,市里公共汽车又停止运行,我们背着背包步行一个多小时,到兰州大学招待所找到住处,已经是深夜1点多了。考察中,先生和我们一道,常常下午三四点还吃不上午饭,晚上12点还找不到住处,有时吃一块干粮大饼充饥,先生从未说过一声苦和累。沿途他不辞劳苦地为我们讲历史地理的沿革、风俗人情的变迁。先生常常口干舌燥,我们不忍心让他再讲了,而先生则总是喝口冷水,继续讲。

先生带队,当然我们都是按照先生所指定的路线进行考察。在考察中我发现郭老师带我们考察的地方,他过去带研究生基本上都去过。这次再走这个路线,先生纯粹是为了我们。先生认为这条路线能够让学生了解的知识最多,所以还走这条路线。

一、长安古城与帝王陵的考察

1. 考察半坡遗址

我们首先来到古城西安,参观了国内外闻名的仰韶文化半坡遗址。在那里我们重点考察半坡居民的居住、生活情况。过去简报报导半坡居民是对偶婚的形式。半坡遗址的讲解员讲过之后,郭老师又指着半坡遗址的地穴、半地穴的小房间说,这个房间有 15 平方米左右,有些 20 多平方米甚至 30 平方米。房间中有碗、盆之类的生活用具,还有一些生产工具等;房子里还有一个火塘。我指着房子门前的一个小坑说:"这是什么?"先生说:"这是窖穴吧。"当时我想,我们上课时老师所讲的对偶婚家庭是没有任何财产的,是集体吃饭、集体工作的。半坡遗址的房间为什么有生产工具、生活用具、火塘、窖穴呢?考察后,我把这个疑问告诉郭老师。郭老师说:"你可以考虑考虑原因吗?"

我想了一下说:"这是否可以说是进入了个体小家庭阶段啦?"

郭老师说:"你当然可以作为一个问题提出来,这还是一个很好的思路。"

回来之后,我又到郑州看了大河村遗址,更坚定了我的看法;后来我写了《论仰韶文化的家庭形态》一文,被收录于《先秦史论集》(中州古籍出版社 1989 年 4 月出版)。

2. 考察始皇陵、兵马俑和铜车马

西安市骊山北麓的秦始皇陵,是这次我们参观考察的重点。先生说:"这就是我们书中见到的秦始皇陵,里面到底啥样谁也没有见到。"据《史记·秦始皇本纪》记载:"九月,葬始皇郦山。始皇初即位,穿治郦山;及并天下,天下徒送诣七十余万人,穿三泉,下铜而致椁,宫观百官、奇器珍怪徙臧满之。令匠作机弩矢,有所穿近者,辄射之。以水银为百川、江河、大海,机相灌输,上具天文,下具地理,以人鱼膏为烛,度不灭者久之。"始皇陵是我国第一个世界文化遗产。秦始皇陵周围有很多形制不同、内涵各异的陪葬坑和墓葬,已探明的有400多个,其中包括"世界第八大奇迹"中的兵马俑坑。

在秦始皇帝陵的展厅我们见到了在秦陵封土西侧20米处发掘的两乘铜车马。一号车称为立车,又名高车;在皇帝车队中担任开道、警卫的作用。二号车辔绳末端有朱书"安车第一"四字。因此这辆铜车马被称为"安车"。车舆被隔成前后两室,御手坐于前室;主人乘坐在后室,这是主舆。一号、二号铜车马前皆驾四匹铜马。

郭老师在铜车马前面立了很久,他说:"《诗经·秦风·驷驖》记载的秦国车马说'驷驖孔阜,六辔在手。公之媚子,从公于狩。……游于北园,四马既闲。輶车鸾镳,载猃歇骄。'郑玄笺:'四马六辔,六辔在手。'你们看,这两辆铜车马,就是《秦风·驷驖》中所说的四马六辔,而'六辔在手',你们看这四匹马上就是有六条辔被御手紧握在手中。"

郭老师还说:"《逸礼·王度记》曰:'天子驾六马,诸侯驾四,大夫驾三,士二,庶人一。'《周礼》'四马为乘',《毛诗》'天子至大夫同驾四,士驾二'。根据考古发现,这两辆铜车马可能是秦始皇所用的车马,但都是一乘四马,看来'天子驾六马'可能不确切。"

在当时,历史上没有发现过"天子驾六马"的现象,考古也没有发现过,很多人认为"天子驾六"只是谬传。郭老师的说法是对的。

但是2002年在洛阳市发现的"天子驾六"车马坑,长42.6米,宽7.4米,面积316平方米,深2.2—2.7米;车26辆,马68匹,犬7只,人1位。车子呈东西两列摆放,车辕向南,其中驾马六匹者1辆,驾马四匹者8辆,驾马二匹者15辆。这种马车上驾马之数很好地诠释了周代贵族自天子至大夫的用马等级。

但是2002年洛阳发现"天子驾六"车马坑时,郭老师已经去世,他没有见到。但是郭老师当时所说的是有一定道理的。

笔者认为,秦始皇时期,这种"天子驾六"并不是秦人的车马制度,"天子驾六"是周人使用车马的制度。

郭老师所讲的《诗经·秦风·驷驖》记载"驷驖孔阜,六辔在手""游于北园,四马既闲"是有史学根据的。而且秦始皇陵所发现的铜车马也是"四马六辔",更说明这是秦朝天子使用车马的制度,与周人有别。

3. 考察西汉王朝未央宫

在西安,郭老师带我们去看了西汉时期的未央宫遗址。未央宫位于汉长安城地势最高的西南角龙首原上,今西安市区的西北角。未央宫于汉高祖七年(前200年)在汉初宰相萧何监管主持下营建而成,是西汉王朝的皇宫。西汉王朝的世代皇帝都居住在未央宫。未央宫是西汉王朝200余年间的政令中心,是汉宫的代名词。这一片地方的周围曾经耸立过西汉、新莽、东汉、西晋、前赵、前秦、后秦、西魏、北周、隋、唐等11个朝代的皇宫,长期以来是全国的政治中心。

未央宫附近村庄的农民送给我们几块看上去不太好的西汉瓦当。只是我们看到农民家里的带有"长乐""未央"字样的瓦当,非常漂亮,还是羡慕不已。我们的瓦当上没有字。据说当地农民在中秋节时都把这些瓦当当成做月饼的模子了。现在这里已经建成一个汉长安城未央宫遗址公园,而当时我们去考察时,这片遗址已经回田,但是我们从这些遗迹能够感受出西汉时期未央宫的辉煌与壮丽。

4. 考察唐朝大明宫

我们一行在郭老师的带领下又去了唐朝的大明宫遗址。大明宫遗址在今西安东北龙首原上,而未央宫遗址在今西安市区的西北角。未央宫遗址与大明宫遗址相距不是太远,未央宫与大明宫有一部分是重合的。

贞观八年(634年),唐太宗李世民为太上皇李渊避暑而兴永安宫,没有竣工,李渊病逝。唐高宗龙朔二年(662年)大规模扩建大明宫,更名为蓬莱宫,随即从太极宫迁入大明宫居住。从此大明宫成为唐朝皇帝的皇宫正殿。唐高宗咸亨元年(670年),改名为含元宫。武后与唐中宗李显神龙元年(705年)复名大明宫,直至唐末。现在这里也建成了大明宫遗址公园。

5. 西安附近的帝陵考察

在咸阳市东北考察了汉高祖长陵、惠帝安陵、景帝阳陵、武帝茂陵和昭帝平陵。这五陵皆在咸阳原上，称为"五陵原"。我们重点考察了武帝茂陵。

汉武帝的茂陵附近还有年仅24岁的骠骑将军、大司马、冠军侯霍去病的陵墓。霍去病于元狩六年(前117年)病逝，死于汉武帝之前，葬茂陵东侧1000米处。霍去病是一个年轻有为的天才将军，他六年之中，六次出击匈奴，被封为"冠军侯"。冠军侯，当有勇冠三军之意。公元前119年，霍去病率军抵狼居胥山(在蒙古乌兰巴托以东)，消灭匈奴主力，解除匈奴对汉朝的威胁。霍去病英年早逝，汉武帝为了表彰霍去病的功劳，把霍去病墓建成祁连山形；并在霍去病墓前雕有石像生石人、石兽十几件，如怪兽吃羊、卧牛、人抱兽、卧猪、跃马、马踏匈奴、卧马、卧虎、短口鱼、长口鱼、獭蝠等。

这是我国最早的墓前石雕。在此之前，我国内地所有的墓葬之前，皆无石像生；只有在新疆地区的坟院前或者石墓前发现有石像生。故笔者认为，我国墓前石雕、石像生的风俗是从新疆地区传入内地的。

茂陵的东北1000米处，是大司马、大将军、长平侯卫青的陵墓。卫青是霍去病的舅父，于汉武帝元封五年(公元前106年)病逝。卫青墓像阴山，与霍去病墓并列。卫青与霍去病是西汉王朝对匈奴战争中的两大将军和功臣。

唐太宗的昭陵在九嵕山，据说昭陵没有埋葬任何的金银财宝；但是唐太宗酷爱王羲之的书法，故墓中只随葬有一帧王羲之的《兰亭序》。

唐高宗与武则天的乾陵在咸阳乾县,据说这座陵墓得到很多人的"青睐"和光顾,如唐末黄巢、后梁崇州节度使温韬、国民党将领孙连仲等,皆调动大批兵力,盗掘乾陵,皆无果。1958年,当地农民放炮炸石,无意间炸出墓道口;发现墓道砌石是由铸铁汁浇灌而成,非常坚固。《旧唐书·严善思传》"乾陵玄阙,其门以石闭塞,其石缝隙,铸铁以固其中"的记载是属实的。我国历史上唯一的女皇武则天为了防止有人挖她的陵墓,是做了准备的。陕西省准备发掘,周恩来总理作了"我们不能把好事做完,此事可以留作后人来完成"的批示。乾陵前面有武则天亲撰、其子唐中宗李显书丹,为唐高宗歌功颂德的一通功德碑,开帝王陵前立功德碑之先例。另一通是武则天的"无字碑",大约是留与后人评说吧。

乾陵周围有17座陪葬墓,都是太子、公主、大臣的墓葬,只有永泰公主、章怀太子的墓已经发掘,大臣墓有薛仁贵墓等。

二、周原考察

陕西周原是周人兴起的发源地,对从事先秦史研究的人来说,周原是我们考察的重要地点。我们主要在周原的岐山、扶风两地考察,一共考察了十八天。我们考察了《诗经·大雅·绵》所说的"周原膴膴,堇荼如饴"水土丰美的周原,"自土沮漆"的杜(即"土")水和漆水,以及秦人的都城故址"汧渭之会"等。

在周原,郭老师首先带领我们考察岐山县东部凤雏村的凤雏甲组建筑基址。这是一座大型的宗庙建筑基址。凤雏甲组建筑基址呈非常规整的长方形。房基南北长 45.2 米，东西宽 32.5 米，面积约 1470 平方米。以门道、前堂和过廊居中，东西两边配置门房、厢房，左右对称，布局整齐有序。

郭老师给我们讲，在凤甲宗庙基址中，那是影壁、前廊；呈对称的是东、西门房，东、西厢房各 8 间，东、西两小院皆呈中轴对称。前堂、中院、后室居中，左右两边各由廊道隔断，完全是一个四合院式的建筑。这组建筑采取南北中轴的对称布局。

郭老师带我们看了建筑群中排列整齐的柱洞，南北四行，东西七列；讲哪些是擎檐柱，哪些是承屋顶的柱洞。先生指着房檐前铺垫的河卵石说："这是散水，就是防止下雨时，从房檐上留下的雨水在地面上滴成坑，从根基对房子造成破坏。"

凤雏甲组建筑房基的西半部，西厢房、前堂偏西、西小院等之外还分布有 29 个窖穴和灰坑。所有窖穴都打破了夯土台基，说明窖穴是筑成夯土台基以后挖的。

凤甲基址的房基、墙基皆是夯筑而成。房顶用芦苇和半圆形的木棍、大量红烧土和少量绳纹瓦覆盖。屋脊和天沟用瓦覆盖。瓦为泥条盘筑，背面饰绳纹，带有瓦钉或瓦环。

先生感叹道："过去史书上总是说秦砖汉瓦，现在从考古学上看，西周时期已经有瓦了。夏商时期的木骨泥墙不能承受陶瓦的重量，而西周宫殿的墙是夯土墙，可以承重。西周不再以草为屋顶了，这真是一个大的进步啊！"

我们也看了西厢房二室 H II，在这个灰坑中出土 17000 余片卜甲和卜骨，有字卜甲 190 多片，字数有 600 多。每片字数不等,最少的一字,最多的30余字。① HⅡ出土的卜甲有"彝文武帝乙",是祭祀殷人先王帝乙的卜辞。这些卜甲应该是武王灭商以前的,这组建筑群应当是武王灭商以前的建筑。② 是时,西周还是殷商王朝的臣属方国。

我们也去了1976年12月15日发现的宝鸡市扶风县法门公社庄白一号窖藏坑遗址。在庄白一号窖藏坑内,四角各放置一个大铜壶,内装觚、爵、斗、铃、鬲等小件铜器。遗址出土青铜器103件,计有鼎、方鬲、鬲、编钟、盘、匕、尊、觥、方彝、壶、磬、爵等。其中有铭文者74件,周恭王器史墙盘的铭文最多284个字。史墙盘铭文记述西周文、武、成、康、昭、穆六王的重要史迹以及作器者的家世,这是新中国成立以来发现的最长的一篇铜器铭文。我们见到这些器物,认为非常珍贵,于是在回到学校后,就赶快派人到周原去复制几件,包括史墙盘,现存放在河大文物馆;后来听说我们复制后不久,陕西方面就不再让人复制了。

先生还带我们到凤翔县考察了秦公宗庙遗址、秦公大墓,以及秦国的陵园制度。这些对我后来探索和研究周代的丧葬文化打下了很好的基础。

---

① 陕西周原考古队:《陕西岐山凤雏村发现周初甲骨文》,《文物》1979年10期。
② 陕西周原考古队:《陕西岐山凤雏村西周建筑基址发掘简报》,《文物》1979年10期。

三、大散关与五丈原的考察

1. 大散关与褒斜道

郭老师带队考察大散关,使我们受到很大的教益。我们每讲汉代及三国历史总是要讲西汉名将韩信"明修栈道,暗度陈仓"的故事,讲诸葛亮"七出祁山"的故事;这些在我国是家喻户晓的典故。这些地方在哪里,并不清楚。郭老师把我们带到大散关与褒斜道,使我们豁然明白。

宝鸡市南郊秦岭北麓的大散关是关中地区西部的关口。关中之所以称为关中是因为东有函谷关、西有大散关、南有武关、北有萧关。四关相围,成为关中。四大关塞是历史上有名的重要关隘险塞。

大散关为周朝散国之关隘,故称散关。这里层峦叠嶂,山势险峻,只有唯一的山道通向四川,扼南北交通咽喉,古人称之为"川陕咽喉",是兵家必争之地,确有"一夫当关,万夫莫开"之势。

韩信欲自汉中由褒斜道入关中。褒斜道南起褒谷口(汉中市境内),北至斜谷口(眉县斜峪关口)。褒谷道山势险峻,修成栈道相通;斜谷道比较平缓,没有栈道。这条山道沿褒斜二水、穿褒斜二谷,故称褒斜道,是古代巴蜀通秦川的主干道,全程249公里。韩信"明修栈道,暗度陈仓"骗过章邯;经大散关,平定关中。诸葛亮六出祁山,祁山在今甘肃礼县的东侧盐官镇,西汉水的北侧,经天水、南安,经褒斜道,再到陈仓。这一路线是诸葛亮六出祁山的必经之路。

左起：李玉洁 龚留住 史建群 郭人民先生 陈长琦 大散关人员 郝铁川 姚小欧 孙英民

郭人民老师与研究生考察大散关时的合影

郭老师带我们去体会大散关的巍峨，又看了褒斜道的险峻，这就是李白所说的"西当太白有鸟道"的险塞，此次历史考察真是不虚此行。

2. 五丈原

五丈原位于八百里秦川西端，太白山北麓的宝鸡岐山县五丈原镇，是诸葛亮相星陨落的地方。诸葛亮六出祁山，进攻中原，而曹魏的守将则是司马懿。诸葛亮事必躬亲，操劳过度，病逝于五丈原。由于五丈原是诸葛亮相星陨落之地，故五丈原由此闻名于世。诸葛亮庙建于元朝初年，明清屡经重修增建。我们到五丈原时，诸葛亮庙已经修缮一新。我们一行也和诸葛亮庙的道士合影留念。

四、考察河西四郡

河西四郡也是这次我们考察计划中的重点。夏朝末年，商汤推翻了夏桀,夏王朝灭亡。夏人主力及其同盟部落,刚开始在山西一带活动,在中原部族的打击下,逐渐西迁。《史记·匈奴列传》云:"匈奴,其先祖夏后氏之苗裔也,曰淳维。"《索隐》引张晏曰:"淳维,以殷时奔北边。又乐彦《括地谱》云:夏桀无道,汤放之鸣条,三年而死。其子獯粥妻桀之众妾,避居北野,随畜移徙,中国谓之匈奴;其言夏后苗裔或当然也。故应劭《风俗通》云:殷时曰獯粥,改曰匈奴。又晋灼云:尧时曰荤粥,周曰猃狁,秦曰匈奴。韦昭云:汉曰匈奴,荤粥其别名;则淳维是其始祖,盖与獯粥是一也。"

匈奴居于北野,随水草畜牧而迁徙,成为游牧部族。当夏人衰落之时,周人部族的首领不窋也失其官,曾迁到西部;不过周人在公刘时期又回到中原。而匈奴一直在西部边陲,是中原王朝的巨大威胁。《史记·大宛列传》云:"始月氏居敦煌祁连间,及为匈奴所败,乃远去,过宛西击大夏而臣之,遂都妫水,北为王庭。其余小众不能去者,保南山羌,号小月氏。"

西汉初年,匈奴成为汉王朝的极大威胁,汉高祖刘邦曾不得已以和亲的方式换得暂时的安定。经过文帝、景帝时期经济的恢复和发展,至汉武帝时期,开始打击匈奴。《史记·匈奴列传》云:"(汉)骠骑将军(霍)去病将万骑出陇西,过焉支山,千余里击匈奴,得胡首虏骑万八千余级,破得休屠王祭天金人。其夏,骠骑将军复与合骑侯数万骑出陇西北地二千里,击匈奴,过居延,攻祁连山;得胡首虏三万余人,裨小王以下七十余人。"《索隐》引《西河旧事》云:"匈奴失二山,乃歌曰:'失我祁连山,使我六畜不蕃息;失我焉支山,使我嫁妇无颜色。'"焉支山在张掖、酒泉二地之界。

汉武帝消灭匈奴,统一河西,占领了敦煌、祁连地区,建立河西四镇:武威、张掖、酒泉、敦煌。河西四郡,也称为河西四镇,是中原地区通向西域的重镇。

先生给我们讲解了敦煌的历史,虽然过去作为历史系的学生也知道一些,但是并不完整。先生讲了之后,我们才更明白了河西四镇的建立,汉武帝确实有丰功伟绩。

1. 武威

我们从兰州坐上火车。火车在一望无际的瀚海中飞驰。六个小时后,我们到了河西走廊的第一个重镇——武威。

郭老师说:"武威,古称凉州、雍州、姑臧,是西北首府,凉国故地,丝绸之路的咽喉之地。《史记·匈奴列传》有记载,西汉武帝派骠骑将军霍去病将万骑出陇西,过焉支山,千余里击匈奴;斩首匈奴一万八千余级,缴获休屠王祭天金人。霍去病大获全胜。汉王朝占领了武威。武威原是休屠王的领地,城为休屠城,还有姑臧城。汉武帝为彰显大汉帝国的"武功军威",将休屠、姑臧二城,命名武威。

我回来后查了一下,这次战争发生在西汉武帝元朔四年(公元前125年)。在这次战役中,汉武帝开辟河西四郡,历代王朝都曾在这里设郡置府。由于这里是边塞激战的要地,历代诗人在这里留下了许多千古名句。

唐代诗人王之涣《凉州词》云:

　　黄河远上白云间,一片孤城万仞山。
　　羌笛何须怨杨柳,春风不度玉门关。

这首古诗,使我们看到远离故乡的行旅、客商、将帅、士卒的无奈、惆怅与凄凉。

在武威,我们刚好赶上"集市"的日子。在一个大的空地上,摆满了各种农副产品,还有一个用方木搭成的戏台,上了妆的演员正在唱戏,那高昂的秦腔,表现了大漠绿洲的热情和生命力。

为了更好地观赏沿途风光,自武威开始,我们开始乘坐汽车。沙漠中的景象,时而是柔和如海浪起伏的沙丘,时而是大如杵臼的砾石……真是如唐朝诗人岑参所说的"一川碎石大如斗,随风满地石乱走"。

在戈壁大漠中,看不见一根草,只觉得热浪扑面。有时在黄沙与天空相连的地方,会看见蓝色的湖水和绿草树木,那就是沙漠中的"蜃市"。

望着这连天的漠漠黄沙,我惊叹汉武帝的雄才大略。他的骠骑,竟然在这人迹罕至的大漠中驰骋。西汉时期,汉朝西部边境经常受匈奴的骚扰,汉武帝派将军卫青、霍去病深入大漠,打败匈奴,建立河西四郡——武威、张掖、酒泉、敦煌。皇上要赐给霍去病将军豪华府邸,霍去病慨然道:"匈奴未灭,何以家为?"表现了古往今来华夏儿女渴望建功立业、保家卫国的英雄情怀。

2. 张掖

河西走廊的第二个重镇是张掖,古称"甘州",甘肃省之"甘"即由"甘州"之"甘"字而来;而"肃"由"肃州"(唐代时期,酒泉称肃州)而来。春秋战国时期,乌孙与月氏部族生活在这一地区,月氏把乌孙赶走,匈奴强大,又把月氏赶走,这里以及武威皆成为匈奴的辖地。黑水贯穿全境,黑水东、西由休屠王、浑邪王分领。霍去病攻下甘州之后,汉王朝将此地改为"张掖",即"张国臂掖,以威羌狄"①之意。

霍去病在攻下武威之后,继续向西"击匈奴,过居延,攻祁连山,得胡首虏三万余人,裨小王以下七十余人"②。

郭老师给我们讲:"这一带就是大月氏所居的敦煌祁连间,前面我们所去过的武威在焉支山。霍去病将军打败匈奴,匈奴悲歌道:'失我祁连山,使我六畜不蕃息;失我焉支山,使我嫁妇无颜色。'可以看出匈奴失去这一块水草丰美地方,是多么难过,也说明这里是适合人居之地。"

在县城中心看到那古色古香的鼓楼。张掖钟鼓楼,又称镇远楼、靖远楼,位于张掖市中心的东西南北四条大街交会之处,是河西走廊现存最大的鼓楼。我遥想这古代大漠的鼓楼,曾发出报警的鼓声,使人们心惊胆战;但也是报时的更鼓,它给沙漠中的旅人多少慰藉和温暖。

3. 酒泉

在酒泉,谁又能想象这瀚海黄沙中竟会神奇地出现那碧波荡漾、清澈见底的湖水。这湖水就是"酒泉"。相传汉将军霍去病将御赐美酒倒入湖中,让全体将士痛饮,故这眼泉又称酒泉。望着清冽的湖水,我想起了唐代诗人王翰充满了悲壮和愁怅的诗句《凉州词》:

---

① 郦道元:《水经注》卷二《河水二》,中华书局,1982,第 2908 页。
② 司马迁:《史记》卷一百十《匈奴列传》,中华书局,1982,第 2908 页。

葡萄美酒夜光杯,欲饮琵琶马上催。

醉卧沙场君莫笑,古来征战几人回?

唐代诗人王昌龄诗云:

秦时明月汉时关,万里长征人未还。

但使龙城飞将在,不教胡马度阴山。

这苍凉的、带有浓浓时代感的古诗,更使我们认识当年战争的残酷和人们的无奈与悲凉,也为我们描绘了塞外大漠那苍凉雄浑的景象和边境将士的英雄气概。

在这古代拼搏厮杀的战场上,多少征夫丁男,血洒大漠,留下了千古遗恨。正是这成千上万的白骨换来了封建王朝的繁荣与平安。

4. 嘉峪关

过了酒泉、玉门,就是万里长城的最西端嘉峪关。这是当时长安与西域联系的纽带,也是一处关隘。我登上了雄伟的嘉峪关城楼,望着蜿蜒万里的长城,那大漠的落日,如盖的苍穹,我似乎看到那"将军白发征夫泪"的凄凉,"无那金闺万里愁"的哀思,"不斩楼兰誓不还"的气概,"古来征战几人回"的悲叹。悲壮和哀愁在这古老的大漠中交织、回响。在嘉峪关市的一个小饭店里,我的心头涌起了"浊酒一杯家万里"的感慨,我想起了那个远在中原的家。

5. 敦煌

敦煌是河西四镇中最西的重镇。这里笔者认为有必要重点研究一下敦煌。

第十二章　随同先生考察大西北

敦煌,古称沙州;顾名思义,这是一个沙土的世界,到处是黄沙漫漫。但是与沙漠深处不同的是,在这广漠之中有神奇的水源,那是祁连山的雪水在流淌。有水源的地方,就有庄稼。在敦煌的田地边上,我怎么忽然觉得这里像我童年时期家乡开封的外婆家。外婆家在开封郊区,黄河的淤沙把开封变成一座沙城。小时候记忆中在外婆家田边瓜棚里吃西瓜,还有那沙地上绵延崎岖的小路怎么与这里所见相同呢?大概是因为同一条黄河所挟带的沙土形成的沙地和原野,才使我有这样的感觉吧。古籍记载:敦煌地生美瓜。美瓜,当是西瓜。开封的大西瓜也是很有名的,盛产西瓜,是沙地的特点。

《汉书·地理志下》"敦煌郡"条下注曰:"武帝后元年,分酒泉置正西关外有白龙堆,沙有蒲昌海。应劭曰:'敦,大也;煌,盛也。敦,音屯。'"

这次我们考察河西四镇,重点在敦煌。我们的目的,不仅考察这里的地理环境、山川形势、历史沿革、文化风俗,以及历史的遗物、遗存,更重要的是我们还要看莫高窟。

到敦煌莫高窟之后,郭老师先给我们讲了敦煌和莫高窟的历史。敦煌是汉武帝时期所建之县,是汉王朝向西通西域的必经之地,随着张骞通西域之后,敦煌成为繁华的重镇。

1600多年前的晋朝,大约是公元366年,一个名叫乐僔的和尚经过这里,在一片沙漠中忽然感悟,见到金光与千佛的幻象,于是在鸣沙山东麓的崖壁上开凿了第一个洞窟。以后经过南北朝、隋、唐、五代、宋、西夏、元、明、清历代开凿,现存的洞窟近五百个。洞窟内彩塑栩栩如生,壁画琳琅满目。

敦煌是一座历史文化名城。敦煌莫高窟,俗称千佛洞,与河南洛阳龙门石窟、大同云冈石窟,并称为三大石窟。唐武则天圣历元年(公元698年)陇右李氏重修莫高窟,曾篆刻碑文,给我们留下了莫高窟开凿的线索。

《李克让重修莫高窟佛龛碑》碑文云:

> 莫高窟者,厥初秦建元二年,有沙门乐僔,戒行清虚,执心恬静,尝杖锡林野,行止此山,忽见金光,状有千佛,遂架空凿口,造窟一龛。次有法良禅师,从东届此,又于僔师龛侧,更即营建。伽兰之起,滥觞于二僧。复有刺史建平公、东阳王等各修一大窟。

《李克让重修莫高窟佛龛碑》碑文告诉我们,十六国时期的僧人乐僔路经此山,忽见金光万道,如现万佛,认为佛祖现身,昭示该山有灵气。于是乐僔便在岩壁上开凿了第一个洞窟。之后,法良禅师又在此开凿洞窟,并将这里的洞窟称为"漠高窟"。"漠"与"莫"通假,亦称为"莫高窟"。

莫高窟有洞窟735个,壁画4.5万平方米,泥质彩塑2415尊,是世界现存规模最大、内容最丰富的佛教艺术圣地。1987年,莫高窟被列入《世界文化遗产名录》。

在莫高窟我们请讲解员给我们讲解,肃穆的佛像、飘舞的飞天、精美的壁画,庄严神秘,技艺精湛。壁画大的高达十二丈之巨,小的只有一尺或八寸。莫高窟稀世的艺术珍宝曾使多少学者、艺术家、画家魂牵梦绕,展示了我们民族文化的辉煌。我联想到,1941年3月,张大千带着他的妻子、次子长途跋涉到敦煌莫高窟中临摹壁画,孜孜不倦地工作了两年多,总共画成了276

件。张大千的工作态度是值得钦佩的。后来我也曾见到张大千临摹的敦煌壁画,确实临摹得漂亮。

当讲到莫高窟第 16 窟藏经洞时,讲解员说:这座 16 窟还发生过一件重大的事情。清光绪二十六年(公元 1900 年)敦煌的一个道士王圆箓在清理洞窟时无意中发现了震惊世界的藏经洞。藏经洞封存了晋至北宋时期(即 4 世纪—11 世纪初)的文献、绢画、纸画、法器等各类文物,约计 50000 件,5000 余种,其中 90% 是宗教文书;涉及我国各个方面的文献,以及科技知识、商业契约、借贷典当、账簿、户籍、信札等内容。这些皆是来自丝绸之路的中世纪珍宝。当时的英、法、日、俄等国人士接踵而至,从王圆箓道士手中巧取豪夺藏经洞中的大量文物。今敦煌文物分藏于英、法、俄、日等国的公私收藏机构。这个事情使我们义愤填膺。我们最后还是想到,这与我们国家当时的贫穷混乱、内战有关。文物的保护也需要一个强大国家作后盾,才能更好地保护自己国家的财富。

莫高窟的对面是三危山,这是帝舜"窜三苗于三危"之处。《史记·五帝本纪》记载:"迁三苗于三危,以变西戎。"《正义》引《括地志》云:"三危,俗亦名卑羽山;在沙州炖煌县东南三十里。"炖煌,即敦煌。有史记载在这里活动的人当是被中原部族打败驱赶到这里的蚩尤后裔三苗氏。三苗氏与当地的戎狄相融合,称为翟人。敦煌曾发现四五千年前的新石器时期的石、陶、铜器遗址,当是土著人与三苗氏的遗存。这里是氐羌、戎狄所居之处 。之后,大月氏曾经居于敦煌、祁连之间。三苗在这里与西部戎人融合,成为戎狄。

我们几个同学都是学历史的,对三危山都感兴趣。吃过晚饭,看着三危山很近,给郭老师说一声,就向三危山进发,想去三危山看看。山看着挺近,但是走起来还是很远的,这叫作"望山跑死马"。敦煌地处我国西部,晚上9点天还亮着。虽然天还亮着,但我们不敢再继续走了,怕在沙漠里迷路,特别又是在晚上,于是只好打道回府。

莫高窟在鸣沙山与三危山的之间,周围是一片广袤的沙漠,但是莫高窟却有一条银亮的溪泉。听当地人说,这是祁连山上的积雪在夏季融化而形成的。

莫高窟的月牙泉也是很神奇。在一片沙漠中间,却有一个形似月牙的泉水,也令前去参观考察的人赞慕不已。

五、考察阳关

阳关是丝绸之路南路必经的最西边的关隘,是中西交通的咽喉之地,位于敦煌市西南的古董滩附近。西汉在河西四郡之西,也就是在敦煌郡之西设置两个关口,即敦煌西南的阳关与敦煌西北的玉门关,皆是当时通西域的门户。

我们这次去了玉门市,没有去玉门关。但是在考察阳关之前,先了解了一下玉门关。

玉门关在敦煌西北约90公里,西距罗布泊约150公里,是通往西域各地的门户,又因为从这条路上运输西域的和田美玉,才得此名。玉门关遗址处于河西走廊最西端,疏勒河南岸,四境多戈壁、荒漠、草甸。遗址区有三处烽燧台:仓亭燧、显明燧、南三墩。玉门关的东部有疏勒河,是有水草的,而其西边是罗布泊。罗布泊是咸海,不长青草,是一片荒漠。

阳关在敦煌之南约60公里处,属于敦煌市管辖;是与玉门关相对的河西四郡的西南边门户,出阳关者为南道。离开阳关、玉门关就进入了戈壁大沙漠。我国历代王朝都把这里作为军事重地派兵把守。唐代高僧玄奘就是走丝路南道,东入阳关返回长安的。

说起阳关,都会想起王维的《渭城曲》:

渭城朝雨浥轻尘,客舍青青柳色新。

劝君更尽一杯酒,西出阳关无故人。

1983年从敦煌到阳关是没有路的,更没有车。我们一行租了个小面包汽车。从沙漠直接开过去。一路上只有一望无际的大沙漠。

到达阳关之后才发现,阳关早已圮废,现在这里只剩下一个汉代的烽燧台。我们登上这个烽燧台,很难想象这里原来是一个古关隘。既然是关口,应该有人烟吧,但我们四处远望,还是一片茫茫的沙漠。但是先生在烽燧台上捡到一个汉代的箭头。据司机说,这里经常暴露出大量汉代文物,如箭头、古币、石磨、陶蛊等。

先生说,他在50年代到安阳殷墟,每逢下过雨后,都能捡到几片甲骨卜辞。他捡到的甲骨片还被胡厚宣先生收在《甲骨文合集》中。胡厚宣先生在《甲骨文合集》的前言中还对先生表示感谢。先生这次捡到汉代箭头,而我们都没有捡到,说明先生做任何事都是非常细心稳重的。

站在阳关的烽燧台上,可以看到三四里之外的阳关镇。那里有人家,有泉水,有绿树,是一个乡镇。诗人的诗在描写地理面貌方面,都具有真实性。王维的《渭城曲》就没有写"春风不度阳关镇",只说"西出阳关无故人"。

据说,阳关镇是一个盛产葡萄、鳟鱼之地,也是一个旅游胜地。但是当时我们主要是去看阳关,没有去看阳关镇,现在想起来还是很遗憾的。

大西北之行,我们一共用了将近50天时间,考察了汉长安城遗址、周原、河西四郡,又越过富庶的河套地区,到宁夏银川参观了宁夏博物馆,考察距今1600年南北朝时期所建的海宝塔寺;在内蒙古呼和浩特我们看了内蒙古博物馆和王昭君墓;在山西大同我们考察了云冈石窟、法华寺,体验了边塞内外不同的风情和形势;在太原我们参观山西博物馆,又到山西侯马参观考察等。这次大西北的考察使我们对周文化、秦文化、汉文化、晋文化、西夏文化,以及河西地区的地理风貌、风俗人情都有了较为深刻的认识,增强了实感。

第十三章　东风化雨谱新篇

粉碎"四人帮"后,先生心情愉快,辛勤治史,连续发表学术论文。先生以他深厚的学术功底发前人所未发,并在很多地方纠正了历史上和时人的错误认识。如先生提出,周人经营江汉是自周昭王始。先生认为,《诗经·国风》言情诗篇是描写贵族"国人"生活的,而不是描写庶人、"野人"生活的。贵族和庶人的婚姻嫁娶是完全不同的。先生认为,秦汉的政治、经济制度和为它服务的法治思想起源于春秋时期的晋国,它是由晋国的灭公族与军功任官、军功赏田发展而来的。先生认为,秦末社会有两种矛盾,秦王朝的残暴统治与人民群众之间的矛盾,是主要矛盾;还有秦统一国家与六国复国势力的矛盾。秦王朝的灭亡主要来自这两种力量。先生答疑《光明日报》记者而作《名田解》。先生在很多问题上提出自己的观点。这些观点在当时真是如同拨云见日,为研究先秦史指明了一个新的方向,对先秦史的研究有了新的认识。

一、周人经营江汉是自昭王始

1980 年,先生发表《文王化行南国与周人经营江汉》(《河南师大学报》1980 年第 2 期)。在这篇文章中,先生对历史上传统观点提出了疑问,表达了自己的看法,并用充足翔实的史料证明自己的观点。

历史上传统观点认为,西周文王时期,周人的实力已经达到江汉流域,即周文王已经德化南国。"文王化行南国"的说法始自《诗序》。《诗序》的作者或认为是子夏,或认为是卫宏;也有说《诗大序》系子夏所著,《诗小序》系卫宏所著。但是周文王之德已经影响到南国,是从《诗序》开始。

《诗序》云:

《周南》《召南》,正始之道,王化之基。

《汉广》,德广所及也。文王之道,被于南国,美化行乎江汉之域,无思犯礼,求而不可得也。

《汝坟》,道化行也。文王之化,行乎汝坟之国,妇人能闵其君子,犹勉之以正也。

《甘棠》,美召伯也。召伯之教,明于南国。

《羔羊》《鹊巢》之功致也。召南之国,化文王之政,在位皆节俭正直,德如羔羊也。

《摽有梅》,男女及时也。召南之国被文王之化,男女得以及时也。

东汉郑玄的《毛诗谱》在《诗序》之后,也认同"文王化行南国"的说法。

郑玄在《毛诗谱·周南·召南谱》中说:

王季为西伯至纣,又命文王典治南国江、汉、汝旁之诸侯……其得圣人之化者,谓之《周南》,得贤人之化者谓之《召南》,言二公之德教,自岐而行于南国。

郑玄认为《诗经·国风》中《周南》《召南》二篇是周文王化

行南国的诗章。郑玄是东汉时期研究先秦文化的大家,历代学者从其说,如孔颖达《诗经·国风·周南》疏云:"南者,言此文王之化,自北土而行于南方故也。"

先生在《文王化行南国与周人经营江汉》一篇中用丰富的史料,以及新出土的金文材料指出:

> 终文王之世,史书不言周人势力越出岐丰之地而远达秦岭以南的江汉流域。且当时周人之大敌是东方商朝,而其主攻面不是南方小国。庸、蜀、彭、濮和周发生军事联盟关系,盖出于武王灭商的需要,对南方邻邦采取联合团结的政策。

周人势力之达于江汉,是在武王灭商、周朝建立之后,逐步从事对南国经营的……(周王室)詹桓伯说:"及武王克商……巴、濮、楚、邓,吾南土也。"巴在今湖北汉水东岸,邓即今河南邓州,楚、濮在湖北汉水西岸。江汉地区所谓南国并未纳入周人政治势力之直辖范围。不可能在灭商之前,文王之政教就化行南国。

先生认为:

> 周人经营江汉,疆理南国,是从周昭王开始。新出土的《史墙盘》铭文,在叙述周初文、武、成、康、昭、穆诸王的重要功绩时,把昭王伐楚,"𥊽(弘)鲁邵(昭)王,广骸(能)楚刑(荆),佳(唯)寏(狩)南行",作为西周初年的重大事件。说明昭王以前周人未尝从事于南国的经营,而周人经营南国江汉地区,正是从周昭王的南征荆楚开始的。

昭王南征,声威所到,东夷、南夷二十六邦君主具来朝见。

但是回师的途中,涉汉水,船舶坏,昭王及蔡公陨于汉水,六师皆丧。昭王之前,周人未尝从事于南国的经营。周人经营南国江汉地区,是从周昭王南伐荆楚开始的。

周宣王时期,又征伐荆楚,《诗经·小雅·召昊》篇说"昔先王受命,有如召公,日辟国百里",征服南国把疆土扩展到南海(云梦地区),还把南国之东的淮夷、徐戎也征服了。[①]

虽然周公、成王时期曾经东征东夷、淮夷,南淮夷也涉及了,但是从以后的史籍记载来看,西周王朝只控制东夷地区,南淮夷可能很快又失去了。直至周宣王时期,对荆楚设立了"汉阳诸姬"的防线,南国与淮夷才纳入西周王朝的势力范围。

先生说:

> 《诗经·周南·召南》的诗篇,可能是来自南国地区。这些诗篇的时代,不能超过周宣王以前。《周南》《召南》诗篇的编辑,亦必在南国踪迹泯没之后,因而才采用《周南》《召南》这个体裁不切,界域涵糊(含糊)的名称。诗篇的作者,也决没有沾濡到文王之化、后妃之德、召公(奭)之政。毛诗序所以那样说,正由误以二南为文王时诗,误以南国为周的统治基地,而曲为解释罢了。

先生的学术观点在"四人帮"刚刚粉碎之后,对于研究西周王朝的历史具有创新的、指导性的意义。

[①] 郭人民:《文王化行南国与周人经营江汉》,《河南师大学报》1980年第2期。

二、西周贵族婚俗与庶人婚俗的不同

《诗经》共收集西周至春秋时期的诗歌305首,而记述爱情的诗歌就有78篇,占《诗经》总篇数的四分之一。其中《小雅》6篇,《国风》72篇(占《国风》总篇数的近二分之一)。这些诗篇都写得很坦率、真挚,能够表达出男女各种不同的形象,反映出社会上的各种矛盾。

《诗经》言情诗的数量之大,很早就引起人们的注意。历代封建王朝的学者,对这些诗进行美化,如南宋朱熹在《诗经集传》中解释《周南》云:"'窈窕淑女,君子好逑',言能致其贞淑、不贰,其操情欲之感,无介乎容仪宴私之意,不形乎动静。夫然后可以配至尊而为宗庙主,此纲纪之首、王化之端也。"朱熹把这首《周南》言情诗提高到"纲纪之首、王化之端",可以"配至尊而为宗庙主"的高度。而如《陈风·株林》等诗篇,就说是"刺"陈灵公了。

先生认为,封建王朝时期文人的看法可以说是有历史的局限性,而近代的一些学者则以自由主义原则,把《诗经》言情诗说成是"自由恋爱",在观点上和方法上抹杀了作品的时代特征,不分析它的历史背景和内容,从而模糊这些诗篇的本质,从只言片语上看到有关男女爱情的字眼,就倍加称赞,说它是劳动人民的恋爱,具有纯洁、健康的性质,热爱生活的积极意义,等等。

先生于1979年在开封师范学院学报发表《从西周春秋时代的家庭婚姻制度说〈诗经·国风〉言情诗的性质》一文,从西周、春秋时期的家庭婚姻制度去研究《诗经·国风》言情诗的性质，提出了自己独到的见解。

先生在这篇文章中指出，中国先秦时期贵族的婚姻、家庭与庶人是不一样的。

先秦时期，贵族们的家庭称为"室"。这个"室"，是包括妻、妾、子女及私有财产在内的宗法制家庭。妻妾子女不能有私产、私畜、私器。"室"是建立在财产私有和丈夫支配权之上的，是构成都、国、乡、遂的基本单位。天子称"王室"，诸侯称"公室"，卿大夫称"室"或"家"。由此看来，"士"以上的贵族家庭皆可称"室"。《左传》桓公十八年，申繻称"女有家，男有室"。

是时，贵族的婚姻目的是继宗嗣，繁子孙，承爵位，袭财产。为此贵族一娶多女，所以媵妾制比较盛行。贵族们婚嫁时，照例有许多媵女跟随。妾制通行于各级贵族中。这些媵妾，多是正式出嫁人的姊妹或侄女，也有出嫁人的奴婢等。一夫多妻制是富人和显贵人物的特权，周代宗法家长制的家庭正是属于这种类型。多妻的媵妾制不惟天子诸侯是这样，卿大夫也是如此，即贵族最下层的士也可以有一妻一妾。这种一聘九女的一夫多妻现象，是贵族在"重继嗣"的礼制原则下实现的。

周代贵族婚嫁有严格的礼制。《诗经·齐风》云："娶妻如之何，必告父母……娶妻如之何，非媒不得。"《礼记·昏义》也记载"父母之命，媒妁之言"以及纳采、问名、纳吉、纳徵、请期、亲迎六个程序。《周礼·媒氏疏》云："昏有六礼，通于尊卑，媒妁通辞。"这里的尊卑，指的是天子、诸侯、卿大夫、士、贵族阶级中的尊卑，不包括庶人在内。《礼记·祭统》曰："礼始于冠，本于昏。"礼是婚姻的根本,是别男女、正夫妇、定人道的准则。如果不按礼制进行,则婚姻不正,伦常不修,夫妇之道不通。违礼,就等于失去了政治道德原则,背叛了宗法伦常关系,"则父母国人皆得而贱之"。

先生说:

> 这六十八篇言情诗中,除已婚夫妇离别相思的诗、弃妇诗、婚姻诗二十八篇外,其不经媒妁通辞、不遵六礼、私相爱慕,所谓"淫奔私约"的诗,共四十篇。其中能反映出贵族身份的十七篇,发生在都城附近的十二篇。这二十九篇,我判断它是出自都城贵族家庭的,余十一篇不能得出其阶级属性。

《诗经》中《国风》之"国",是指的国和都,它不包括鄙野,说明这些诗的作者是"国人",而不是"野人"。从诗篇中所记附的地址来看,多是发生在国都的城阙和国都周围的河、流、丘、池附近。国和都是贵族和平民居住的区域,说明这些诗不是写"野人"生活的。[①]

庶人、野人皆是一夫一妻制的婚姻,所以庶人被称为匹夫匹妇。《白虎通·议爵篇》载:"庶人称为匹夫者何?匹,偶也,与其妻为偶,阴阳相成之义也。"庶人婚姻的目的是服从贵族剥削,为统治阶级生产被剥削的下一代。庶人婚姻无六礼之限,因为"礼不下庶人"。庶人的聘娶方式、婚姻年龄、嫁娶季节等,都被

---

① 郭人民:《从西周春秋时代的家庭婚姻制度说〈诗经·国风〉言情诗的性质》,开封师院学报1979年第4期。

统治阶级纳于政刑范围内,而明令作出规定。在聘娶方式上,《周礼·媒氏》曰"凡嫁子娶妻入币纯帛无过五两。禁迁葬者与嫁殇者……其附于刑者归之于士",又说"中春之月,令会男女,于是时也,奔者不禁"。

在嫁娶年龄上,《周礼·媒氏》曰"媒氏掌万民之判……令男三十而娶,女二十而嫁……若无故而不用令者罚之"。在嫁娶季节上,《周礼》以为在仲春之月。《管子·幼官篇》以为嫁娶在秋冬。《荀子》以为始于霜降,终于季春。孙诒让注《周礼》谓:"荀卿所说始于季秋,杀(减少)于中春者,盖谓齐民之家,及时趋暇,大略如是……《夏小正》及《周官》所说,亦因时已近夏,民间昏事渐杀,故令其及时成礼。其士以上无农事之限,则婚娶卜吉通于四时,既非限于中春,亦不必在秋冬。"

先生认为,《周礼·媒氏》所说的大概娶妻方式、嫁娶年龄、嫁娶季节,才是为庶人娶妻而设计的。

庶人的聘娶方式可以"奔着不禁",年龄可以男三十、女二十,季节应在秋冬,就是农闲时节。而"士以上无农事之限",可以在任何季节嫁娶。

贵族则非如此。《礼记·曲礼上》云:"男子二十,冠而字。"《礼记·内则》云:"(女子)十有五年而笄,二十而嫁;有故二十三年而嫁,聘则为妻,奔则为妾。"有的贵族男子为了早些继宗嗣,繁子孙,承爵位,袭财产,十几岁就加冠婚娶,贵族女子出嫁也早。

贵族和庶人的婚姻嫁娶是完全不同的。《诗经·国风》言情诗是描写贵族的婚姻嫁娶情况。

第十三章 东风化雨谱新篇

《国风》言情诗篇是描写贵族"国人"的生活而不是描写庶人、"野人"生活的。因此这些诗篇记述的当事人,多出自中下层贵族的家庭,在男的一方"士"是主角,女的一方"淑姬""庶姜"是主角。

周代财产私有制度下,即《诗经·国风》时代,男子是家庭的统治者,女人没有经济地位,女人是被当作附属品隶属于男子的。

先生说:"如果说这些诗篇还有一点人民性的话,诗篇所记述的男女在行为上对于贵族的礼制、对宗法家长制有所破坏与反抗。有些诗是对兵役和战争的控诉,对上等贵族及王命压迫的不满,曲折地反映了当时庶人劳动阶级的思想和愿望。其所以能有这些积极因素,是因为这些事迹是出自当时的下层贵族,而这些人一方面也受上等贵族压抑,另一方面,又比较地接近于劳动阶级的庶人,又具有反抗上层统治者的政治地位,才能表现出这点进步意义来。"①

先生的这篇学术论文从西周、春秋时期的家庭婚姻制度,去研究《诗经·国风》言情诗的性质,认为西周、春秋时期贵族与庶人的家庭婚姻制度有完全不同的思想理念、背景、内容、形式等,说明《诗经·国风》言情诗是描写贵族婚姻嫁娶的诗篇。但是这些言情诗多来自下层贵族,反映他们对上层贵族的不满,以及对某些限制他们的礼制的反抗,有一定的进步意义和社会

---

① 郭人民:《从西周春秋时代的家庭婚姻制度说〈诗经·国风〉言情诗的性质》,开封师院学报 1979 年 4 期。

意义。

先生的这篇论文是最早关注《诗经·国风》言情诗的学术作品,也是最早提出古籍记载的周代贵族与庶人的家庭婚姻制度具有完全不同性质,《诗经·国风》言情诗是描写贵族婚姻嫁娶的诗篇的学术观点。先生的这些学术论点和思想开时代之先,是具有创新性质的学术思想。

三、晋国尊贤尚功是秦汉制度的渊源

我国古代史书上曾经认为秦朝的政治制度,废分封为郡县制度、尚功尚贤制度、三公九卿的官制等,皆是秦始皇时期所创建的。《汉书·地理志》云:"秦遂并兼四海,以为周制微弱,终为诸侯所丧,故不立尺土之封,分天下为郡县;荡灭前圣之苗裔,靡有孑遗者矣。"后代以及时人也有类似说法。

先生说:"当前一些大学、中学的历史教科书中,在叙述秦汉的政治制度和经济制度时,还以为秦汉时期的政治、经济制度,都是秦始皇一个人所创建的。其实,这是不对的。这样做,就会割断历史。这是形而上学思想方法和英雄史观在历史研究领域中的反映。"[①]这些都说明在上个世纪 80 年代初,这种说法在"一些大学、中学的历史教科书中",还是很盛行的。当然现在的教科书上可能不会这么说了,但是我们七七级学生在大学读书时候,当时的教材还是这样写的。先生在这篇文章中对这些观点进行了驳正。

---

① 郭人民:《秦汉制度渊源初论》,《河南师大学报》1981 年第 4 期。

1981年，先生在《河南师大学报》1981年第2期发表《秦汉制度渊源初论》。

在这篇文章中先生说：

> 历史上一切制度的产生和建立，都不是一朝一夕完成的，各有其发生、发展和形成的过程。在这个过程中，某个帝王将相或英雄人物会起一定作用的，但不能抛开这些制度发生、发展所依赖的生产斗争和政治斗争的社会历史条件，而归之于某些个人的发明创造。秦汉时期的政治、经济制度的形成和建立也是这样。秦汉时期的政治、经济制度，主要来源于春秋时的晋国，中经战国的总结、提高，到秦统一后，经过四百多年的发展过程，才成为固定的制度确立下来。①

先生指出，秦汉制度的渊源最初来自春秋时期的晋国。晋国是周成王弟弟唐叔虞的封国。春秋初年，晋国发生了"曲沃代翼"事件。翼，是晋国的国都。曲沃，是晋文侯弟弟桓叔的封邑。

曲沃桓叔一支经过了三代63年，到曲沃武公时期，终于灭掉了晋国的公室，成为晋国的正宗国君。《史记·晋世家》云："昭侯元年，封文侯弟成师于曲沃。曲沃邑大于翼。翼，晋君都邑也。成师封曲沃，号为桓叔，靖侯庶孙栾宾相桓叔。桓叔是时年五十八矣，好德，晋国之众皆附焉。"桓叔58岁，有经验，有军功，有谋略，在政治舞台上，他以施德的方式，使"晋国之众皆附焉"，得到晋国民众的支持。桓叔的势力逐渐大于国君，于是桓

---

① 郭人民：《秦汉制度渊源初论》，《河南师大学报》1981年第4期。

叔产生了代翼的觊觎。

从桓叔始封曲沃,经桓叔、庄伯、武公三代63年,晋国公室经过6个国君:昭侯、孝侯、鄂侯、哀侯、小子侯、晋侯缗;除鄂侯即位6年死去,曲沃一支灭掉晋国5个国君,于是晋武公列为诸侯。曲沃武公终于以旁系庶支灭掉正宗,成为晋国的君主。是时,晋国大权尽归曲沃武公。公元前679年,曲沃武公以其宝器献东周王室,贿赂了周釐王。周釐王命曲沃武公为晋君,是为晋武公,拥有晋国。

晋武公即位晋君以后两年多死去,其子诡诸即位,是为晋献公(前676年—前651年),是曲沃代翼以后的第二代国君。晋献公亲眼看到公室旁系庶族力量强大之后,威胁国君并取而代之的可怕后果。为了不使庶族代替正宗的事件重演,晋献公采纳晋大夫士蒍的计策,蓄意削弱或灭掉公室的同宗大族。《左传·庄公二十五年》记载:"晋士蒍使群公子尽杀游氏之族,乃城聚而处之。冬,晋侯围聚,尽杀群公子。"晋国通过"灭公族""尽灭群公子",以此加强国君的权力。

《左传·宣公二年》云:"骊姬之乱,诅无畜群公子,自是晋无公族。"

从此以后,历整个春秋时期,晋国的公子、公孙基本上无受封者,亦无在国内任官当政者。《国语·晋语一》载骊姬语:"自桓叔以来,孰能爱亲。唯无亲,故能兼翼。"晋国的公子,除太子即位国君外,其他诸公子多流离他国。只有在国君死后,没有太子即位时,才从其他诸侯国迎回立为国君。如公元前607年,晋灵公被弑,晋国无君。《史记·晋世家》记载:"迎(晋)襄公弟黑臀于周而立之,是为成公。"

春秋初年,晋国废弃了近亲血缘贵族把持政权的传统,废除了亲亲尚恩的世袭制度,从而消除了对公室的威胁和牵制,也杜绝了国君权力旁落在其他公室大族的可能性。这对自西周以来的"亲亲尊尊"的世袭制度是一个重大的打击。这种状况消弭了公室公子对晋君权力的威胁,建立起尊贤尚功、军功任官的用人制度和赏罚分明的法制路线。这是春秋时期晋国加强君权的重要措施,也是后代官僚任免制度的起源。

先生说:

> 晋国在消灭公族、废除宗法分封的同时,在政治和军事的管理上,实行了择贤举能、论功行赏的办法任用官吏,建立起尊贤尚功的用人制度。晋献公以赵夙、毕万有辅佐他灭耿、灭霍、灭魏之功,赏赐给他们耿、魏以为大夫;以士𫇭有消灭公族之功,任为大司空;以荀息有灭虢、灭虞之功,任为太傅。晋文公以赵衰有佐命之功,任为原大夫;以郤縠有迎立之功,举为中军元帅。晋襄公以胥臣举郤缺作中军元帅打败白狄之功,赏以"先茅之县"。晋景公以荀林父有打败赤狄、灭潞之功,赏他以"狄臣千室"……又以士会有"宣法以定晋国"之功,"命士会将中军""且为太傅"。春秋时晋的中军元帅是执掌军政大权的上卿,从晋文公任用郤縠开始,一直到春秋末年,晋国的中军元帅无一人是公族担当,都是以才能高低,军功大小任免的。[①]

---

① 郭人民:《秦汉制度渊源初论》,《河南师大学报》1981 年第 4 期。

先生认为,此后晋国推行军功赏田、"作爰田"、"作州兵",打破了井田制的缺口,消弭"国人""野人"的界限,扩大了军队的基础和来源。在废除贵族分封,推行军功任官、军功赏田的过程中,促使了国家体制的改变、郡县制的产生、官僚制度的出现。

战国初年,李悝在三晋之一的魏国进行变法,实际是在晋国的基础上提出"为国之道,食有劳而禄有功,使有能而赏必行,罚必当""夺淫民之禄,以来四方之士"的国策。在此基础上,李悝著《法经》,是维护王权的第一部比较完整的成文法典。

商鞅曾在魏国的相公叔痤门下为中庶子,对魏国李悝改革变法非常熟悉。商鞅在秦国的变法是在李悝变法的基础上进行的。如商鞅变法中的军功爵制、废井田、开阡陌的制度,郡县制度等。李悝变法以及李悝著《法经》,皆由商鞅传到秦,是我国后世封建法典的蓝本。

秦始皇统一中国之后,把商鞅变法的各种制度进一步系统化,作为国家的制度固定下来,并使之强化。秦国政治制度渊源的主流来自晋国"灭公族"、尊贤尚功制。

先生说:"秦汉的政治、经济制度和为它服务的法治思想起源于春秋时期的晋国,它是由晋国的灭公族与军功任官、军功赏田发展来的。战国初年在三晋地区的继续贯彻和推行,又经过吴起、商鞅的总结和提高,通过商鞅变法把它作为制度在秦国正式确定下来;秦始皇统一六国后,又把它作为统一制度推广到全国范围里。汉承秦制,循而未改。这就是秦汉制度发生、发展和确立的历史过程。"①

先生的这些观点,在当时真是如同拨云见日,为研究先秦史指明了一个新的方向,使同学们对于先秦史的研究有了新的认识。

先生的这篇文章题目是《秦汉制度渊源初论》。先生曾经给我们讲过,他认为,秦汉制度渊源于晋国的废除亲亲尚恩的尊贤尚功制度,楚国的王子犯法、刑之无赦的严刑峻法,齐国的尊贤尚功制度等。就我们所知,先生准备写"秦汉制度渊源再论""秦汉制度渊源三论"。遗憾的是,这些学术思想学术观点尚未来得及整理成文。培养学生的工作占用了他大部分时间,先生本来应该有更多的著作问世,但是都没有来得及完成,便溘然长逝了。

四、使秦王朝灭亡的有两种势力

秦始皇统一中国而成为"千古一帝",近代史学充分肯定了秦始皇的历史功绩。但是秦始皇的暴政自古至今却是众口一词,没有任何疑义;正因为秦的暴政,秦王朝又被称为"暴秦",因而秦王朝成为一个短命王朝。

秦王朝的"暴政"引起了农民起义。陈胜、吴广振臂一呼,揭竿而起,全国影从,秦王朝在农民起义的巨大浪潮的冲击下,迅速地土崩瓦解,从而灭亡。贾谊《过秦论》说:

> 然陈涉瓮牖绳枢之子,氓隶之人而迁徙之徒也,才能不

---

① 郭人民:《秦汉制度渊源初论》,《河南师大学报》1981年第4期。

及中庸,非有仲尼、墨翟之贤,陶朱、猗顿之富,蹑足行伍之间,而倔起阡陌之中,率疲散之卒,将数百之众,转而攻秦,斩木为兵,揭竿为旗。天下云集响应,赢粮而景从。山东豪俊遂并起而亡秦族矣。且夫天下非小弱也,雍州之地、崤函之固自若也;陈涉之位,非尊于齐、楚、燕、赵、韩、魏、宋、卫、中山之君也;锄、耰、棘、矜,非铦于钩戟长铩也;谪戍之众,非抗于九国之师也;深谋远虑,行军用兵之道,非及曩时之士也;然而成败异变,功业相反,何也?试使山东之国与陈涉度长絜大,比权量力,则不可同年而语矣。然秦以区区之地,致万乘之势,序八州而朝同列,百有余年矣。然后以六合为家,殽函为宫,一夫作难,而七庙隳;身死人手,为天下笑者,何也?仁义不施而攻守之势异也!…………

故秦之盛也,繁法严刑而天下震;及其衰也,百姓怨而海内叛矣。故周王序得其道,千余载不绝;秦本末并失,故不能长。由是观之,安危之统相去远矣。

先生认为,很多论著及教科书皆认为秦王朝的暴政使得"一夫作难,而七庙隳;身死人手,为天下笑"。贾谊的观点在历史上影响太大了。

1982年,先生在《河南师大学报》1982年第3期发表了《陈涉起义和六国的复国斗争》一文。文中,先生实事求是地提出,以前每提及秦王朝灭亡时,说得最多的原因就是秦王朝的暴政,引起了秦末农民大起义,从而使秦王朝迅速地崩溃灭亡。这也确实是历史的事实。

先生说:

第十三章 东风化雨谱新篇

秦朝政权的复亡,不单是陈涉所领导的农民起义的力量推翻的,其中还有六国复国势力这个历史因素的作用,也不应当忽视。因为陈涉所领导的农民起义仅存在半年的时间就被秦朝政府军镇压下去了,在此后的两年当中,是六国复国势力对秦王朝的反抗斗争,经过定陶、巨鹿等大型的决战,摧毁了秦朝的军事实力之后才把秦政权推翻的。所以把秦朝复灭的历史,单纯地看作是农民起义的历史,是不够全面的。实际上,六国复国势力的反秦斗争,是当时历史的一个重要因素,这是客观存在的事实,是无法否定的。司马迁在写《史记》时,对秦朝灭亡的历史过程,早已作了概括的说明:"初作难,发于陈涉;虐戾灭秦,自项氏;拨乱诛暴,平定海内,卒践帝祚,成于汉家。"而他所说灭秦的项氏,正是项梁、项羽所领导的六国复国势力。因此,在讲到秦朝灭亡的历史时,不仅应把陈涉所领导的农民起义功绩列为首位,也应该把六国的复国斗争作为重要的历史因素。①

先生认为,在秦始皇剪灭六国过程中,各国反秦复国的斗争也就开始了。齐国即墨大夫和雍门司马入见齐王曰:"齐地方数千里,带甲数百万。夫三晋大夫,皆不便秦,而在阿、鄄之间者百数。王收而与之百万之众,使收三晋之故地,即临晋之关可以入矣;鄢郢大夫不欲为秦,而在城南下者百数,王收而与之百万之师,使收楚故地,即武关可以入矣。如此,则齐威可立,秦国

---

① 郭人民:《陈涉起义和六国的复国斗争》,《河南师大学报》1982年第3期。

可亡。"①

是时,张良在韩国灭亡后,散家财以求刺客刺杀秦王,为韩报仇;狙击秦始皇于阳武博浪沙中。失败后变更姓名亡匿下邳,并聚少年百余人以反秦。大梁人张耳、陈餘在魏国灭亡后,乃变名姓逃亡至陈为里监门以隐藏。陈涉起义时,张耳、陈餘建议陈涉立六国后。项梁、项籍在楚灭亡后,逃到吴中,闻陈涉起义,项梁遂杀会稽守,举吴中兵以反秦。六国支流余裔,在不同的地方隐藏,用各种方式进行反秦复国的活动。

先生认为,秦王朝统一后,社会上存在两种矛盾。秦王朝的残暴统治与人民群众之间的矛盾,这是社会的主要矛盾。还有一个重要的矛盾就是秦统一国家与六国复国势力的矛盾。但是秦统一后,只注意到秦与六国复国势力的矛盾,没有注意秦王朝与人民群众之间的矛盾,对人民进行残暴的剥削;于是秦王朝与人民群众之间的矛盾迅速激化,引起了秦末农民大起义。

秦王朝人民和秦朝政权之间这个社会基本矛盾的爆发,使秦朝统治集团削弱了镇压复国势力,处理主要社会矛盾的力量,又给六国复国势力的反秦斗争开辟了道路。在陈涉起义之前,那些复国的孤臣孽子,慑于秦朝的威力,不敢公开发难,有的变名改姓逃亡异乡,暗中作祸;有的含垢忍辱藏在民间,伺机而动。当陈涉奋臂一呼,为天下倡,打开了秦王朝统治的缺口,戳破了秦王朝强大的威颜,他们便乘势而出。楚国的项梁、项籍,齐国的田儋、田荣,韩国的张良,魏国的周市,赵国的张耳,燕国的故

---

① 《战国策》卷十三《齐策六》,上海古籍出版社,1985,第474页。

贵人等立刻出山,借助于农民起义的名号,打着反秦的旗子,实际上是利用农民起义的力量和反秦的有利时机,实现其复国的目的。如燕贵人豪杰谓韩方曰:"楚赵皆已立王。燕虽小,亦万乘之国,郾将军立为王。"①

先生说:"两种不同类项的矛盾,爆发在秦王朝同一的政治领域,两种斗争目的不同的势力,扭结于反秦的同一目标,表现两种矛盾的历史现象又错综交织,而两种不同性质的斗争,也就难乎免于被人模糊而无从区分了。"②

秦末农民起义在客观上又为六国复国势力的复活提供了可能,于是六国复国势力乘机而起。在陈涉起义失败后,是六国复国势力推翻了秦王朝。《史记·刘敬列传》说:"夫诸侯初起时,非齐诸田、楚昭、屈、景,莫能兴。"

先生说:

> 陈涉起义军被镇压之后,真正摧毁秦朝军事实力,使统一政权土崩瓦解的,也正是齐的诸田,楚的昭、屈、景以及韩、赵、魏的后人所组织的复国力量使然。因此,确定它是六国的复国战争,也是符合历史实际的。
>
> 这样说,是否会抹杀农民起义对历史发展的推动作用,抬高反动落后集团的历史地位呢?绝不是这样……
>
> 如果不这样看,不把六国复国斗争视为秦朝灭亡的一个历史因素,则汉初轻徭薄赋政策的施行,社会经济的繁荣

---

① 《汉书》卷三十一《陈胜项籍列传》补注,清光绪刻本,1714页。
② 郭人民:《陈涉起义和六国的复国斗争》,《河南师大学报》1982年第3期。

发展,就找不到根源;而西汉异姓王、同姓王的分封和郡国并存的政治不安局面,就成为孤立的、偶然的,不可理解的历史现象了。①

先生这些观点是当时史学界所忽视的,或者还没有来得及进行研究;但是先生凭着深厚的历史文献功底早就看出来了,只是他当时没有机会进行研究,更无法发表。先生对秦末存在的两种反秦势力的分析、对农民起义和汉初政治局面的阐述,其观点是正确的、深刻的,是历史唯物主义的。他用更明晰高远的视野为史学研究指明一个新的方向。

五、答疑《光明日报》记者而作《名田解》

先生学问渊博,他能够随时解答别人提出的问题。有人说,能经得起问的人才是真正地有学问。先生就是河南大学能够经得起别人问,也可以说是"问不倒"的教授。

1982年,先生到外地参加学术研讨会,遇见《光明日报》的一位记者。这位记者曾经看过研究汉代土地制度的书上写有"名田制"一词,但是这本书的作者并没有解释清楚什么是"名田制"。记者来到学术会议上向学者们请教"名田"问题。那位记者连着问了几个人,也许是"四人帮"刚刚被粉碎,大家多年不搞学问的缘故,那些人都回答得似是而非,解释不清。

这位记者又向先生请教什么是"名田",先生马上对《光明

---

① 郭人民:《陈涉起义和六国的复国斗争》,《河南师大学报》1982年第3期。

日报》那位记者说:"名田,就是占田,就是记在某一个人名下的田地。"先生就像平时对学生一样向记者讲了什么是名田,名田制从什么时候开始实行,名田的实施对社会发展有什么意义,等等。一时间那个记者对这位学问渊博的睿智教授佩服之至,并对先生说:"郭老师,您把这个关于'名田'的问题写一下吧,我给您发在《光明日报》史学版上。"这就是先生在《光明日报》1982年271期史学版发表《名田解》的缘由。

先生在《名田解》中首先解释什么是"名田"。

先生说:"《汉书·食货志》颜师古注云:'名田,占田也。各为立限,不使富者过剩,则贫弱之家可足也。'孟康《汉书·王嘉传》注曰:'自公卿以下至于吏民名曰均田,皆有顷数,于品制中令均等。'由以上记述可知,'名田'就是按照国家政府规定的爵位贵贱、品级高低占有不等量的土地,是秦汉时期的一种土地占有制。"秦汉史书上经常出现的跟"名田"有关的表述还有"名田宅""限民名田""吏民名田""诸侯王、列侯名田""商人不得名田"等。

先生指出,"名田"作为一种土地占有制度当始于商鞅变法时期。《史记·商君列传》记载:"宗室非有军功论,不得为属籍;明尊卑、爵秩、等级,各以差次名田宅、臣妾、衣服以家次。有功者显荣,无功者虽富无所芬华。"

《商君书·境内》云:"四境之内,丈夫女子,皆有名于上,生者著,死者削。"《商君书·来民》云:"上无通名,下无田宅。"也就是说,民有名籍在政府之册者,可以占有100亩土地;民无名籍在政府之册者,不可以占有100亩土地。活着的人,可以得到土地；死后将土地还给政府。政府授予民众土地，也按照名籍征收土地税、人头税等。

《商君书·境内》又云："能得甲首一者，赏爵一级，益田一顷，益宅九亩，除庶子一人。"这就是商鞅制定的军功爵制，如果在战争中砍掉一个敌人的头，可以得到一级爵位，增加一顷田地，扩大宅子9亩，并且可以让一个没有爵位的人为他私家服务。

先生说："商鞅变法时所建立的'名田制'，在秦统一六国之前后都是已经实行了的。秦灭亡之后，汉承秦制，继续实行。西汉的开国皇帝刘邦就是'名田制'的积极推行者。"[1]《汉书·高帝纪下》云："民前或相聚保山泽，不书名数。今天下已定，令各归其县，复故爵田宅。""诸侯子及从军归者甚多高爵，吾数诏吏先与田宅及所当求，于吏者亟与爵。"西汉对于帮自己打天下的功臣，也实行按名分爵位占有土地多少的"名田制"。当然，后来强宗豪右占田逾制，汉武帝时，董仲舒曾提出"限民名田"，说明名田逾制已经是非常严重了。

战国时期，商鞅变法"废井田，开阡陌"，是废止定期交换的土地占有形式；而实行"名田制"，是对土地占有形式的改革，使土地私有向前大大迈进一步。"名田制"是从土地国有向土地私有的过渡形式。

先生说：

> 董仲舒曾经攻击商鞅"废井田，民得买卖。富者田连阡

---

[1] 郭人民：《安贞史论集》，河南大学出版社，1993，《编后记》第99页。

陌,贫者无立锥之地"。有人误解为"名田制"是土地自由买卖制。其实"名田制"仅仅规定爵位高者可以多占有土地,并没有规定土地可以自由买卖。而实际某种程度上,国家还保有部分权力,对土地买卖进行干涉。《秦简》中的《田律》没有土地买卖的条文。西汉屡次限田,也反映土地是不许自由买卖的。但是"名田制"毕竟不再把吏民所占有的土地收回再行分配,而是允许长久占有下去化为个人私有。土地所有权一旦转为私有,买卖只是一个时间问题,而由政府规定的限制会逐渐失去作用土地买卖是生产资料私有制的经济发展规律。"名田制"是符合土地向私有制演变的经济规律,是推动社会发展的进步制度。①

先生的这篇文章,是为了答疑《光明日报》记者的问题而作,但是他不仅阐明了"名田制"的内容和意义,他还驳正了历史上董仲舒对商鞅变法"名田制"的错误理解。先生也提出自己的论点。他认为,"名田制"毕竟不再把吏民所占有的土地收回再行分配,而是允许长久占有下去化为个人私有,符合土地向私有制演变的经济规律,是进步的制度。

六、历史上东西周王朝与《战国策》东西周的区别

国人对历史上的西周、东周并不陌生,但是有两个问题引起混乱。

第一个问题是:从武王伐纣胜利,建立西周王朝开始,至西

---

① 郭人民:《安贞史论集》,河南大学出版社,1993,《编后记》第99页。

周王朝灭亡,公元前770年平王东迁止,这一历史时期称为西周王朝。从公元前770年至公元前221年秦始皇灭周王朝止,称为东周王朝。

东周后期,东周王朝分裂为东周、西周,由于这件事情发生在战国时期,因此《战国策》一书有记载。但是《战国策》并没有解释这里所说的东周、西周与纪年所说的东周、西周有什么区别,于是在历史上产生误解,以致在历史研究方面给后代造成一些混乱。

另外一个引起混乱的问题是:《史记·周本纪》云:"王赧时,东西周分治。王赧徙都西周。"《索隐》云:"王赧微弱,西周与东周分主政理,各居一都,故曰东、西周。"《正义》云:"敬王从王城东徙成周,十世至王赧,从成周西徙王城。西周武公居焉。"这里的东、西周,包括王赧在内吗?《索隐》之意是王赧与东、西周无关;《正义》说,王赧从成周,又西徙王城;而这里是"西周武公居焉";周王赧时期分治的东、西周与东周王室的关系,似乎有点语焉不详。

这种混乱虽有人进行纠正,如南宋人鲍彪曾对《战国策》一书中东、西二周进行过辨别。鲍彪注释《战国策》,以西周王城为周赧王所都,秉封建社会尊王之义,谓西周为正统,东周不得先于西周,遂变乱《国策》高诱本的次序,西周策为首卷,降东周策为次,以形成对史实失考的误失。

嗣后,南宋吕祖谦著《大事记》对东西周君分治,略加考释,以纠鲍彪之误。

元代吴师道校正《战国策》引吕祖谦《大事记》之说,开卷大

第十三章 东风化雨谱新篇

讹鲍彪之误。

至清朝则梁玉绳、徐位山、赵瓯北、崔东壁等对东西二周著书立论,皆遵吕氏《大事记》的说法,唯张宛邻《国策释地》持有异议。

这些记述的年代较为久远,多不清楚,因此有点语焉不详,使后人难以理解,因此现代学术界很少有人论及,也许根本无人提到。先生本着对历史负责的态度,引出大量的史料,又进行实地考察,对这段历史进行研究,得出使人较为信服的结论,对历史事实予以澄清。

先生的这篇文章就是解决《战国策》记载的东周、西周与从纪年所说的东周、西周的区别,及《战国策》记载东周、西周名称出现的原因,包括《战国策》所载东、西周与周王室的关系等问题。

先生综各家之说,参以史传记载,作《〈战国策〉东西周考辨》,用关于西周、东周的丰富材料,站在历史学认识上的高度,提出自己的观点。

先生说:

1. 如果按照朝代说的东周、西周,从公元前11世纪周武灭殷,建立周王朝起,定都于镐(今陕西西安市长安区西北)始,到公元前771年,周幽王被申侯和犬戎所杀,传12王,历时257年。从公元前770年周平王把国都迁到洛邑(即王城)经春秋、战国,到公元前256年,周赧王为秦所火,传22王,历时516年。历史上称周平王东迁以前的周朝为西周。周平王东迁以后,至周赧王灭亡的周朝为东周。这是旧史家基于封建正统观念所称的周朝为西周、东周。

2. 如果按照都城所在地所认为的东周、西周,那么——都城所在地在西,则称西周;在东,则称东周。《太平御览·州郡部》引皇甫谧《帝王世纪》云:"周后稷始封邰(今陕西武功县武功镇),及公刘徙邑于豳(今陕西彬州市),至太王避狄,徙邑于岐山之阳,南有周原,故始改号曰周。暨文王受命,徙都于丰(今陕西咸阳市东),武王自丰居镐(今陕西西安市长安区西北),诸侯宗之,是为宗周。及武王伐纣、营洛邑而定鼎焉。周公相成王以丰、镐偏处西方,职贡不均,乃使邵公卜居洛水之阳,以即土中,于是遂筑新邑,营定九鼎,以为王之东都洛邑,是为王城(今河南洛阳市王城公园),名曰西周。故《公羊传》曰:王城者何?西周也,成周(今河南洛阳市东汉魏故城)者何?东周也。'《汉书·地理志》'王城,本郏鄏之地,是以或谓之郏鄏。'故《春秋传》曰:'成王定鼎于郏鄏。'河南(汉为河南县)是也。成王既卜营洛邑,建明堂,朝诸侯,复还丰、镐。故《书序》曰:'河南成王既黜殷命,还归在丰。'至懿王徙犬丘(今陕西兴平县东南),平王即位,徙居洛邑(即王城)。及敬王避王子朝之乱,东居成周,至赧王又徙居西周而失位。"此皇甫谧所述,周朝营建都邑和周王迁都的大概情况。盖周朝的国都从武王开始,逐步由西向东,所以赵瓯北《东西周考》云:"武王定鼎于郏鄏,周公营以为都,是为王城,则河南(即汉河南县)也,周公又营下都以迁殷顽民,是为成周,则洛阳(即汉、魏故城)也。平王东迁,定都于王城,其时所谓西周者,丰、镐也;东周者,王城也。及王子朝之乱,敬王徙都成周;至赧王时,又徙都王城。《公羊传》曰:王城者何?西周也。成周者何?东周也。'则是时(春秋时)王城为西周,而成周为东周矣。"吕祖谦《大事记》也说:"平王东迁之后,所谓西周者,丰、镐也;东周者,东都(王城)也。威烈王以后(当云敬王以后)所谓西周者,河南也;东周者,洛阳也。何以称河南为西周?自洛阳下都(指成周)视王城,则在西也;何以称洛旧为东周?自河南王城视下都,则在东也。"《史记·周本纪》《索隐》引高诱云:"西周王城今河南,东周成周今洛阳。"

以上所述,不管从朝代说,或从国都所在地说,所谓西周、东周,都是指的周天子或周王所统属的周王政权。周平王东迁以后,西都丰、镐为西周,东都王城为东周。而《战国策》上所说的东、西周,则与周天子或周王所统属的周王政权所在地所认为的东、西周是不同的。

3.《战国策》所称的东周、西周,周敬王时期,又出现两个周王朝统辖下的小封君,皆在今河南洛阳一地,西都王城为西周,东都成周为东周。

《史记·周本纪》记载:"威烈王午立。考王封其弟于河南,是为桓公,以续周公之官职。桓公卒,子威公代立;威公卒,子惠公代立;乃封其少子于巩。"河南,指的是洛阳。

吕祖谦《大事记》云:"是时东、西周虽未分治,河南惠公既号奉王者为东周,亦必自号西周矣。"

《史记·赵世家》:"赵成侯七年(周显王二年),与韩攻周。八年,与韩分周以为两。"

《周本纪》云:"王赧时,东西周分治。王赧徙都西周。"《索隐》云:"王赧微弱,西周与东周分主政理,各具一都,故曰东、西周。"

西周始封之君主为西周桓公,名揭;至赧王五十九年为秦所灭。

东周始封之君主为东周惠公,名班;至秦庄襄王元年为秦所灭。

贾谊《过秦论》中所说的"吞二周而亡诸侯",《史记·秦始皇本纪》所说的"灭二周置三川郡",就是指的这个东、西二周。

综合以上记载,特别是从《史记·赵世家》记载可以看出,赵、韩两国用武力支持,把西周惠公与东周惠公分裂成东周、西周两个诸侯国。西周建都在王城,东周建都在巩(今河南巩义),于是东、西周君分立诸侯,内政外交各自独立。周天子虽有共主之名,而实受制于东、西周君,寄食于成周、王城而已。

先生说:

关于东周君都于成周,或都于巩,旧说亦很很乱。西周君都王城,史文、策文记载较明确,固无疑义。然东周君封于巩,是否都于巩,则说法不一。吕祖谦以为:东周君食采于巩。吴师道引《世本》及高诱说:"西周桓公居河南(即王城),东周惠公居洛阳(即成周)。"以驳鲍而祖吕。梁玉绳谓:"西周惠公独擅河南之地,而东周惠公食采于巩,秉政洛阳焉。"顾栋高谓:"二公(东西周君)封邑之殊者,又于洛邑二城(王城、成周)内,以王城为西周,对成周为东周也。"赵翼谓:"分封于巩者曰东周,而河南惠公在王城,则仍西周之号。此东周、西周皆在河南(甚误)而周王之都于成周者自若也。"巩在成周之东,而赵翼未辨其地望,故误以为东周、西周皆在河南(指王城,殊不知东周都巩)。

先生又接着说:

《史记·周本纪》:"惠公乃封少子于巩以奉王,号东周惠公。"其辞甚明。《汉书·地理志》:"巩,东周君所居。"《索隐》:"东周,巩也。"《正义》:"西周,谓河南及巩。"杜佑《通典》:"东周君居巩。"证据至确。而名家或谬于正统之偏见或昧于地理的概念,或行文不明,或征引有误,皆不辨东周君都于巩的史实。

先生于1974年作实际调查,发现东周君都于巩的实际地址,在巩县西北八里,洛河西岸康店村北邙上。有宫殿基址,约三尺高,数十尺长,周围有城墙。城门上有"东周故居"四字,城外有巩王庙;旁有清同治年间所立碑碣。通过访问村民及搜集传说,证之史籍,知为东周所都的巩。巩在成周之东约百里,在王城之东约百三十里。所以《周本纪》《秦本纪》记载,西周灭亡后,"周民东亡",就是向东周国都巩逃亡。

通过对东、西周古文献的解读,先生又亲自到河南省巩县实地考察,发现巩县西北八里处,有宫殿基址,周围有城墙,城门有"东周故居"的字样;证之以《秦本纪》记载的西周灭亡"周民东亡",说明周民是"向东周国都巩逃亡"。先生得出的结论是,《战国策》记载的东周国都在巩。

七、对荀悦《前汉纪》的评价与褒扬

改革开放给我国的文化事业带了新的契机。先生也像久旱之后遇到了甘霖,以全部的热情投入到学术研究中。

改革开放之后,先生给我们上的是历史文献课。经历了十年的"文革",大家似乎对学问有点陌生了。我们学习古代史不知从何处着手,摆在我们面前的除了教材,大约就是《史记》《汉书》等二十四史,对其他的书还有点不太了解。先生对荀悦的为人很欣赏,而且认为荀悦的《汉纪》是学习汉史的重要著作。

荀悦(148—209),字仲豫,东汉末年颍川颍阴(今河南许昌)人,史学家和思想家。荀悦出生在一个书香门第。其祖父荀淑,汉顺帝、桓帝时人,以德行高学问博而盛名于世。

荀悦早年丧父,故家贫;然聪明好学,博闻强记。荀悦家中无书,每到人家,遇书即读,过目成诵。荀悦12岁时,就能讲述《春秋》,而他最喜欢的还是著述写文,才智学识,逸伦超群。

东汉末年,宦官当道,政治腐朽,高行名士,多退身穷处,不与同流。荀悦乃托疾隐居,时人莫之识,而其从弟荀或对荀悦特别敬佩。

汉献帝建安元年(196年),曹操为镇东将军,将军府收揽天下名士,荀悦入府为幕僚。不久汉献帝迁都许昌,荀悦为黄门侍郎。献帝颇好文学,荀悦、荀或及少府孔融等,皆为汉献帝侍讲禁中,就是在朝廷为汉献帝讲学。每天从早到晚谈论朝廷政事;之后又迁职秘书监侍中。时政移曹氏,天子被架空。荀悦之欲扶持汉室,恢复献帝之皇权,但是已经无能为力。荀悦乃作《申鉴》五篇，论述自己的政见，表达自己的政治主张。

汉献帝很喜欢读史书典籍，认为班固《汉书》文繁难省，不易阅读，于是令荀悦按《左传》体例，用编年体重新编写，自建安三年(198年)至建安五年，经过三年编写完成，书名为《汉纪》。全书30卷，以《汉书》所载为依据，叙事自刘邦起义至王莽灭亡止，凡12世，包括《高祖纪》4卷、《惠帝纪》1卷、《高后纪》1卷、《文帝纪》2卷、《景帝纪》1卷、《武帝纪》6卷、《昭帝纪》1卷、《宣帝纪》4卷、《元帝纪》2卷、《平帝纪》1卷。王莽执政时事附于《平帝纪》之后；凡12世，11帝，共18万字，232年的历史。《汉纪》以西汉皇帝的纪年为编年，将《汉书》十志八表上的材料，按年代编入各纪。

先生说："荀悦的《汉纪》有五大原则：一曰达道义，就是修史的指导思想；二曰彰法式，表明修史的成法；三曰通古今，即史书要通贯古今；四曰著功勋，即突出明君贤臣对历史的贡献；五曰表贤能，就是表彰褒扬有道德、有才干，可以惩恶劝善、兴功立业的人物。"[①]

先生对荀悦的《汉纪》评价是很高的。他认为："《汉纪》虽然是对《汉书》的改编，但比《汉书》简要。全书文字只有《汉书》的四分之一，而西汉一朝的重大事件、重要人物、典章制度，都有条不紊地记载下来。在体例上，改纪传体为编年体，采用以传释经的方法，以《汉书》的本纪为纲，采择传、志之文，按年月编排在本纪年代之中，是对编年史书的一个创新。因此《汉纪》修成

---

① 郭人民：《安贞史论集》，河南大学出版社，1993，第116页。

之后,大行于世,后代誉为嘉史。《后汉书·荀悦传》说它'辞约事详,论辩多美'。刘知己《史通·二体》说'历代褒之,有逾本传'。总之在司马光《资治通鉴》出世之前,一直被推为一部断代史编年体的优秀史书。"[1]

荀悦的《汉纪》也得到了清代学者的肯定和褒奖。清纪昀在主持编《四库全书》时所写的《〈汉纪〉提要》中云:"悦为此纪,固不出班书,亦时有所删润;而谏大夫王仁侍中、王闳谏疏,班书皆无。又称司马光编《资治通鉴》书,太上皇事及五凤郊泰畤之月,要皆舍班而从荀。盖以悦修纪时,固书犹未舛讹;又称其君兰、君简,端兴誉宽,竟诸字与汉书互异者,先儒皆两存之。……宋人亦甚重其书也。其中若壶关三老茂,《汉书》无姓,悦《书》云姓令狐朱云;'请上方剑',《汉书》作'斩马',悦《书》乃作'断马';证以唐张渭诗'愿得上方断马剑,斩取朱门公子头'句,知《汉书》字误。资考证者,亦不一。近时顾炎武《日知录》乃惟取其宣帝赐陈遂玺书一条,及元康三年封海昏侯诏一条,能改正《汉书》三四字,其余则病其叙事。"

先生简明扼要介绍了荀悦《汉纪》的编撰背景和情况,肯定荀悦《汉纪》的价值;认为《汉纪》不仅简化了《汉书》的阅读量,而且表明了年代,对《汉书》也有很多的补充、修误。荀悦《汉纪》是一部"断代史编年体的优秀史书"。

---

[1] 郭人民:《安贞史论集》,河南大学出版社,1993,第117页。

第十四章 呕心沥血之作
《战国策校注系年》

先生对《战国策》研究有20余年。《战国策》是战国时期纵横家游说各诸侯国的言辞汇编,是研究战国的重要史料。可惜的是,这部书没有进行系统的编年。先生潜心用功20余年,才成此书。学人之作"系年"者不少,如《李白诗文系年》《鲁迅出版系年》等,作"校注"者更多,但能为古籍,尤其是能够为《战国策》作"校注系年"者有几人?钱穆先生曾为先秦诸子系年,当然钱穆先生的学术功底是学界所肯定的。而为《战国策》作校注系年者,当时只有先生。

先生凭借自己丰富渊博的学识,踏实认真的精神,考订异同,辨析真伪,为《战国策》作注,并对每段史实系年。1988年11月,凝结着先生心血的《战国策校注系年》一书由中州古籍出版社印行。这确实是学术界的一件幸事,为后学者的研究起到了导航的作用。

但遗憾和可惜的是,先生在世时,并没有见到此书的出版。当此书即将付梓时,先生却溘然长逝。

一、《战国策校注系年》撰写之缘由

先生作《战国策校注系年》呕心沥血,对《战国策》研究有20

余年,历经艰辛与磨难。

先生说:"《国策》一书,余幼年即爱其文辞之炜晔,喜其叙事之曲致新奇,长而学史,始览全书。苦其舛误讹脱,难以通读,念此书记事上继春秋,下迄秦汉之际,载存二百四五十年之重要史实。《战国策》为太史公纂修《史记》所取材;而攻读先秦古史者,终难逾越此书……奈以此书流传既久,篇简错乱,文字讹脱,屡经窜改,实难尽通;又以此书为游士之说辞,夸大失真,不尽与史实相符。时间、地点、人物,颠倒错置,所在皆有。"①

《战国策》是战国时期纵横家游说各诸侯国的言辞汇编,原作者已无可考。西汉末年刘向主持古籍整理时,汇总《国策》《国事》《短长》《修书》等底本加以校订、编辑而成。刘向以这部书是"战国时游士辅所用之国,为之策谋",故取名为《战国策》。《战国策》是研究战国史的重要古文献,也是非常有价值的重要史料。

《战国策》全书共 33 篇,东汉末年高诱为之作注。从此《战国策》刘向集录本、高诱注释本并行于世;传至北宋,二本大多散佚。据《崇文总目》著录:刘向集录本只存 21 篇,缺 12 篇;高诱注释本,仅存 8 卷,缺 25 卷。北宋曾巩根据官府所存刘向、高诱之残本,访求士大夫家所藏之本,加以缮补,又恢复刘向集录本 33 之数,其实已缺佚 1 篇,非刘向、高诱本之原来面目。孙朴取曾巩校定本,参考苏颂、钱藻、刘敞之校本以及集贤院藏本参互校定以后。今世所传之本,则皆由曾巩所集校之本蜕变而来。

---

① 郭人民:《战国策校注系年》,中州古籍出版社,1988,《前言》第 3 页。

第十四章 呕心沥血之作《战国策校注系年》

南宋时期姚宏、鲍彪分别为《战国策》作注。现今所传通行之本就是姚宏注本、鲍彪注本。两本虽有异同，然皆源于曾巩所集校之本。

元朝吴师道对鲍彪本进行补正，能使文从字顺，颇便解读，流传较广。

清代黄丕烈得宋姚宏本，作《札记》三卷。褒扬姚本之可贵，能保存古籍原貌；抨击鲍彪之武断，窜乱旧籍。自此姚本大显，为世所重。

该书是由战国时期纵横家游说各诸侯国的言辞汇编整理而成，故不算儒家经典。可惜的是，历史上受到重视不够，研究者不多，所以有人作注，但是没有人进行系统编年。这部书的史料价值较高，而先生学术功底深厚，对这部书产生了极大的兴趣。他想为这部书进行编年，并把前人不清楚、注释不够的文字或者有误之处再行校注。

先生自1956年就萌发对《战国策》进行整理和研究的想法，并着手搜集材料，希望能对《战国策》所记载的史料进行研究，先生以黄丕烈椠汉高诱注、宋姚宏校本为底本，而参以南宋鲍彪注、吕祖谦著《大事记》，元吴师道校本及雅雨堂本，并与其他古籍文献所载史实相印证，对此书再作校勘，加以注释，进行编年，为后学者研究战国史提供方便，铺路搭桥。

是时，先生每天都在图书馆翻阅书目，寻求书籍，搜求资料。只要是关于研究《战国策》的书籍和文章，他皆不放过。据先生说，他研究《国策》之书目，论次整理此书之体裁；借阅金正炜《战国策补释》、顾观光《国策编年》二书，诸祖耿先生《评国策勘研》一文,对这些书籍和文章,抄录资料,详加对照,逐句编排,按图索骥,校勘文字。

但是,正当先生展开稿纸,准备进行全面研究之时,1957年整风运动开始,先生被打成右派。这一耽误,就是20余年光阴。

二、含辛茹苦写成《战国策校注系年》

先生写《战国策校注系年》,确实含辛茹苦、呕心沥血,是在极端困难的情况下写成的。

自1956年,先生开始着手作《战国策校注系年》,1957年先生被打成右派。后来听先生的女儿郭幼民教授说,先生被打成右派在农场劳动时,每逢假日回家,从不外出,而是在家里看书。我想,先生那时就在繁重的农业劳动之后,偷空偷闲整理他的《战国策校注系年》吧。

三年困难时期,我读小学六年级和初中一年级,当时,学校要我们"劳逸结合",其实就是少上一点课,让同学们多一点休息,少消耗一点体力。在生活极端困难的情况下,先生还有老母亲、妻子、女儿、幼弟需要抚养。先生能在繁重的体力劳动之后,继续他的学术研究,的确是不容易的。而且据说当时想搞学术研究的人还容易被称为"白专",更何况先生当时还是一个"右派"呢。好在"文革"主要打击的是走资本主义道路的当权派、混进党内的资产阶级代表人物、资产阶级学术权威,像先生这样到1966年"文化大革命"时已经当了九年右派的人,被认为是"死老虎",已经没有什么威胁。虽然先生也被抄了家,当时家里已经没有什么东西,先生的一些书稿已经转移到他的同学家中。但那个时候能有几个人坐下读书呢?

先生为写《战国策校注系年》,费时十余年。他说:"'文化革命'中,恐其散失,粗为条理标识,潜用毛笔抄写,形成初稿;订为二十二本,题名《战国策校注系年》,作为个人研究战国史之入门课题,藏之箧笥,以备翻阅。"①

先生说"'文化革命'中,恐其散失",说明先生的书稿已经"粗为条理",由此可知,初稿已经完成。先生在经历了1957年被打成右派、到农场劳动、三年困难时期、十年的"文化大革命"后,竟然写成《战国策校注系年》研究初稿,不仅能看出先生对学术孜孜不倦的追求,也体现了先生在极端困难条件下乐观的人生态度。

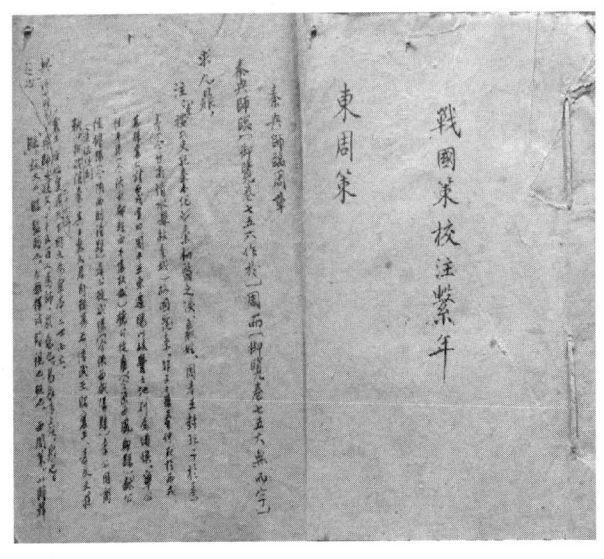

---

① 郭人民:《战国策校注系年》,中州古籍出版社,1988,《前言》第3页。

先生将50多万字的书稿,辑录为十余册,共分三类编排:A.文字校勘;B.辞语注释;C.年代考辨。

在凡国别部居,卷帙次第,皆依姚本,无或更动;而篇章离合,则多从鲍书。鲍本原为四百九十四章,吴师道订正为四百八十六章,今定著为四百七十五章。

校勘文字,则合姚氏、鲍氏二本,参以黄丕烈《战国策札记》,王念孙《读书杂志》,孙诒让《札迻》,长沙马王堆出土《战国纵横家书》,以及《太平御览》《艺文类聚》诸书,互相比校,勘定是非,记于注中。如有改字,则必有证有据,记其更改之由。未便轻改者,则注以"应改""应订正"。

辞语注释,除采用高诱、姚宏、鲍彪、吴师道等旧注外,复取吴曾祺《战国策补注》,金正炜《战国策补释》,郭希汾《战国策详注》,《史记》三家注,以及散见于元、明、清和近人文集、笔记中者,撷其旨要,附于注中。凡称引名家之说,则随文注明。如高诱注,标为"高注";鲍彪注,标为"鲍注";《史记》三家注,则标为《集解》《正义》《索隐》;其他或举书名,或举人名,行文不一。为减少篇幅,避免烦琐,对各家意见未便多录原文者,则综合其要旨,参以己意,以便于阅读。

编年系事,则参酌司马迁《史记》、顾观光《国策编年》、黄以周《周季编略》、林春溥《战国纪年》、陈梦家《六国纪年》、于鬯《战国策年表》、范祥雍《战国年表》、唐兰《苏秦事迹简表》。对每章策文之时代,作简要说明,或略作考辨,定其年代,以为治史者分辨史料的依据。

地理考实,则取张琦《战国策释地》、程恩泽《国策地名考》、

第十四章 呕心沥血之作《战国策校注系年》

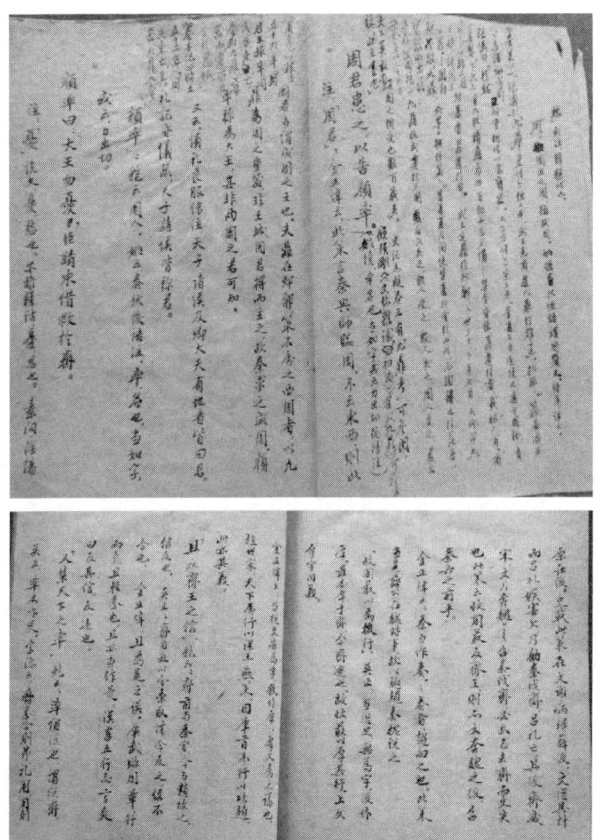

顾观光《七国地理考》及顾祖禹《读史方舆纪要》诸书,结合个人调查访问,定其去取。

凡文字校勘,辞语注释,年代史实,有不能明定其是非者,不强为解说,暂付缺如。①

先生凭借自己丰富渊博的学识,对没有编年的《战国策》考

---

① 郭人民:《战国策校注系年》,中州古籍出版社,1988,《前言》第3页。

订异同,辨析真伪,以深厚的学术功力为《战国策》系年,写成《战国策校注系年》一书,学术界幸甚! 后学者幸甚! 这本书寄托着他对新时代的殷殷期望,希望他的书为后学者的研究铺平道路,能起到导航的作用。这本书是先生心血的结晶,是先生在极端困难的情况下,含辛茹苦、呕心沥血写成,也是先生一生学术成就的标识。

《战国策校注系年》50多万字的底稿,是先生认真用毛笔字写成的。当厚厚的22本漂亮的柳体毛笔字誊写的书稿交到中州古籍出版社时,出版社编辑们一片赞叹,惊呼:"这简直是一帧可以传世的书法作品!"先生含辛茹苦写成的《战国策校注系年》由中州古籍出版社1988年出版;后来该书多次再版。

三、为《战国策》系年

先生对《战国策》主要从三个方面进行校注系年。《战国策》中的《东周策》1卷28章、《西周策》1卷17章、《秦策》5卷共64章、《齐策》6卷共59章、《楚策》4卷共52章、《赵策》4卷共66章、《魏策》4卷共84章、《韩策》3卷共70章、《燕策》3卷共32章、《宋卫策》1卷共15章、《中山策》1卷共10章。

《战国策》用战国纵横家游说各诸侯国的言辞汇编整理成东周、西周、秦、齐、楚、魏、赵、韩、宋、卫、中山等诸侯国的策文,就是国策文书,共为33卷497章。有人把章写作篇。《战国策》的篇章,只有个别的在姚宏或鲍彪注释时,顺带提出这个事件可能是发生在某一年,大部分的篇章没有系年。

先生对《战国策》每一章(篇)进行校注系年。先生对这些

第十四章　呕心沥血之作《战国策校注系年》

篇章认真阅读研究，根据《战国策》策文记载的内容，利用其他古籍对这些篇章发生事件的记载进行系年校注。针对姚宏本或鲍彪本，他认为系年或注释是错误的，就用古文献进行校正；对一些注释不清的策文重新进行注释系年。

先生是一个学风踏实认真的学者。先生为每一篇章系年时，都非常谨慎、认真地查阅古文献。对没有记载年份的策文，先生借用旁证文献去系年。对那些系年或注释有误的地方，就用多种版本进行校阅、勘误。就这样，先生逐一地对《战国策·东周策》每一篇章进行校注系年。

※《战国策·东周策》卷一"严氏为贼"章云："严氏为贼，而阳竖与焉。道周，周君留之十四日，载以乘车驷马而遣之。韩使人让周，周君患之。"

先生《系年》认为，《战国策·东周策》没有年份的记载，可以据《战国策·韩策》中的"韩傀相韩"章、"东孟之会"章，当系此策与韩哀侯六年，周烈王五年。

※《战国策·西周策》卷二"秦攻魏将军犀武"章。

先生《系年》认为，"秦攻魏将军犀武"章没有年份的记载，当按《史记》的《秦本纪》《白起传》，秦昭王十四年左更白起攻韩、魏于伊阙，斩首二十四万；进兵攻西周。策所言即此时事。秦昭王十四年，当魏昭王三年、周赧王二十二年。

※《战国策·西周策》卷二"秦令樗里疾"章云："秦令樗里疾以车百乘入周，周君迎之以卒，甚敬。"此章没有年份的记载。

先生《系年》认为，《史记·樗里疾列传》记载：秦武王三年"使丞相甘茂将兵伐宜阳，五月而不拔……大悉起兵，使甘茂击

241

之,斩首六万,遂拔宜阳。韩襄王使公仲侈入谢,与秦平。武王竟至周而卒于周,其弟立为昭王。"秦拔韩宜阳之后,秦武王死。秦武王四年卒,樗里疾才得以入周。此策当系于秦武王四年,当赧王八年。

※《战国策·西周策》卷二"雍氏之役"章。关于楚国围韩国雍氏城,《史记·甘茂传·索隐》云:"秦惠王二十六年,楚围雍氏;至昭王七年,又围雍氏;韩求救于秦,是再围也。刘氏云此是前围雍氏,当赧王之三年。战国策及纪年与此并不同。"

先生《系年》认为,梁玉绳《史记志疑》谓楚围雍氏一役,证其事在赧王九年。黄式三《周季编略》云:"梁氏之说与《甘茂传》虽合,而于《韩世家》之文究不可解。马氏《驿史》云:'楚围雍氏有三;其一在周惠王后十三年,其二则秦武王死,昭王新立,《战国策》韩令使者求救于秦与《甘茂传》所言,即此役也;其三则韩襄王十二年,公子咎与几瑟争国,遂令楚围雍氏,在赧王十五年。'宜从马说。"据此,此策应属第二役,系于赧王八年,与《周本纪》同。

※《战国策·西周策》卷二"楚兵在山南"章:或谓周君曰"不如令太子将军正迎吾得于境,而君自郊迎;令天下皆知君之重吾得也。因泄之楚,曰:'周君所以事吾得者器,必名曰谋楚。'王必求之。而吾得无效也,王必罪之"。

先生说:这里的"吾得"是一个人名。先生《系年》曰:"据《竹书纪年》楚吾得帅师及秦伐郑。雷学淇《正义》谓在楚怀王二十五年,秦昭王三年,当周赧王十一年。民(先生自指)按:郑即韩。雷氏所载秦、楚、韩之关系相符。当系于周赧王十一年。"

第十四章 呕心沥血之作《战国策校注系年》

※《战国策·西周策》卷二"楚请道于二周"章。

先生《系年》曰:"顾观光《国策编年》系于显王三十三年,于鬯《战国策年表》系于显王三十五年。民按:审此文章与上章为同时事,当系于周赧王十一年。"

※《战国策·西周策》卷二"韩魏易地"章。

先生《系年》曰:"据《韩策·公仲为韩魏易地》章在楚雍氏以后,顾观光系于显王四十七年,当韩惠王十一年,梁惠王后元十四年。"

※《战国策·秦策二》卷四"医扁鹊见秦武王"章。

先生《系年》曰:"秦武王在位只有四年。武王之死是因为举鼎绝膑,不是病在耳之前、目之下。扁鹊之谏是说秦国政治应该由政治才能之人治理,秦武王二年,初置丞相,似是接受扁鹊之谏。以樗里疾、甘茂为左右丞相。按道理策应系于秦武王二年,当周赧王六年。"

※《战国策·秦策二》卷四"甘茂相秦"章。先生《系年》曰:"按甘茂相秦在秦武王二年,亡秦在秦昭王元年。公孙衍入秦在张仪已死之后。史不载公孙衍在秦被逐之事。此策应系于秦武王三年,当周赧王七年。"

※《战国策·秦策三》卷五"秦客卿造"章。

先生《系年》曰:"据《秦本纪》《穰侯传》昭王三十六年穰侯使客卿造伐齐,即此事。当齐襄王十三年,当周赧王四十四年。"

※《战国策·秦策三》卷五"应侯谓昭王"章。

先生《系年》曰:"秦封范雎以应,号为应侯,在秦昭王四十一年。而秦逐穰侯,华阳君出关外亦在此年。此策当为秦昭王四十一年事,当赧王四十九年。"

※《战国策·秦策四》卷六"薛公入魏而出齐女造"章。

先生《系年》曰:"《史记·孟尝君列传》将孟尝君相魏放在吕礼相齐和齐闵王灭宋之后,误。当据《战国纵横家书》订正。今从唐兰说,系此策于魏昭王五年,当赧王二十四年。"

※《战国策·秦策五》卷七"文信侯出走"章。

先生《系年》曰:"策文言赵若杀武安君,不过半年而亡,杀武安君是赵王迁七年事,当秦始皇十八年。"

※《战国策·齐策一》卷八"楚威王战胜于徐州"章。楚国与齐国的徐州之战,是一次重要的战争,当时此章没有系年。先生用据《史记·楚世家》正之,得出徐州之战的年代。

先生《系年》曰:据《楚世家》为楚威王七年时事,当齐威王二十四年,周显王十六年。

※《战国策·齐策四》卷十一"齐王使使者问赵"章。

先生《系年》曰:按此策为赵威后用事,齐王建即位之初年。齐、赵联合抗秦。赵惠文王死,孝成王即位,赵太后新用事。赵孝成王二年,齐王建元年,当为此时事。

战国时期,我国开始有女主"用事",即女主主政。我国自三代之后直至战国,男子执政成为既定唯一的政治现象,战国之后,女主执政是出现的新事物。战国时期共出现四位女主,秦国的宣太后、齐国的襄王后、韩国的韩王后、赵国的赵威后是一个重要的女主。先生用推论、推理法为"赵威后用事"系年,是有道理的。

※《战国策·齐策五》卷十二"苏秦说齐闵王"章。

先生《系年》曰：按此策当为五国攻秦之前，苏秦由燕使齐，说齐闵王毋称帝，以孤秦。继而劝闵王后起远怨。当在齐闵王十四年以后，故系于齐闵王十五年，周赧王二十八年。

※《战国策·齐策六》卷十三"燕攻齐取七十余城"章。

先生《系年》曰：齐襄王五年，田单败燕军收复齐地。田单攻聊城岁余不能下。鲁仲连乃遗将书以说之，此当齐襄王六年时事，当燕惠王元年，周赧王三十六年。

战国后期，燕昭王经过28年的准备，派乐毅进攻齐国，攻占70余城，基本上占领了齐地，只有莒、即墨未下。六年后，燕昭王死，燕惠王即位，不信任乐毅。乐毅逃走奔赵。齐襄王五年，齐将田单乘机反攻，一连夺回70余城。但是只有聊城，岁余攻不下。因此先生将此策系于齐襄王六年，是正确的。

※《战国策·楚策一》卷十四"张仪为秦破纵连横"章。

先生《系年》指出：《史记·张仪传》称，张仪以秦惠王后元十四年适楚，楚王囚之。仪因靳尚、郑袖谏楚王，楚王后悔，赦出张仪。张仪出，因说楚王叛纵约而合于秦。即此文所言。秦惠王后元十四年，当楚怀王十八年，周赧王四年。

先生用《史记·张仪传》记载，对此策系年。

※《战国策·楚策三》卷十六"张仪逐惠施于魏"章。

先生《系年》指出：据《魏策一》及《韩非子·外储说上》，张仪既相魏，欲以魏合于秦、韩而攻齐、楚。惠施欲以魏合于齐、楚以停止战争，故张仪与惠施主张不同。魏襄王三年，魏迫于秦之军事压力，背纵约因张仪以求和于秦，而惠施失势。此策当为魏襄王三年事，当秦惠王后元九年，周慎靓王五年。

先生用《魏策一》及《韩非子·外储说上》史实记载,有理有据地为此策系年。

※《战国策·魏策一》卷二十二"魏武侯与诸大夫浮于西河"章。

先生《系年》曰:《通鉴》叙此事于魏武侯即位之初,周安王五年。周安王五年乃魏文侯之卒年,次年乃武侯元年。按此当为武侯元年事,当周安王六年。

按:"魏武侯与诸大夫浮于西河"章是非常有名的,特别是政治家、军事家吴起对山河险要与国家存亡在德不在险问题的议论,为太史公司马迁所取材,用在《史记》中;当时却无有系年,先生根据《资治通鉴》对此历史事件系年,应该是对史学研究的贡献。

※《战国策·魏策二》卷二十三"犀首、田盼欲得齐魏"章。

先生《系年》曰:"犀首、田盼欲得齐魏"章并没有系年的,在齐、魏伐赵之时,赵决河水灌之。这个事件同《史记》之《赵世家》与《田敬仲完世家》所记载的年代不同。

按《赵世家》记载:赵肃侯十八年,"齐魏伐我,我决河水灌之,兵去"。《田敬仲完世家》叙在齐宣王十一年。误。因为犀首、田盼皆是齐威王时期的政治家和将军,故《田敬仲完世家》将此事件放在齐宣王时期是错误的。

先生用《赵世家》的记载,系此策文之年。先生提出,当在齐威王二十四年,梁惠王后元三年,周显王三十六年。这个观点是正确的。

※《战国策·魏策二》卷二十三"犀首见梁君"章。

第十四章　呕心沥血之作《战国策校注系年》

先生《系年》曰:"盖田需乃魏惠王之宠臣。故田需死,楚昭奚恤以为魏必相张仪、犀首、田文。有一人相魏,皆不利于楚。故使苏代往说魏王,以太子为相,于楚为便。太子即魏襄王。此策在田需死之前,魏惠王之末,襄王尚未为太子之时。当系于魏惠王后元十七年,齐宣王二年,当周慎靓王二年。"

先生为这段策文系年是很有道理的,他用《魏策二》卷二十三"田需死"章中,楚派苏代往说魏王,以太子为相,当然是魏襄王尚为太子时;系年于魏惠王后元十七年是有道理的。

如:《战国策·魏策二》卷二十三"五国伐秦无功而还"章。

先生《系年》曰:"据《战国纵横家书》,此章盖苏秦奔走游说约五国具体自白。事在魏昭王九年,齐闵王二十一年,赵惠文王十三年,当周赧王二十九年。"

※《战国策·魏策二》卷二十三"魏惠王起境内众"章。

先生《系年》曰:"据《魏世家》魏惠王三十年,魏遂大兴师而令太子申为上将军,以攻齐。策文即言此事,在齐威王十六年,当周显王二十八年。"

先生以《魏世家》魏惠王三十年,魏大兴师攻齐之事,即齐魏的马陵之战,将此策系于魏惠王三十年,当是非常准确的年代。

※《战国策·魏策四》卷二十五"秦王使人谓安陵君"章。

先生《系年》曰:"秦始皇十七年灭韩,二十二年灭魏。策文有'灭韩亡魏'之语。事在魏亡后可知。安陵乃魏之封君,封地五十里。距魏都约百里,而以五百里易安陵,当在灭魏之年。此策当系于秦始皇二十二年,魏王假三年。"

先生用策文记载之语,对策文系年,当更有准确性。

※《战国策·韩策一》卷二十六"张仪为秦连横说韩"章。

先生《系年》曰:"此策言张仪自楚之韩,说韩王之辞。张仪在楚怀王十八年由楚之韩,说韩襄王。在韩襄王元年,秦惠王后元十四年,当周赧王四年。"

在这里,先生以《史记》记载的张仪由楚之韩的记年,求证张仪说韩王之年。

四、对《战国策》已有系年的校阅与勘误

《战国策》是研究战国史的重要材料,由于史料的重要,因此也曾经有学者为之系年,如司马迁撰写《史记》就以《战国策》作为重要史料来源。因此司马迁也曾经给许多史料添上系年;但只对所取史料系年,而且也有一些系年,如果根据其他材料对照,就会出现很多的误差。

还有在先生之前,如姚宏、鲍彪、吴师道等人在为《战国策》作注时,曾涉及一些事件的年代,还有人也为《战国策》个别处做过系年。先生认为他们所作的系年有些是错误的,对这些有误之处,先生进行了勘误纠正。先生对这些地方一一校阅、对照、勘误,从而得出正确的结论。

※《战国策·东周策》卷一云:"齐王曰:'子之数来者,犹无与耳。'颜率曰:'不敢欺大国,疾定所从出,弊邑迁鼎以待命。'齐王乃止。"

先生认为,这是齐王欲恃强要周王室的九鼎,而九鼎是周王室王权的象征。南宋鲍彪认为,这是发生在齐闵王时期的事情。

第十四章 呕心沥血之作《战国策校注系年》

元朝吴师道、清朝顾观光根据南宋姚宏的注本,认为此事发生在周显王三十三年。《吕子大事记》附载于周显王三十三年,宋太丘社亡之前。

先生根据《史记·田齐世家》《齐策二·韩齐为与国章》《孟子·梁惠王》《竹书纪年》等相关篇章,进行校正系年,认为齐宣王、齐闵王皆不与周显王同时。

先生《系年》曰:"据考订,齐宣王元年当慎靓王元年(公元前320年),齐宣王之卒年当周赧王十三年(公元前302年);齐闵王元年当慎靓王十四年(公元前301年);故知姚宏校、鲍彪注、吴师道正及《大事记》皆误。其误源于《史记·六国年表》。《六国年表》记齐宣王元年于周显王二十七年,记齐宣王、齐闵王与周显王并列于同时,而《大事记》又将齐宣王年世延长十年,齐闵王年世缩短十年,附载此策于宋太丘社亡之前,则更属无据。改周九鼎与宋亡泗水之鼎无涉。梁玉绳《史记志疑》卷三早已辨之。近人顾颉刚《史林杂识·九鼎》亦有论证。然此策的'齐王',姚校为齐宣王,则似属可以。策文有'齐王大悦,发师五万人使陈臣思将以救周'句,此'陈臣思'即《齐策二·韩齐为与国章》的'田臣思',又名'田期思';《史记索引》以为'田忌',乃宣王时人。故将此策属之齐宣王为当;相当于周慎靓王或周赧王初年;在秦,为秦武王或秦昭王初年。"①

※《战国策·秦策三》卷五"魏为魏冉"章。

先生《系年》曰:"鲍本以张仪死于秦武王二年。此策文于

---

① 郭人民:《战国策校注系年》,中州古籍出版社,1988,《前言》第5页。

秦武王二年。然策文'仪'是衍文实不足据,而魏冉在秦受重用是秦昭王时,前后四次为相。故此篇年代不可考,当阙。"先生在本篇策文"观张仪"下注16:"姚注:一本无'仪'字,无'仪'字为是。观张与泽,是指辛张、阳毋泽也。鲍本衍。"

※《战国策·秦策四》卷六"顷襄王二十年"章。

先生《系年》曰:"此策文亦见于《史记·春申君列传》及《新序·善谋》皆谓为秦昭王时,而策文中称'先帝文王、庄王',而秦取魏之酸枣、燕、虚在秦始皇五年,皆昭王以后事。国策叙事每多抵牾,高注疏略不可尽据。从《史记》楚顷襄王亡走陈,在十八年,黄歇使秦在二十年,当秦昭王三十一年,赧王三十九年。"

※《战国策·齐策一》卷八"南梁之难韩式请救"章。

先生《系年》曰:"齐、魏马陵之战,《史记》中《田齐世家》《孟尝君列传》皆列于齐宣王二年。《魏世家》列于魏惠王三十年,据《竹书纪年》魏惠王二十七年十二月,齐田盼败梁马陵。"当齐威王十五年。此时齐、魏尚未称王,故策文称威王为田侯。《史记》叙此事于齐宣王,误。当系于齐威王十五年,周显王二十七年。

按:在这一章,先生认为《田齐世家》《孟尝君列传》皆列于齐宣王时期;而齐威王在齐宣王之前,但《史记》所记,应该已经称王。然而《战国策》"策文称威王为田侯",《竹书纪年》所列年份是魏惠王二十七年十二月,当齐威王十五年,此时齐、魏尚未称王。《竹书纪年》所载年当是准确的。又由于《竹书纪年》成书于战国时代,《史记》成书于西汉,应以《竹书纪年》为准。故

第十四章 呕心沥血之作《战国策校注系年》

先生认为《田齐世家》《孟尝君列传》所列的年份皆误,纠正了《史记》的错误,以《竹书纪年》为准,是有道理的。

※《战国策·齐策一》卷八"成侯邹忌为齐相"章。

先生《系年》曰:《史记·田齐世家》系此策于齐威王三十五年,齐、魏桂陵之战后,谓田忌率其徒攻临淄,不胜而奔。据策文"田忌为齐将"章、"田忌亡齐而之楚"章,田忌出亡,在马陵战后。《史记》系年多误,当从策文系此策于马陵战后。马陵之战在齐威王十五年,当周显王二十七年。

按:先生在这里很明白地提出,"《史记》系年多误",如果策文记载有系年,应从策文;如果没有,可参考《竹书纪年》《史记》。

※《战国策·齐策一》卷八"苏秦为赵合纵说齐"章。

先生《系年》曰:按《六国年表》及《燕世家》苏秦以合纵说燕,在燕文侯二十八年。秦文侯予苏秦车马金帛,以至赵。赵肃侯用之,因约六国。苏秦说韩、魏、齐等国之事,在燕文侯二十九年,韩宣惠王二十六年,魏惠王后元三年,齐威王二十六年,当周显王三十八年。但策文谓苏秦说齐宣王,此盖《史记·田齐世家》纪年有误,致史实与年代矛盾。

按:先生认为,《史记》纪年多有误,其实也是可以理解的。先秦时期,很多历史事件没有纪年,司马迁是西汉时期人,距离战国时间久远,对先秦时期的事件可以调查出来,但是对于年代就不好说了,所以纪年有误是不可避免的。先生辛辛苦苦地查阅古籍将这些历史事件进行考察系年,当是不容易的事。

※《战国策·齐策二》卷九"韩齐为与国"章。

先生《系年》曰:《田齐世家》齐攻燕在齐桓公五年,《孟子》则在齐宣王时,时间相差四十年。《燕世家》谓齐攻燕在齐闵王二年,策文所说与《孟子》所说齐破燕之事相同。据此策,齐破燕与秦败韩同时。秦惠王后元十一年,韩宣惠王十九年,秦败韩岸门。齐破燕当齐宣王五年,周赧王元年,"齐以陈章"发五都之兵以因北地之众以伐燕。世传有铜器陈璋壶铭文可证。清人赵翼《陔余丛考》卷五有"齐闵王伐赵之误"、陈梦家《六国纪年》皆有考证,以齐宣王五年破燕为是。

※《战国策·齐策二》卷九"权之难齐燕战"章。

先生《系年》曰:鲍彪谓此文为燕文公末年事。顾观光系此役于周显王三十六年,当齐威王二十四年,燕文公二十六年,赵肃侯十七年。按魏冉与田文事迹及战国形势观之,则权之难当在后,《赵世家》赵惠文王十八年,魏冉来相赵,当秦昭王二十六年,齐襄王三年,周赧王三十四年,则权之难为此时事。

先生批驳了鲍彪与顾观光系年之误,又举出史实,提出自己的观点和将此策系年的理由,有理有据,令人信服。

※《战国策·齐策三》卷十"楚王死太子在齐"章。

先生《系年》曰:"按此策当为楚怀王入秦不返时事,太子横由齐归楚之年。不当刊于楚怀王死秦之年。楚怀王三十年入秦,齐归楚太子,楚立以为顷襄王。《秦本纪》楚怀王入秦,在秦昭王十年,误。当为八年,当周赧王十六年。"

按:先生在这里认为楚太子横由齐归楚之年,是在楚怀王死秦之前。这个事件史书记载是很清楚的。当楚怀王入秦之后被秦国扣押,楚国欲从齐国接太子横回楚,又遭到齐国的刁难。楚

第十四章 呕心沥血之作《战国策校注系年》

国只好割让下东国与齐,才把太子横接回楚国。因此太子横由齐归楚之年,在楚怀王死秦之前,而不是同一年。

※《战国策·齐策四》卷十一"齐人有冯谖"章。

先生《系年》曰:据《史记》中《秦本纪》及《孟尝君列传》孟尝君由秦逃归,复为秦相,在秦昭王十年。孟尝君连韩、魏攻秦,在秦昭王十一年。田甲劫齐闵王,齐闵王疑孟尝君。孟尝君出奔,复返齐就国于薛,在秦昭王十三年,当齐闵王八年,魏昭王二年。此策冯谖寄食于孟尝君门下,收债于薛,为前二年事。孟尝君收债于薛,当为齐闵王八年事。

按:先生用连锁证法,用孟尝君复为秦相的时间,连韩、魏攻秦,田甲劫齐闵王,孟尝君返齐就国于薛等事件,证冯谖为孟尝君收债的时间,当为齐闵王八年事。

※《战国策·齐策四》卷十一"孟尝君逐于齐"章。

先生《系年》曰:孟尝君出奔事,《六国年表》叙于齐闵王三十年,此实有误。当为齐闵王八年,秦昭王十三年,周赧王二十一年事。

※《战国策·楚策一》卷十四"五国约以伐齐"章。

先生指出,鲍彪、吴师道注此策时,认为"五国约以伐齐"之"齐",是一个衍字,并且又补了一个"秦"字,认为是"五国约以伐秦";并且注释云:"秦惠后七年,赵、韩、魏、燕、齐共攻秦,此十一年。正曰:五国伐秦可考,策并言齐不可考。怀王为从长率五国伐秦之明年,齐败魏赵于观津,即策所谓齐反赵魏者欤。"

先生《系年》指出:按鲍彪、吴师道注此策并衍"齐"字,其意皆以为五国伐秦,其事可考。然五国伐齐事不可考。而于邠系

253

此策于齐宣王四年,当周慎靓王四年,皆非。

民按此章乃秦、燕、韩、赵、魏五国伐齐。齐闵王十七年,当周赧王三十一年。先生不仅考释了系年,而且纠正了鲍彪、吴师道、于鬯的错误之处,先生认为历史上确实有"五国约以伐齐"事。

※《战国策·赵策一》卷十八"赵收天下且以攻齐"章。

先生《系年》指出,按此策《赵世家》系于赵惠文王十六年,并误以为苏厉事。今据《战国纵横家书》考证,此策确是苏秦为齐上书说惠王事,年代当在赵惠王十四年,齐闵王十六年,当周赧王三十年。

按:先生指出《史记·赵世家》之误。《赵世家》认为说"赵收天下且以攻齐"是苏厉时事,先生根据《战国纵横家书》记载,认为此策确是苏秦事。此说甚为有理。

※《战国策·赵策二》卷十九"苏秦从燕之赵"章。

先生《系年》认为:《苏秦传》谓燕文侯资苏秦车马以至燕,说赵肃侯。而《赵世家》不记此事。今据《战国纵横家书》考证,苏秦至赵,说奉阳君李兑,约五国伐秦。赵封苏秦为武安君,在赵惠文王十二年。司马迁误将苏秦事迹提前四十余年。故《苏秦传》所取年代,多与史实不符。今采用《战国纵横家书》系此事于赵惠文王十二年,燕昭王二十六年,当周赧王二十九年。

按:先生采用《战国纵横家书》去纠误《史记·苏秦传》是正确的。《史记》特别是关于苏秦的记载比较混乱,很多学者,如徐中舒先生也曾提出过《史记》对苏秦记载有误的看法。先生在广泛阅读文献于考古出土材料的基础上,得出正确的结论。

第十四章 呕心沥血之作《战国策校注系年》

※《战国策·赵策三》卷二十"建信君贵于赵"章。

先生《系年》曰:按建信君与文信侯、春申君同时,为赵悼襄王之幸臣。吴师道断其在赵孝成王时,恐误。今据"希写见建信君"章,附此策于赵悼襄王元年,魏安釐王三十三年,当秦始皇三年。

按:先生根据"希写见建信君"章,认为建信君是赵悼襄王之幸臣,当然应将此策系于赵悼襄王时期。

※《战国策·赵策四》卷二十一"秦攻魏取宁邑"章。

先生《系年》认为:此策顾观光据苏辙《古史》刊在魏昭王九年,与秦取魏安邑混为一事。应纠正。当以秦围赵邯郸不拔,师归而取宁邑为是。事在秦昭王五十年,赵孝成王九年,当周赧王五十八年。

宋苏辙《古史》卷二十《赵世家》记载:"(赵惠文王)十一年,齐、秦自立为东、西帝,既而皆复为王。董叔与魏伐宋得河阳于魏,秦取梗阳。十二年,赵梁将攻齐,秦攻魏取安邑。诸侯皆贺,赵王往贺,三反不得通。"

按:很明显,宋苏辙《古史》卷二十《赵世家》把"秦攻魏取宁邑"错误地记载为"秦攻魏取安邑"了。《史记·秦本纪》云:"(秦孝公)十年卫鞅为大良造,将兵围魏安邑,降之。十二年,作为咸阳,筑冀阙,秦徙都之。"秦攻魏取安邑是秦孝公、梁惠王时事。"秦攻魏取宁邑"事在秦昭王五十年。而宋苏辙《古史》把秦取安邑定在"魏昭王九年"已经是战国后期之事,时间在赵武灵王死,齐、秦自立为东、西帝之后,当是古人抄写的错误,故苏辙《古史》所定的年份是错误的。先生的纠误是正确的。

※《战国策·魏策一》卷二十二"徐州之役犀首谓梁王"章。

先生《系年》认为:《楚世家》载此事于楚威王七年,魏惠王后元二年,齐威王二十四年,当周显王三十六年。而《田齐世家》《孟尝君传》载此事于齐宣王三十六年,盖误。

※《战国策·魏策三》卷二十四"秦败魏于华走芒卯"章。

先生《系年》认为:"据《战国纵横家书》,此策应系于魏安釐王四年,秦昭王三十四年,当周赧王四十二年。《史记》《六国年表》《穰侯传》系于魏安釐王二年,秦昭王三十二年,盖误。"先生以《战国纵横家书》为《史记》中的《六国年表》《穰侯传》的纪年勘误。

※《战国策·韩策二》卷二十七"襄陵之役犀首谓梁王"章。

先生《系年》认为:此策乃楚纳公子高于魏事。鲍彪、吴师道,皆就韩言,故所注全误。按《魏策》惠施为韩、魏交,令太子鸣为质于齐,王欲见之。朱仓谓王曰:"何不称病?臣请说婴子曰:'魏王年长矣,今有疾。公不如归太子以德之。不然,公子高在楚,楚将内立志,是齐抱空质而行不义也。'"《魏世家》魏惠王后元十四年,楚败我襄陵,即此襄陵之役。当韩宣惠王九年,周显王四十五年。

按:先生指出误把魏国事当作韩国事纪年。《史记·魏世家》记载魏楚的襄陵之役,《战国策·魏策二》记载的虽是韩魏之事,但是亦有"(魏)公子高在楚。楚将内而立之,是齐抱空质而行不义也"之语。而《韩策二》记载:楚魏襄陵之役,魏败,魏人毕长对韩相公叔说:"请勿用兵,而楚、魏皆德公之国矣。"此策所言当是魏国之事,而不是韩国之事。先生的系年纠正了鲍

第十四章 呕心沥血之作《战国策校注系年》

彪、吴师道之误。

※《战国策·韩策二》卷二十七"韩傀相韩"章。

先生《系年》认为：此章聂政为严遂杀韩傀，为韩列侯时事。而杀韩哀侯者乃韩严而非严遂。两事相去十七年。《史记·刺客列传》误合严遂、韩严为一人，盖由此策文"聂政刺韩傀，兼中哀侯"而致误。《史记·韩世家》分为二事，"列侯三年，聂政刺韩相侠累"。侠累，即韩傀；不云弑王。《韩世家》又云："哀侯六年，韩严弑其君哀侯。"其事与韩遂、聂政无涉也。今从《史记·韩世家》系此策于韩列侯三年，当周安王五年。

按：先生用无可辩驳的史料论证了《史记》中《刺客列传》与《韩世家》相互抵牾之处，并以《韩世家》为是，纠正了《史记·刺客列传》之误。

※《战国策·韩策三》卷二十八"韩人攻宋"章。

先生《系年》认为：此策乃韩珉为齐攻宋事。策文"韩"字皆当为"齐"。《史记·田齐世家》引此策叙于齐闵王三十八年。《史记·田齐世家》对齐闵王纪年是错误的。闵王实在位十八年，而《史记》误为四十年。据《战国纵横家书》记载，韩珉为齐攻宋，在齐闵王十五年，秦昭王二十一年，宋王偃四十三年，当周赧王二十九年。盖齐第三次攻宋也，此年韩珉适为齐相。

1973 年，在长沙马王堆三号汉墓出土了一批帛书，其中一部整理后定名为《战国纵横家书》。由于《战国纵横家书》是地下出土材料，没有经过传世文献的传抄之误，更令人信服。先生以《战国纵横家书》记载，勘误此策文中记载的"韩"字皆当为"齐"之错误；又纠正《史记·田齐世家》对齐闵王纪年之误。

※《战国策·燕策一》卷二十"苏秦死其弟苏代"章。

先生《系年》认为：此策言苏秦死，苏代说燕王哙，皆不符合史实。此实苏秦说燕昭王之辞，所以称齐闵王为长主。盖苏秦为燕昭王谋以燕敌齐之计划在燕昭王十八年，齐闵王七年，当周赧王十一年。

《战国策·燕策一》"苏秦死其弟苏代"章的错误当然是很明显的，因为燕王哙时，苏秦尚未到燕国为燕出谋划策，更谈不上死了。苏秦是为燕昭王谋划，为间最后被杀的。燕王哙时，根本没有苏代之说。

※《战国策·魏策三》卷二十四"魏将与秦攻韩朱己"章。策文云："太后，母也，而以忧死。穰侯，舅也，功莫大焉；而竟逐之。两弟无罪，而再夺之国。"

《魏策三》"魏将与秦攻韩朱己"章记载的事迹当是秦昭王的母亲宣太后死、穰侯被逐之年，《史记·秦本纪》记载：秦昭王四十二年，"十月，宣太后薨，葬芷阳郦山。九月，穰侯出之陶"。而《史记·魏世家》记载：魏安釐王十一年无忌谓魏王曰："太后，母也，而以忧死。穰侯，舅也，功莫大焉，而竟逐之。两弟无罪，而再夺之国。此于亲戚若此，而况于仇雠之国乎。"《史记》中的《秦本纪》与《魏世家》这两处记载的是同一件事。

先生《系年》曰：《魏世家》将此策列于魏安釐王十一年之后。而策文言秦废穰侯，与华阳、泾阳君，在秦昭王四十二年，当魏安釐王十二年。韩受兵三年，乃秦昭王四十二年、四十三年、四十四年事。当系于魏安釐王十五年，秦昭王四十五年，当周赧王五十三年。

按：本策文云"韩受兵三年"；《史记·秦本纪》记载："四十三年，武安君白起攻韩，拔九城，斩首五万。四十四年，攻韩南郡，取之。四十五年，五大夫贲攻韩，取十城。"即先生所说的"韩受兵三年，乃秦昭王四十二年、四十三年、四十四年事"。根据策文记载的历史事件"秦废穰侯，与华阳、泾阳君"事件，"韩受兵三年"事件进行推算，将此策系于魏安釐王十五年，周赧王五十三年；纠正了《魏世家》将此策列于魏安釐王十一年之误。

※《战国策·宋卫策三》卷三十二"秦攻卫之蒲"章。《史记·樗里疾列传》叙于秦昭王元年。《竹书纪年》谓在秦惠王薨之年。

先生《系年》认为：秦攻卫之蒲一事，惠王当是武王之讹。当在魏襄王十三年，卫嗣君十九年。

按：先生以《竹书纪年》校正《史记·樗里疾列传》。《史记·樗里疾列传》记载，樗里疾伐蒲是秦武王死之年，《竹书纪年》记载则是在秦惠王薨之年。先生认为，"惠王当是武王之讹"，即当以《竹书纪年》为准，以正《史记·樗里疾列传》之误。《竹书纪年》成书于战国，应该更准确。

五、对《战国策》策文的校注与勘误

《战国策》是战国时期纵横家的言辞汇编，由于不是儒家著作，故东汉高诱作注并不详细，而且有些地方还相当模糊，至南宋时姚宏注、鲍彪补注、吴师道的注释不甚清楚，也不全面。姚宏、鲍彪、吴师道等人并没有对《战国策》全文注释。先生悉心所作的《战国策校注系年》，对《战国策》全文进行校注，对已有的注释不足或错误之处进行补注,弥补了这些缺憾。

※《战国策·东周策》卷一"昭献在阳翟"章有"相国"。

先生释"相国"曰:相国,官名,又称丞相或相邦,后世亦称宰相,国家最高执政官。《汉官仪》云,魏此官始于六国时。《赵世家》云,"肥义为相国"。应劭曰:"相国之名始此,秦汉因之。"《韩策三》韩有相国,《史记·韩世家》亦云"韩相国谓陈筮曰"。《吕览·无义》称樗里疾为秦相国。《史记·范雎列传》称应侯为相国,《吕不韦传》称吕不韦为相国。正以此策,东周亦有相国,皆在战国时。相国官名,甚至春秋时期已经出现。如《史记·齐太公世家》载"庆封为相国"。《史记·田敬仲完世家》曰:"景公卒,两相高、国立荼,是为晏孺子。"《汉书·百官公卿表》谓相国、丞相皆秦官,杜预谓始皇始置相国;只是说明秦统一后,将此相国官职确定沿用下来,而相国之官实始于战国,甚至更早,不始于秦。

※《战国策·东周策》卷一"周相吕仓"章有"管仲故为三归之家"。"三归之家"是一个很难解释清楚的说法,而且历史上说法不一。

先生释"管仲故为三归之家"曰,"三归",旧有三说:一说是齐桓公赐给管仲的封地名,一说是齐桓公自筑之台名,一说是娶三姓女。然综观各书记载,谓齐桓公赐给管仲的封地名。盖出自《晏子春秋·内篇杂下》景公曰:"昔吾先君桓公有管仲,恤劳齐国,身老赏之以三归,泽及子孙。"谓"三归",为娶三姓女,盖出自《汉书·地理志》"身在陪臣,而娶三归"。何宴、包成以之注《论语》。以上两说,孤证难凭,未足为据。而大量材料说明,

第十四章　呕心沥血之作《战国策校注系年》

"三归"与财货、富奢有关。《论语·八佾》记载:"子曰:'管氏有三归,官事不摄,焉得俭?'"《韩非子·外储说左下》记载:"管仲相齐,曰:'臣贵矣,然而臣贫。'桓公曰:'使子有三归之家。'曰:'臣富矣,然而臣卑。'桓公使立于高国之上。曰:'臣尊矣,然而臣疏。'乃立为仲父。"《韩非子·难一》记载:管仲"以贫为不可以治富,故请三归"。《史记·货殖列传》云:"管氏亦有三归,位在陪臣,富于列国之君。"《管子·山至数》云:"则民之有三归于上者矣。"《说苑·善说》记载桓公谓管仲曰:"政则卒归于子矣。政之所不及,唯子是匡。管仲故筑三归之台,以自伤于民。"即此策所云,亦是说桓公好色,管仲用好货财以分谤,则"三归"实指藏货财之府库;不是三姓女或封地名也。

上所引文,贫富皆是与"三归之家"相对应的。

胡玉缙《许庼学林》卷五有《论语三归解》云:"古称府库为台。"《论语》管氏有三归,亦是藏货财之所。《管子·山至篇》云"请散栈台之钱……鹿台之布",曰泉、曰布,台为府库可知。《泉志》载布文有"齐归化(货)",三字可证也。

先生对"三归之家"的解释简直是一篇论文,先说明历史上对"三归之家"的说法,然后用大量的史实说明,"三归之家",其实应是货财,即财富之意。

笔者也认为,只有释为"货财",才符合原文之意。笔者曾撰写《齐国史》,在写作时曾遇到这个问题,也曾困惑,阅读过许多这方面的书籍,但是所见到的解释似乎皆没有先生的论述清楚。还有人说是"市租""市税",但这也是货财。相信先生所说,会在学术领域的影响愈来愈大。

※《战国策·东周策》卷一"东周与西周战"章。

先生释曰:西周,封国名。周考王封其弟揭于河南,是为西周桓公,都王城,建立西周封国政权。西周者,故天子之国。西周自平王东迁,至敬王之前,周天子皆都王城,故谓西周君所都之王城为故天子之国。

※《战国策·西周策》卷二"韩魏易地"章有"且魏有南阳、郑地、三川而包二周,则楚方城之外危。韩兼两上党以临赵,即赵羊肠以上危。故易成之日,楚赵皆轻,楚王恐因赵以止易也"句。这一章主要是说韩魏的山川地域形势。

先生释曰:魏有南阳、郑地、三川而包二周。南阳,今河南省修武县,以其地在太行山之南,黄河之北,故名南阳。当时南阳属魏。而张琦以为南阳是韩地,指今河南省南阳市。误。郑地,春秋郑国之故地,今新郑。郑州、荥阳、密县、禹县、郏县、襄城等地。三川,指黄河、洛河、伊河流经之地,今为洛阳、偃师、巩县、汜水、孟津等地。汉为河南郡地,故云包二周。

韩兼两上党:战国时,韩、赵、魏三国皆有上党,即今山西南部长治、长子、襄垣、黎城、壶关、屯留、晋城、沁水、阳城、高平、左权、榆社,及河北涉县、武安、磁县等地。今韩魏易地,魏以己之上党与韩,故云韩兼两上党。

笔者认为,尤其是"南阳"问题,确实需要弄清楚。当然我在读书时就很清楚了,因为先生特意讲过;后来我在给本科生、研究生讲课时,也特意给学生讲今之南阳与先秦时期南阳的区别。这是一个历史地理的问题,然而很多人并不知道。如先生所说"张琦以为南阳是韩地,指今河南省南阳市",这样就会以

第十四章 呕心沥血之作《战国策校注系年》

讹传讹。还有"两上党"的问题也是需要了解清楚的。韩、赵、魏三国是从旧晋分出来的诸侯国，他们山水相连，地域相接，有时候很难区分的；而有时候又是今天属魏明日属韩等。韩魏在战国时期是很嚣张的，他们不仅灭了郑国，而且不断地蚕食东周王室的辖地，"包二周"表现出韩魏的猖狂。

※《战国策·秦策一》卷三"苏秦始将连横"章。

先生释"纵横"曰：合纵连横，古注说法不一。《史记·周本纪·集解》引"文颖曰：'关东为纵，关西为横。'孟康曰：'南北为纵，东西为横。'瓒曰：'以利合曰纵，以威势相胁曰横。'"《正义》云："关东地南北长，长为纵；六国居之。关西地东西广，广为横，秦独居之。"《韩非子·五蠹》云："纵者，合众弱以攻一强也；横者，事一强以攻众弱也。"

先生说："诸说以韩非说符合实际，且是当时人给从横所下定义，较韩说为长。"

※《战国策·秦策一》卷三"张仪说秦王"章。

关于此章，说法颇多。鲍彪注，删去"张仪"二字，谓策中所言皆张仪死后事，故删去。高诱注：秦王，惠王也。

先生释"张仪说秦王"并勘误曰：张仪死于秦武王元年，而篇中所言多秦昭王时事。前人王应麟、姚宏、吕东莱、鲍彪已疑其不出自张仪。而近人容肇祖《韩非子·初见秦篇考证》、陈祖鳌《韩非别传》、刘汝霖《诸子考索》、高亨《韩非子·初见秦篇作于韩非考》又做详细考定。有谓出于范雎，有谓出于蔡泽，郭沫若《青铜时代》则谓出于吕不韦。

篇中所言秦事，皆在秦昭王时；篇中七称大王，当指秦昭王。

而韩非以始皇十四年入秦,无由向昭王称大王,由此可知本篇亦不出于韩非之手。然篇中所言长平之役,似是暗讥范雎,故容肇祖、郭沫若者推证出自蔡泽、吕不韦,可是皆没有直接证据能确定为某人。还当各以本书为是。

先生用史实说明,本篇不出自张仪、范雎,但也不会出于吕不韦,但是否指蔡泽,也没有更确凿的根据,先生认为应"各以本书为是",当是如司马迁的信者传信、疑者存疑的治史态度。

※《战国策·楚策一》卷十四"邯郸之难昭奚恤谓楚王"章有"邯郸拔,楚取睢濊之间"句。

先生释"睢濊之间"曰:睢水,古鸿沟支流。自河南开封市东从鸿沟分出,东南流,经杞县、睢县北、宁陵、商丘县南,东经夏邑,永城北,至江苏宿县入泗水。濊,永城东南有渔水,一名濊水。

先生对此二水,解释的确非常清楚。睢水,从发源至入泗水;濊水,即永城东南之渔水。这个解释相对宋鲍彪注释:"《后志》梁国睢阳注:《征北记》南淮有睢陵,梁国有睢阳,南临濊水。"先生注释得更为翔实。

※《战国策·燕策二》卷三十"苏代自齐献书于燕王"章。

先生释曰:苏代自齐献书于燕王。苏代,《战国纵横家书》无"苏代"二字。而下文有"臣秦拜辞事",则此策乃苏秦为燕间齐报告燕昭王之书。而书之内容,《战国纵横家书》保存完整,而策文只存三段,次序不同,文字亦有出入。

六、《战国策校注系年》的价值与意义

《战国策校注系年》一书是先生潜心于《战国策》研究 20 余年的力作。如前所述,《战国策》是一本战国纵横家的言辞汇编,也是一部重要的史书,可惜没有系上年代。后来虽有人系年,如司马迁,但司马迁也只是使用哪个材料,就系哪个材料的年代,而且存在很多相互抵触和舛误之处。至于注释,即使有也不详细,更谈不上完整。

《战国策校注系年》对《战国策》全部章节事件进行系年,对相关系年进行勘误纠正;对《战国策》全文进行注释,对已有注释进行纠误。先生对我国学术研究有极大的贡献。

1. 先生对《战国策》所有策文,即 33 卷 497 章全部系年。《战国策》的策文,除去司马迁在《史记》上引用的材料外,其余皆无系年。如《战国策·秦策一》卷三"田莘之为陈轸说秦惠王曰"章,就没有为司马迁所引用,当然就没有系年。又如《战国策·东周策》卷一"昭献在阳翟"章、"周最谓吕礼"章、"周相吕仓"章、"温人之周"章、"或为周最"章、"赵取周之祭地"章、"杜赫欲重景翠"章等等。司马迁《史记》虽然引用了《战国策》的一部分材料,但是引用的只是少部分,大部分是没有引用的。所以,先生对《战国策》所有策文进行系年,工作是相当艰巨的。这是一个大工程。

2. 先生对《战国策》已有系年进行勘误。司马迁《史记》引用了《战国策》的部分材料,对引用的材料进行系年。但是司马迁是汉武帝时人,距离战国时期已几百年了,很多历史事件很难

搞清楚。因此,即使司马迁是一个非常严肃认真的史学家,但在系年上出现差错也是难免的。随着近年来考古事业的发展,大批地下文物出土,使古史研究出现了新的契机。1973 年,在长沙马王堆三号汉墓出土了一批帛书,其中一部整理后定名为《战国纵横家书》。该书共 27 篇,其中 11 篇内容和文字与今本《战国策》和《史记》大体相同。《战国纵横家书》有一些年代的记载,可以纠误《史记》。

先生用《战国纵横家书》以及《竹书纪年》、《战国策》策文等各种材料对《史记》和《战国策》姚宏注、鲍彪注等原来有误的系年,用非常准确的史料为证据,进行勘误纠正。如《战国策·齐策一》卷八"南梁之难韩式请救"章。太史公在《史记·田齐世家》把这个事件系年为齐宣王二年;而《竹书纪年》为魏惠王二十七年。魏惠王与齐威王系同时期人。更重要的是在这一章的策文中,把齐威王称为"田侯",这样称呼的原因当是齐、魏二国尚未称王。先生据此推断,《史记·田齐世家》以及《孟尝君列传》的记载是错误的。这段策文应该系年于齐威王十五年,周显王二十七年。

先生对诸如此类的勘误在《战国策校注系年》一书中有很多,达 30 余处;先生用大量的材料一一勘误。先生是一个对学术很负责任的学者,同时他也很认真细心地对待每一个勘误纠正之处。

3.《战国策校注系年》对《战国策》全文进行注释,对策文中的每一个国名、地名、人名,每一个历史事件进行全面解释,这在古代和近代出版的《战国策》注释版本中还不多见。先生对

《战国策》的姚宏注、鲍彪注等相关注释进行纠误。这是先生对学术研究的又一贡献。

如先生注释《战国策·西周策》卷二"司寇布"章:"司寇布为周最谓周君曰:君使人告齐王以周最不肯为太子也,臣为君不取也。函冶氏为齐太公买良剑,公不知善,归其剑而责之金。越人请买之千金,折而不卖。将死而属其子曰:'必无独知。'今君之使最为太子,独知之契也,天下未有信之者也。臣恐齐王之谓君实立果,而让之于最,以嫁之齐也。君为多巧,最为多诈,君何不买信货哉?奉养无有爱于最也,使天下见之。"

先生释曰:① 司寇布,司寇,官名。《周礼·秋官·司寇》曰:"掌邦禁,诘奸慝,刑暴乱。"名布,周臣。

② 君使人告齐王以周最不肯为太子:齐王,齐闵王。齐闵王善周最,欲其为太子,以赂进之。周最退让不肯立。周以周最不肯立太子告于齐闵王。

③ 函冶氏为齐太公买良剑:函,姓也。高注:"冶,官名也;因以为氏。知铸冶,晓铁理,能相剑。"齐太公,田常之孙田和;始代姜氏为齐侯,号太公。

④ 归其剑而责之金:太公不知其剑善,故退归剑于函冶氏,而要回买剑之金。归,还;责,取;金,买剑之金。

⑤ 折而不卖:折,折价。虽千金犹未尽其本价,故不卖。鲍彪注"折断"讲,于下文不通。

⑥ 将死而属其子:函冶氏将死。属,同"嘱",嘱托。

⑦ 必无独知:言凡有售,必使众知其良,不可独知也。

⑧ 独知之契:契,约也。一书两札,同而别之。

⑨ 齐王之谓君实立果:谓,姚宏本作"为";鲍彪本作"谓";此当作"谓",从鲍本。果,周太子名。

⑩ 嫁之齐:鲍本"嫁"下有"于"。嫁,转嫁,欺骗。此言齐王将疑周君立太子意不在周最,而谓周最自不肯立以欺齐。

从以上先生对"司寇布"章的注释可以看出先生之良苦用心。先生对这一段的注释之耐心、详细、完整,几乎是全文注释,生怕后学者看不懂其意。我想起先生平时给我们上课也是如此,生怕我们不懂。每次上课,总是耐心地逐字逐句讲解,在先生的诲人不倦的教诲下,同学们才能迅速地成长。

上段文字,先生所作的注释,在《战国策》的许多注本中,我好像尚未见到有如此清晰、明朗、详细的注释。

上面所举例,只是本书的沧海一粟。先生《战国策校注系年》的每一段策文注疏皆是如此。由此可见先生对后学者的良苦用心。

《战国策校注系年》一书是先生呕心沥血写成的,他广罗前人校注成果,校异同,辨真伪,把自己对古史的见解融入其中,提出了许多新的见解。用现在的话说,就是创新之处,发前人所未发的新见。

我国古籍曾遭到多次毁灭性的灾难。

秦始皇时期,焚书坑儒。《史记·秦始皇本纪》载,丞相李斯说:"臣请史官非秦记皆烧之,非博士官所职,天下敢有藏诗书百家语者,悉诣守尉杂烧之。有敢偶语《诗》《书》者,弃市,以古非今者族,吏见知不举者与同罪。令下三十日不烧,黥为城旦。所不去者医药卜筮种树之书,若欲有学法令以吏为师。制曰:

第十四章 呕心沥血之作《战国策校注系年》

'可。'"

一把秦火,烧掉了"《诗》、《书》、百家语",只留下"秦记"和"医药、卜筮、种树之书"。先秦时期的重要史料、百家春秋,基本都被秦火焚烧殆尽。

《汉书·惠帝纪》载:孝惠帝四年,"除挟书律"。《汉书·艺文志》记载:"汉兴,改秦之败,大收篇籍,广开献书之路……于是建藏书之策,置写书之官,下及诸子传说,皆充秘府。至成帝时,以书颇散亡,使谒者陈农求遗书于天下。"天下书籍逐渐汇聚于皇家秘府。

《后汉书·儒林列传上》载:"初光武迁还洛阳,其经牒秘书载之二千余两。自此以后,参倍于前。及董卓移都之际,吏民扰乱,自辟雍、东观、兰台、石室、宣明、鸿都,诸藏典策文章,竞共剖散。其缣帛图书,大则连为帷盖,小乃制为縢囊。及王允所收而西者,裁七十余乘,道路艰远,复弃其半矣。后长安之乱,一时焚荡,莫不泯尽焉。"

汉献帝初平元年(190年)二月,董卓胁迫献帝迁都长安,又驱迫洛阳百姓数百万口同行;途中书籍丢弃一半。吕布杀死董卓之后,长安发生动乱,宫廷被焚烧,书籍"莫不泯尽焉"。

北魏时期,采掇遗亡,藏在秘书中、外三阁,合二万九千九百四十五卷。马端临《文献通考·经籍考一》云:"惠怀之乱,京华荡覆,渠阁文籍,靡有孑遗。"

我国每当新的王朝建立,就搜求图书;而当王朝动乱之际,都有大量图书散失或焚毁之事。南朝宋齐梁陈的更替,唐朝的黄巢起义、安史之乱,北宋灭亡,明朝灭亡……历代书籍遗亡焚毁,不知多少。所以我国书籍需要整理、校订者多矣。

《战国策》由于不是儒家经典,在历代封建王朝中都不受重视。但它是记载战国史的重要史料,所以这部书也不断地受到学人的关注。先生之所以关注这部书,进行校注系年,首先是先生对这部书感兴趣,其次是先生深厚的学术功底,使先生在极端困难的情况下也不气馁。时过20多年之后,《战国策校注系年》这部凝结着先生心血的著作终于付梓。先生在九泉之下也当安心了。

本书责编贾传棠说:《战国策校注系年》澄清了历史上许多史料错乱、纠结舛讹、聚讼未决的事件。对一些缺乏佐证或据而不确的问题,则明注"未详""不知",先生从不为之强解。读其文,亦可想见先生之为人。"此书付梓前,编者打算赴汴就商问教,不料,郭先生猝然患病,不及抢救。一九八六年元月一日凌晨,溘然长逝。痛哉,史学界损失之不可弥补!惜哉,先生未及见书……"①

先生《战国策校注系年》的原稿,毛边纸装订,工笔小楷誊就。那棱角分明、骨健肉腴的柳体字与著作的精勘细校、详考略结的特点珠联璧合,相映成趣。凡有缘得一见者,无不啧啧惊羡。那用毛笔书写的工工整整的小楷,像印的一样。先生的书法有深厚的基础,在河南大学历史系,毛笔书法,首推先生。②

先生凭借自己丰富渊博的学识,踏实认真的精神,考订异

---

① 郭人民:《战国策校注系年》,中州古籍出版社,1988,《编后记》第669页。
② 郭人民:《安贞史论集》,河南大学出版社,1993,《序》第1页。

第十四章 呕心沥血之作《战国策校注系年》

同,辨析真伪,为《战国策》作注,并对每段史实系年。1988年,凝结着先生心血的《战国策校注系年》一书由中州古籍出版社出版发行。这确实是学术界的一件幸事,为后学者的研究起了导航的作用。

第十五章　青山垂泪,良师永逝

1986年元月1日,先生逝世,永远离开了他热爱、牵挂的课堂和事业,年仅62岁。沉沉一疴,良师永逝。噩耗传出,先生学校的领导、同事、学生,还有他的很多外地学生纷纷赶来,为先生送行。很多人不能自已,痛哭出声,表达他们的悲痛之情。先生以他的高尚品格、博学勤奋,赢得学生们的敬仰;以他的认真负责、殚精授业的悉心指导,赢得学生们的爱戴。先生用自己对祖国教育事业的无限忠诚,用自己甘为人梯、泽被后学的一颗丹心,用自己的生命,树起了一座丰碑。

一、殚精授业、诲人不倦的师德与品格

先生一生,最重视、最喜爱的事便是教学。他常说:"我们这一代一定要把河南大学的教学传统传下去。"

据我们出国留学的同学回国后说,国外的教师,学生不能在他课下的时间去问他问题,不能耽误教师的时间。有一个学生在国外做研究生,她写论文时,回国特意找到我,与我探讨论文的写作。我问她为什么不与她国外的老师研究论文,她说:"上课时间可以问老师,下课老师就走了,你去问他,老师不会接待你,学生不能侵占老师的时间。"

如前所述,先生给我们上课每每拖堂,如果是第四节课,后

面没有课,就会拖堂半个小时,甚至一个小时。

先生的家里,平时总是坐满了学生、青年教师,先生也从来不吝惜时间和精力解答学生的各种问题。

就拿我自己来说,在读大学时期,先生让我不要仅仅满足于课本,要看一些古文献原版书。我当时想攻读宋史,先生建议我看《续资治通鉴》《续资治通鉴长编》。由于我古文基础差,当时有很多古字不懂什么意思,就去找先生请教。先生逐字逐句地给我讲解。我当时怎么没有想到这浪费的是先生的时间,是先生用来进行学术研究、撰写著作的宝贵时间呢?

桃李不言,下自成蹊;当时很多研究生、青年教师在经过十年"文革"之后,怀着无比强烈的求知欲,踏破先生的门槛,上门求教。先生对于上门求教者,从来都是循循善诱,耐心讲解,丝毫没有反感的意思。每当我们为占用先生的时间而表现出歉意时,先生总是笑着说:"努力学习吧,谁都从不懂的时候经过,只要将来你们都做出了成绩,老师就觉得值。"

记得有一次师母告诉我说:"你们的老师,对你们来家里问问题,从来没有烦过。即使你们都不在,他也从来没有说过嫌你们浪费他时间的话。"我感动地说:"给先生说,谢谢老师了。"

这些直至我工作之后,才知道时间的宝贵,才知道先生当年是花费多大的苦心,拿出大量的时间来培养我们,才懂得"恩师"的含义。

先生学识渊博,常年工作在教学科研的第一线,主讲中国古代史、中国古代文献学、先秦文献学、中国农民战争史等课程。

另外,先生有很多的课,是课堂之外的课堂,是教学之外的教学。如先生曾给历史系的一个青年教师讲《左传》，当时我、乔英俊老师、中文系的刘东兵同学都来听，每个星期讲一个晚上。先生给我们七七级的学生讲古代史的课，给外语系的赵帆声老师讲《诗经》，都是课堂之外的课堂。

先生不顾多病之身，带领学生深入沙漠考察，在隆冬季节到各地函授教学，这些是很多人唯恐避之不及的，而先生从来没有推辞过。先生总是以饱满的热情和精力认真地对待他的每一项工作。他曾说过："如果你不认真教学，那就是'误人子弟'，对不起国家，对不起后代。"

1985年11月27日，先生逝世的前一个月，应南阳地区教育学院的邀请，在严寒时节，冒着风雪到南阳讲课。当时条件差，先生就住在教育学院历史组的教研室里，既没有暖气，也没有生火炉。先生在南阳地区教育学院讲"战国时期的游学、游士、游宦"，共讲五六天，每天都安排得满满的，连一天也没有休息过。先生讲课深入浅出，深受教师、学生的欢迎。晚上，先生的临时住处围满了来访者和求教者，先生耐心地解答他们的各种问题，直至深夜。先生每天只休息四五个小时，他的日程安排得太满了。临行时，南阳地区教育学院的院长、书记亲自给他送来讲课费，先生执意不收，他说他不是为钱而来的。学校表示，要把讲课费寄到河南大学去。他坚定地说，如果寄去，他就再寄回来。学校只好作罢。

现在恐怕很多人不能理解，学校既然请学者讲课，为什么安排那样简陋的条件？先生既然付出劳动，为什么拒收报酬？这当然是先生固有的高尚品德，另外可能是"文革"后一个特殊的现象吧。

先生在这次讲课中表现出中国知识分子的高风亮节、君子固穷的高贵品格。先生一生热爱教学,他把"传道、授业、解惑"当作责任和使命,把教学当成自己的义务,当作自己毕生所从事的事业。

先生自从右派改正后,怀着感激,怀着要把自己的知识贡献给社会的热情,向青年们传授知识。先生具有中国知识分子"投我以木桃,报之以琼瑶"的高贵品格和道德。

先生的教学,如春风化雨,滋润着千百个学子的成长。先生凭良苦用心得到了年轻人的尊重与爱戴,也就更激起先生忘我地教学和进行科研的热情。他从不讲报酬。他有那么多的课堂之外的课堂,他辅导了那么多的学生课堂之外的论文,为别人做了那么多他工作之外的工作,可以说连别人的一口水都没有喝过。

据师母说,先生从南阳回到河南大学之后,已经感到身体不适;但是先生似乎没有休息的习惯,也没有节假日的概念;他一年到头都在忙碌。1985年12月7日,先生从南阳回到家里,9日主持研究生答辩,26日给研究生讲课,30日给夜大授课,本来是从19时到21时的课,先生在同学们的热情激励下,讲到22时,整整超过一个小时。12月31日上午,布置下年度的工作,制订第二年的教学科研规划。12月31日晚,先生给研究生讲《易经》到22点多。这是先生给学生讲的最后一课。

1986年元月1日,新的一年开始了。清晨6时,先生心脏病突发,停止了呼吸,永远离开了我们。

二、沉沉一疴永失良师

1986年元旦清晨6时,先生永远地离开了我们,离开了他所热爱的教育事业和科研工作,离开了他终生感情所寄托的河南大学。是年,先生62岁。先生正当他事业如日中天、蒸蒸日上之际,却撒手人寰。

先生辞世之日,高山倾圮,栋梁摧折,哲人萎乎。噩耗传出,河南大学师生震惊。

先生的在外工作或求学的学生更是悲痛,他们皆受益于先生的教诲,惊闻噩耗,纷纷从千里、百里之外赶回开封,赶回河南大学。有人从上海回来,有人从南阳回来,有人从信阳回来,有人从郑州回来……先生的学生不约而同地从四面八方赶回母校,为先生送行。

第十五章 青山垂泪,良师永逝

杭州师范大学的黄宛峰教授在回忆那个时候的情况时深情地说:"我就是想回去再看一眼郭老师!"先生的学生怀着无比悲痛的情感而来,再见先生一面,送别驾鹤西去的先生,表达对先生的感激之情。先生一生辛勤,殚精授业,培养后学,门墙桃李,浴凤有人。

追悼会礼堂人头攒动,水泄不通。有人说,先生的追悼会,是河南大学十年来所未见的、最引起轰动的事件。

先生的老友李社达先生,站在先生的灵前照了一张相片,以此作为对老朋友永远的怀念和记忆。

先生的同事、老友和学生送来的一副副挽联概括了先生坎坷而辉煌的一生,写出了人们对先生的爱戴。

伤心知己千行泪

身后萧索五车书

严治学善诲人孜孜不倦
想国家顾大局勤奋终生

道高品端学渊故里同故知共仰
心平气正志坚遗风与遗容长存

沉沉一疴良师永逝
如可赎兮人百其身

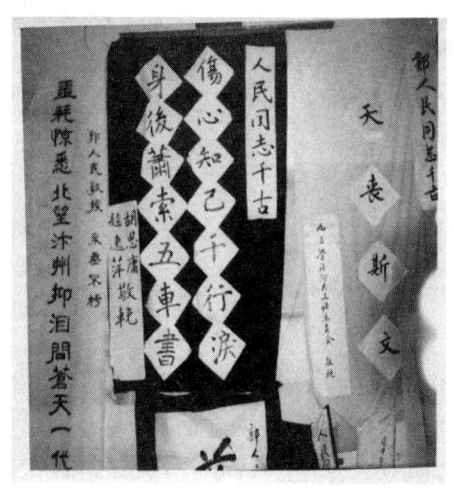

可惜的是,我没有参加先生的追悼会。是时,我正在成都四川大学攻读博士研究生。学校没有通知我,说我离家太远。我的丈夫代表我参加了先生的追悼会,但是我总是带着悔恨,没有像我的同学们那样见先生最后一面。

记得先生曾多次说过:"一定要把河南大学的传统传下去!"这话对我影响非常深刻,震动也很大。言犹在耳,先生已

第十五章 青山垂泪，良师永逝

逝，先生的话是永远鞭策我努力工作、笔耕不辍的动力。

　　青山垂泪，江河呜咽，先生长眠。您的很多学生都已经继承您的遗志站在讲台上，以您为榜样为学生讲课。愿先生安息吧！

后　　记

为先师写的传记已经完成。但是我久久不能平静,又想起先师在世时对我的教诲和培养。

1977年我参加了"文革"后的第一次高考,进入河南大学历史系读书,认识了郭人民先生。先生的博学使我们七七级同学都非常佩服。后来当我确定学习古代史后,就与我的同学开始找先生求教。先生深厚的学术功底,对学生的耐心指教都使我非常感动。

先生为人诚恳正直,赢得了河南大学许多同学的赞誉和崇敬。他不计时间和精力为河大的中青年教师、学生开设课堂之外的课堂,使河南大学的学者、学生受益良多,当然我也是其中之一。

当时,我有很多古文献都看不懂,连什么是论文都不知道。最初我想学宋史,先生让我看毕沅的《续资治通鉴》、李焘的《续资治通鉴长编》。记得那时候,每当我有看不懂的地方,就去向先生请教。先生也总是耐心地讲解。从我第一篇论文《论宋神宗在我国十一世纪政治变革中的历史作用》、第二篇论文《试论章惇》的写作,到第一本书《楚史稿》的出版,都与先生的悉心指导分不开。

20世纪下半叶,一些大型的楚墓,如信阳长台关楚墓、寿县蔡侯墓、随州曾侯墓、淅川下寺楚墓群、江陵望山楚墓等重要的楚文化遗存相继被发现,我国学术界出现了"楚文化热"。于是我对楚史也产生了极大的兴趣。先生说:"你想搞楚史,可以把硕士论文定在楚史上;还可以按一本书的规模收集材料。楚国史是可以写成书的。"因此,我在攻读硕士研究生时就开始了对楚史的学习和研究,并写成了《楚史稿》一书。《楚史稿》在写作过程中曾得到先生的指导和帮助。然而,《楚史稿》初稿刚刚写成,尚未出版,先生就与世长辞。先生是我学术成长道路上最重要的引路人。在这里,我对先生表示永远的怀念和敬意。

这一次,为了给先生写传,我采访了很多同学和老师,如林家坤教授、魏千志教授、宋采义教授,这些都是我的老师,其中宋采义教授也是先生的学生。我还采访了王立群教授、程有为教授、史建群教授、黄宛峰教授、张保同教授、刘小敏教授、马小泉教授、刘路生教授、张瑞戟教授、张小满教授、冯乃郁教授、冯郁教授等,这些都是我的同学。这些同学都非常感谢先生。如刘路生教授说:"郭老师是我们七七级最受尊敬的老师!"刘小敏教授说:"郭老师那时候给我们上课所涉及的古文献,基本都是大段背诵。"王立群教授说:"先生不仅能背诵十三经的经文,连小注都能背诵。河南大学的教师有几个能够这样?"其实我想,恐怕全国也找不出几个能够背诵十三经的经文和小注的教授。

先生一生坎坷,但是坎坷的学术之路并没有消磨先生的热情和意志,反倒磨炼出他那与生俱来的正直的品格和高尚的道德。先生宽以待人,严于律己。他满腔热情地帮助同事、朋友、学生,为他们讲课,指导他们搞科研,为他们排忧解难。从先生的门下走出了多少学子，又成就了多少青年学子专家教授的理想。

1985年9月，我考取四川大学先秦史的博士研究生。当我向先生告别时，先生语重心长地说："这次去攻读博士学位，机会实属不易，到那里一定要刻苦努力地搞学问。读书人要安于清贫，安于坐冷板凳，要正直地做人，堂堂正正地活在世上。不要羡慕权力和荣华富贵，那些都是空的；真正的学问，才是永恒的。"

我默默地记下先生的话，这些话是我终生遵守的信条。先生不仅教学生知识，也教学生如何做人。没想到我那次与先生的告别竟是永诀。1986年元旦凌晨，先生去世了。沉疴无情，良师永逝；青山巍巍，长歌当哭。"如可赎兮，人百其身！"学生们为他献上的挽联，感人肺腑，催人泪下，表现出青年学生们对先生的爱戴、深情和敬仰。

高山仰止，景行行止。愿先生辛勤培育的满天下的桃李芬芳，慰藉先生的在天之灵。学生以此书表示对先师永远的怀念和敬仰，向先师深深鞠一躬，郭老师，安息吧！

本书的出版，离不开我的老师、同学提供大量的素材，更离不开先生的女儿郭幼民教授提供丰富的材料。笔者在这里一并表示诚挚的谢意！

李玉洁

2022年6月26日于河南大学闲云书斋